सैरंध्री

सैरंध्री

नरेन्द्र कोहली

वाणी प्रकाशन

वाणी प्रकाशन

4695, 21-ए, दरियागंज, नयी दिल्ली 110 002

शाखा

अशोक राजपथ, पटना 800 004

फ़ोन : +91 11 23273167 फ़ैक्स : +91 11 23275710

www.vaniprakashan.in
vaniprakashan@gmail.com
editorial@vaniprakashan.com
sales@vaniprakashan.in

SAIRANDHRI
by Narendra Kohli

ISBN : 978-81-8143-952-9
Novel

संस्करण 2009, 2010
आवृत्ति संस्करण 2016
मूल्य : ₹ 225

यश प्रिंटोग्राफिक्स, नोएडा-201301 (उ.प्र.) में मुद्रित

वाणी प्रकाशन का लोगो मक़बूल फ़िदा हुसेन की कूची से

1

रानी सुदेष्णा ने ध्यान से अपने सामने खड़ी उस स्त्री को देखा, जिसे अभी-अभी राजप्रासाद की रक्षिकाएँ पकड़कर लाई थीं। उन्हें यह स्त्री प्रासाद की रक्षा करनेवाले सैनिकों ने सौंपी थी। उसे प्रासाद के सम्मुख निष्प्रयोजन डोलते फिरने तथा भीड़ इकट्ठी कर यातायात के आवागमन में विघ्न उपस्थित करने के अपराध में पकड़ा गया था। प्रहरी समझ नहीं पाए थे कि यह स्त्री लोगों का ध्यान अपनी ओर आकृष्ट करना चाहती थी, अथवा सैनिकों का ध्यान अपनी ओर आकृष्ट कर, उनको किसी अन्य दिशा से असावधान कर देना चाहती थी। आजकल सेनापति कीचक नगर में नहीं थे; सेना का एक बड़ा भाग भी सेनापति के साथ ही बाहर गया हुआ था। ऐसे में अनेक शत्रुओं द्वारा नगर में उत्पात रचे जा सकने की संभावना हो सकती थी। और फिर एक इतनी असाधारण रूपवती स्त्री, स्वयं को जन साधारण की दृष्टि से छिपाने के स्थान पर, बीच राजमार्ग में खड़ी होकर, लोगों का ध्यान अपनी ओर आकृष्ट करे, तो सैनिकों को किसी षड्यंत्र की आशंका का होना स्वाभाविक ही था।

रानी की दृष्टि कह रही थी कि यह कोई साधारण नारी नहीं थी। उसका रूप असाधारण था। ऐसी स्त्रियाँ मार्गों में व्यर्थ ही मँडराती नहीं फिरतीं। उसके वस्त्र इस समय अवश्य मलिन थे। केश भी वेणी बद्ध नहीं थे।...किंतु कैसे केश थे वे। किसी भी स्त्री को सहज ही ईर्ष्या होगी उसके इन केशों से। घुटनों तक लंबे और लहराते हुए ऐसे सुंदर केश, कि कोई भी स्त्री उसे देखती ही रह जाए, और पुरुष का मन उसमें बँध-बँध जाए। कौन उनका स्पर्श नहीं चाहेगा। अमावस्या से घने काले केश। रानी का अपना मन ही मुग्ध होता जा रहा था।...अभी तो इस स्त्री ने अपना सारा वेश मलिन बना रखा था।...किंतु कौन नहीं देख सकता था कि नील कमल सा उसका वर्ण था। लगता था, यात्रा अथवा किसी अन्य कारण से, वह इस समय मलिन तथा रेणु आच्छादित सी दिख रही है। लगता नहीं था कि कई दिनों से मुख भी धोया हो...

"कौन हो तुम?" रानी ने पूछा।

"कोई भी होऊँ, पहले तो मुझे तुमसे यह पूछना है कि मुझे इस प्रकार पकड़कर क्यों लाया गया है, जैसे मैं कोई अपराधिनी हूँ?" उस स्त्री ने सतेज स्वर में पूछा।

"ऐ।" एक रक्षिका ने आगे बढ़कर उसे, एक झटका दिया, "महारानी को 'तुम' कहकर संबोधित कर रही हो। सामान्य शिष्टाचार भी नहीं जानतीं।"

सुदेष्णा ने अपने हाथ के संकेत से रक्षिका को रोक दिया, "क्या आरोप है इस पर?"

"महारानी! यह स्त्री मुख्य मार्ग पर डोलती फिर रही थी। इसने अपने आस-पास भीड़ एकत्रित कर रखी थी; और सैनिकों के अनेक बार कहने पर भी न यह मार्ग से हट रही थी और न ही मार्ग पर इस प्रकार डोलने और भीड़ एकत्रित करने का कोई कारण बता रही थी। सैनिकों की पूछताछ के उत्तर में इसने न केवल उन्हें कोई संतोषजनक उत्तर नहीं दिया, उलटे उनसे झगड़ा किया। एक आध का तो मुँह ही नोच लिया।"

"मैंने तो मुँह ही नोचा है, यदि मेरे पति आस-पास होते तो उन सैनिकों में से अनेक की हत्या अवश्यंभावी थी।" वह स्त्री बोली, "क्या मत्स्यराज इसी प्रकार का शासन करते हैं, जिसमें संकट में पड़ी किसी अकेली स्त्री को देखकर राज्य के सैनिक उसे गणिका मान कर उसका अपमान करने लगते हैं; और यदि वह स्त्री आत्मरक्षा में उनका प्रतिरोध करे तो वह बंदी कर ली जाती है। संसार के किसी सभ्य समाज में ऐसा नहीं होता। यहाँ धर्मात्मा राजा मत्स्यराज का शासन है अथवा किसी राक्षस का?"

"शांत हो जाओ।" सुदेष्णा ने कहा, "यहाँ कोई तुम्हारे साथ अन्याय नहीं करेगा।"

"अन्याय नहीं करेगा, किंतु दुर्व्यवहार तो करेगा ही।" वह स्त्री बोली, "जब से आपके राज्य में आई हूँ, मेरे साथ यही हो रहा है।"

"नहीं! अब तुम्हारे साथ कोई दुर्व्यवहार भी नहीं करेगा।" रानी ने कहा, "मुझे बताओ कि तुम कौन हो।"

"कौन हूँ? सैरंध्री हूँ। महारानी द्रौपदी मुझे मालिनी कहकर पुकारा करती थीं।" स्त्री ने कहा।

"महारानी द्रौपदी!" रानी सुदेष्णा ने कुछ आश्चर्य से पूछा, "उनसे तुम्हारा क्या संबंध है?"

"संबंध क्या होना है। मैं उनकी सेवा में थी।" स्त्री ने कुछ उद्दंडता से कहा; और फिर धीरे से जोड़ दिया, "मैं कुछ समय तक श्रीकृष्णप्रिया सत्यभामा की सेवा में भी रही हूँ।"

"तो फिर अब यहाँ क्या करती डोल रही हो?" रानी ने कुछ ऊँचे स्वर में कहा, "नाम तो इतने बड़े-बड़े ले रही हो, और यहाँ राजमार्ग पर तमाशा कर रही हो।"

"महाभाग पांडवों का राज्य छिन गया। वे लोग अज्ञातवास के लिए चले गए। महारानी द्रौपदी उनके साथ अज्ञात स्थान को चली गईं, तो मैं अब क्या करूँ? आप

ही बता दें कि वे लोग कहाँ हैं तो मैं उन्हीं के पास चली जाऊँ। सेवक की यही तो कठिनाई है। स्वामी पर संकट आए, तो सेवक अपने आप ही मारा जाता है।''

''भौंकती बहुत हो।'' एक रक्षिका उसकी ओर बढ़ी।

''पर तुम्हारे समान सबको काटती तो नहीं।''

''बहुत ठीक कहा।'' सुदेष्णा हँस पड़ीं। अपने संकेत से आगे बढ़ती रक्षिकाओं को वहीं रोक दिया और कोमल स्वर में सैरंध्री से पूछा, ''घर कहाँ है तुम्हारा? यहाँ किसी संबंधी के पास आई हो?''

मालिनी उदास हो गई। कुछ देर के पश्चात् उसने अपने नयन उठाकर रानी की ओर कुछ इस प्रकार देखा, जैसे कहना चाह रही हो कि मुझसे यह सब मत पूछो। फिर स्वयं ही धीरे से बोली, ''नहीं! यहाँ मेरा कोई संबंधी नहीं है। महारानी! मुझसे मेरे घर-द्वार का पता और मेरे पति का नाम इत्यादि न पूछें।''

रानी की उत्सुकता जाग उठी थी...जिनकी सेवा की, उनका नाम-पता तो बिना पूछे बता दिया और अपने विषय में कुछ बताना ही नहीं चाहती...

''विवाहिता हो अथवा अपने वियुक्त प्रेमी की खोज में यहाँ-वहाँ भटक रही हो?'' रानी ने पूछा।

सैरंध्री ने पूरी खुली आँखों से रानी की ओर देखा, ''विवाहिता हूँ। मेरे पति किसी विपत्ति में फँसकर विदेश गए हैं; और उनकी अनुपस्थिति का लाभ उठाकर मेरे श्वसुर ने मुझे घर से निकाल दिया है। अपने पति के लौटने तक मैं सर्वथा निराश्रित हूँ। उनके आने तक कहीं आश्रय खोज रही हूँ।...''

''कौन हैं तुम्हारे पति?''

''किसी सैरंध्री के पति इतने प्रसिद्ध व्यक्ति तो नहीं हो सकते कि उनका नाम सुनते ही आप उन्हें पहचान जाएँगी, फिर भी मैं उनका नाम-पता नहीं बताना चाहती।'' सैरंध्री बोली।

''क्यों?'' रानी ने कुछ चकित भाव से पूछा, ''इसमें इतना गोपनीय क्या है? क्या गांधर्व विवाह किया है?''

''नहीं।'' सैरंध्री पहली बार तनिक मुस्कराई।

रानी स्तब्ध रह गई : यह सैरंध्री तो जैसे कोई उल्का थी। उसकी दंत-पंक्ति देखकर किसी का भी हृदय पिघलकर बूँद-बूँद बह जाएगा; और यदि कहीं वह पुरुष हृदय हुआ तो उसका स्पंदित होना ही कठिन था। सैरंध्री की मुस्कान थी या शरद पूर्णिमा की उजास।...रानी ने पहली बार उसके अधरों को ध्यान से देखा था...कामदेव का पुष्पधनुष ही साक्षात प्रकट हो गया था...प्रकट क्या हो गया था, सामने खड़े व्यक्ति के हृदय को अपनी प्रत्यंचा में फँसाकर अपनी ओर खींचने लगता था। न खड़ा रहने देता था न गिरने देता था। न मुक्त करता था, न मुक्त होने की कामना जगने देता था।...

''तो पति का नाम क्यों नहीं बताना चाहती?''

''उससे मेरे श्वसुरकुल का अपयश फैलेगा।''

''जिस श्वसुर ने तुम्हें घर से निकाल दिया, उसके कुल के यश की चिंता क्यों है तुम्हें?'' रानी ने जैसे प्रश्न नहीं पूछा था, सैरंध्री के व्यवहार के प्रति अपनी आपत्ति प्रकट की थी।

''मुझे चिंता अपने श्वसुर के कुल की नहीं महारानी! अपने पति के कुल की है।'' सैरंध्री बोली, ''मुझे श्वसुर ने घर से निष्कासित किया है, पति ने नहीं। मेरे पति के लौटते ही मुझे सब कुछ मिल जाएगा, चाहे मेरे श्वसुर को ही घर से क्यों न निकलना पड़े।''

''बहुत विचित्र है तेरा श्वसुरकुल।'' सुदेष्णा ने कहा, ''जहाँ पिता और पुत्र में इतना भेद है कि पुत्र के उपस्थित न होने पर श्वसुर अपनी पुत्रवधू को घर से निकाल देता है; और पुत्र लौटता है तो अपनी पत्नी को घर में प्रतिष्ठित करता है और अपने पिता को निष्कासित कर देता है।''

''कुछ ऐसा ही है महारानी।'' सैरंध्री बोली।

''और यदि तेरे पति ने लौटकर भी अपने पिता का विरोध न किया तो?'' रानी मुस्करा रही थी।

''तो मैं आपको उनका नाम-गाम, सब कुछ बता दूँगी।'' सैरंध्री का आत्मविश्वास उसके शब्द-शब्द से टपक रहा था।

''क्या तुम प्रमाणित कर सकती हो कि तुम सचमुच वैसी अच्छी सैरंध्री हो, जो सत्यभामा और द्रौपदी की सेवा में रह सके?'' सुदेष्णा ने कहा, ''अपने बालों की तो तुमने वेणी तक नहीं कर रखी। कौन मानेगा कि तुम्हें केश शृंगार की कला का कोई ज्ञान है।''

''मैं अपना केश विन्यास केवल अपने पति के लिए करती हूँ महारानी!'' सैरंध्री बोली, ''वे लौट आएँगे और मुझसे प्रसन्न होंगे, तो उनको रिझाने के लिए वेणी भी करूँगी और अपना शृंगार भी।'' वह रानी के निकट चली आई, ''महारानी! वैसे तो सैरंध्री का कार्य एक साधारण दासी भी कर लेती है, किंतु वास्तविक कला का पता तो तब लगता है, जब सैरंध्री का हाथ लगते ही आपका रूप दोगुना हो उठता है। आप स्वयं को दर्पण में निहार-निहार कर अपने ही रूप पर मुग्ध होने लगती हैं और सोचती हैं कि इतनी सुंदर तो मैं पहले कभी नहीं थी।...''

''बातें तो बहुत लुभावनी कर लेती हो।'' रानी भी मुस्कराई, ''किंतु अपनी बात का प्रमाण दो तो जानूँ।''

सैरंध्री ने जैसे चुनौती स्वीकार की, ''अनुमति हो तो अपनी कला का चमत्कार प्रस्तुत करूँ।''

"चल धानुके!" रानी ने अपनी एक दासी को संबोधित किया, "बैठ जा सैरंध्री के सम्मुख। यह तुम्हारा केश श्रृंगार करेगी।"

"क्षमा हो महारानी!" सैरंध्री तत्काल बोली, "मालिनी की कला दासियों के भाग्य में नहीं है। यदि मेरी कला का चमत्कार देखना हो तो या तो आप ही यह कष्ट करें; अथवा राजकुमारी को अनुमति दें।"

रानी के मन में रोष जागा, यह सैरंध्री अपने आपको समझती क्या है...इसका अहंकार क्या रानी सुदेष्णा की आज्ञा का तिरस्कार करेगा?...किंतु रानी ने स्वयं को संयत किया : किसी की कला को परखे बिना, उसके विषय में अपनी धारणाएँ नहीं बना लेनी चाहिए। कलाकार अत्यंत संवेदनशील होता है। उसकी कला का अपमान हो तो वह राजाओं और राजाज्ञाओं तक का तिरस्कार कर सकता है।...

"अच्छा धानुके! मेरी ही प्रसाधन सामग्री ले आ। मैं अपने ही केशों पर इसकी कला का चमत्कार देखूँगी।"

दासियाँ दौड़ पड़ीं और तत्काल सामग्री और उपकरण प्रस्तुत कर दिए गए।

रानी ने दर्पण अपने हाथ से नहीं छोड़ा और उनकी दृष्टि दर्पण से हट नहीं पाई।...एक क्षण में लग रहा होता था कि सैरंध्री इस कला में निपट अनाड़ी है, उसे इस कर्म का तनिक भी अभ्यास नहीं है; और अगले ही क्षण उसका हाथ रानी के केशों को कुछ इस प्रकार व्यवस्थित कर देता था कि लगता था, इस सैरंध्री से श्रेष्ठ सज्जाकर्मी इस संसार में नहीं है।...जैसे-जैसे सैरंध्री अपने काम में तल्लीन होती जाती थी, रानी सुदेष्णा उसकी कला पर मुग्ध होती जाती थीं।...और जब सैरंध्री ने अपना काम समाप्त कर एक निरीक्षक दृष्टि उनके केशों पर डाली तो स्वयं रानी को लगा कि दर्पण में वे स्वयं नहीं कोई और ही रूपसी बैठी हुई थी। रानी चमत्कृत हो अपने दर्पण से पूछ रही थीं कि यदि यह उनका ही रूप था तो उस धृष्ट दर्पण ने उसे अब तक कहाँ छिपा रखा था? यदि कहीं यह सैरंध्री उनके यौवन में उनके पास आई होती तो कदाचित् रानी सुदेष्णा संसार की सर्वश्रेष्ठ सुंदरी के रूप में प्रसिद्ध हुई होतीं; किंतु अब इस ढलते वयस में वे उसका क्या लाभ उठा पाएँगी?...और सहसा रानी का मन बदल गया...यौवन में उन्हें किसी सैरंध्री की क्या आवश्यकता थी? उनका अपना रूप ही पर्याप्त था, विराट के मन में झंझावात उठा देने के लिए।...सैरंध्री की आवश्यकता तो वस्तुतः अब ही थी, जब उनके ढलते रूप को किसी बैसाखी की आवश्यकता थी।...ठीक ही समय पर आई थी यह सैरंध्री। आज उन्हें उसकी सबसे अधिक आवश्यकता थी, जब उनका रूप विराट को आकृष्ट करने में असफल होता प्रतीत हो रहा था।...वे कीचक से रुष्ट थे, और सुदेष्णा का रूप उन्हें यह भुला देने को बाध्य नहीं कर पा रहा था कि कीचक सुदेष्णा का भाई था। यह सुदेष्णा के रूप की असफलता ही तो थी।...और अब उन्हें मिल गई है यह सैरंध्री। इस रूप में तो वे कदाचित! उत्तरा से भी अधिक आकर्षक दीख रही हैं।...उत्तरा में उसके वयस का

आकर्षण तो है; किंतु इस समय कोई उन्हें देखे तो वह मानने को प्रस्तुत नहीं होगा कि वे उत्तरा की जननी हैं। अधिक से अधिक तो कोई यही कह सकता है कि वे उसकी भगिनी हैं।...

"महारानी यदि आप इस केश-सज्जा के साथ अपने कानों में कर्णफूलों के स्थान पर कर्णवलय धारण कर लें तो आपका वयस कम से कम पाँच वर्ष और भी कम हो जाएगा।"

सुदेष्णा ने सैरंध्री की बात सुनी, उस पर विचार भी किया, किंतु उससे सहमत नहीं हो सकीं। वे रानी हैं, सैरंध्री नहीं; किंतु प्रसाधन विद्या का कुछ ज्ञान उनको भी है। सैरंध्री की यह बात उनको उचित प्रतीत नहीं हो रही थी; परंतु प्रयोग करने में हानि ही क्या थी? यदि सैरंध्री का कथन असत्य प्रमाणित हो गया, तो उसका अहंकार खंडित होगा और सत्य निकला तो रानी का रूप और निखर आएगा।...

रानी ने अपनी प्रसाधिका की ओर देखा, "कर्णवलय लाओ।"

"महारानी! जब मँगवाने ही लगी हैं तो एक पद्मवर्णा साड़ी भी मँगवा लें और उन्हें धारण कर अपने रूप का परीक्षण महाराज पर करके देखें।" सैरंध्री बोली।

रानी ने उसकी ओर जो दृष्टि डाली उसमें हल्की-सी वर्जना थी कि वह कहीं मर्यादा का अतिक्रमण कर रही है; किंतु प्रसाधिका को मना नहीं किया। कहा, "ले आओ।"

सैरंध्री ने इस बार रानी के हाथ में दर्पण नहीं रहने दिया। दर्पण देखने का अवकाश रानी को तब ही दिया, जब सैरंध्री अपना पूर्ण संतोष कर चुकी।

दर्पण देखकर सुदेष्णा चकित रह गईं : वस्तुतः यह थी रानी सुदेष्णा; और आज तक उनकी प्रसाधिकाओं ने उन्हें क्या बना रखा था। क्या रानी अपनी उन प्रसाधिकाओं को अपना रूप विकृत करने का ही पारिश्रमिक देती रही हैं? वे प्रसाधिकाएँ उनके सौंदर्य को विकसित और अनावृत करने के स्थान पर तिरस्कृत और आवृत करती रहीं और रानी से प्रशंसा भी पाती रहीं तथा पुरस्कार भी। किंतु अब और नहीं। रानी ने अपना वास्तविक रूप देख लिया था। आज रानी की इच्छा हो रही थी कि वे अपनी उन पुरानी प्रसाधिकाओं को इतने दिनों तक सुदेष्णा को कुरूप बनाए रखने के अपराध में आजीवन कारावास दे दें। पता नहीं किस माया से वे आज तक उस कला की विशेषज्ञ मानी जाती रहीं, जिसका उनको कण मात्र भी ज्ञान नहीं है। आज भी यदि यह सैरंध्री न आई होती तो न वे अपने रूप को ही देख पातीं, न प्रसाधन कला के चमत्कार को।...

रानी अपने मन के द्वंद्व को समझ नहीं पा रही थीं : इस समय उनकी उत्कट इच्छा क्या थी—अपनी पुरानी प्रसाधिकाओं को कारागार में डालना, अथवा इस नई सैरंध्री को अपने शृंगार के लिए, अपनी बंदिनी बना लेना? यदि कहीं यह सैरंध्री उनके पास न टिकी और अन्यत्र चली गई तो रानी सुदेष्णा तो फिर से उन पुरानी

प्रसाधिकाओं के कुरुचिपूर्ण शृंगार की ही आश्रित रहने को बाध्य हो जाएँगी। इसलिए इस सैरंध्री को किसी प्रकार आजीवन यहीं रोक रखने की कोई व्यवस्था अधिक आवश्यक थी...किंतु यदि वह सहमत न हुई तो? क्या रानी उसे सहज ही छोड़ देंगी? नहीं! शायद यह उनके लिए संभव नहीं होगा। वे इस सैरंध्री को नहीं छोड़ सकतीं। किसी भी प्रकार नहीं। सैरंध्री को यहाँ रहना ही होगा। अपनी इच्छा से रहे तो, रानी की आज्ञा से रहे तो। रहना तो उसे पड़ेगा ही। सैरंध्री यहाँ रहेगी तो उसकी उपस्थिति मात्र से ही सुदेष्णा की ये अज्ञानी और फूहड़ प्रसाधिकाएँ भी बहुत कुछ सीख जाएँगी।...

"पर यदि सैरंध्री यहाँ न रुकी, उसने जाने की हठ की?" सुदेष्णा के हृदय से एक आशंकित स्वर उठा।

...और तभी रानी की बुद्धि ने उस आशंका को सुला दिया, "तो उसे बता देना पड़ेगा कि सुदेष्णा भी कोई साधारण स्त्री नहीं है, वह भी कीचक की बहन है।..."

"अच्छा! अब तुम लोग जाओ।" रानी ने अपनी दासियों से कहा, "तुम यहीं ठहरो सैरंध्री! मुझे तुमसे कुछ कहना है।"

सैरंध्री मन ही मन मुस्कराई : मैं जानती थी सुदेष्णा! कि यही होगा; किंतु प्रकटतः भय प्रदर्शित करती हुई बोली, "मुझसे कोई अपराध हो गया, महारानी?"

दासियों के जाने तक रानी ने कुछ नहीं कहा; किंतु उनके जाने के पश्चात् धीरे से बोलीं, "तुमने ऐसा क्यों समझा सैरंध्री?"

सैरंध्री ने कोई उत्तर नहीं दिया, बस सिर झुकाए, चुपचाप खड़ी रही।

"नहीं बताना चाहतीं?"

सैरंध्री ने अस्वीकृति में अपना सिर हिला दिया।

"अच्छा मत बताओ।" रानी हँस पड़ीं, "यह तो बताओ कि तुम अपने पति के लौटने तक किस प्रकार का आश्रय ढूँढ़ रही हो?"

"आश्रय किस प्रकार का हो सकता है महारानी!" सैरंध्री बोली, "मैं पापपूर्ण जीवन व्यतीत करना नहीं चाहती। मैं भिक्षा पर निर्भर रहना नहीं चाहती। प्रभु ने मुझे सक्षम शरीर दिया है और मेरे हाथों में कला दी है। सैरंध्री का कार्य करूँगी और उसके प्रतिदान में आश्रय चाहूँगी।"

"जो भी आश्रय दे?"

"जो भी धर्मपूर्वक आश्रय दे।"

"क्या मेरे पास रहना तुम्हें प्रियकर होगा?" रानी ने आतुरतापूर्वक पूछा।

रानी ने पूछ तो लिया, किंतु तत्काल ही उनके मन में जैसे उनचासों पवन हरहरा उठे। धरती के नीचे मानो शेषनाग का फन डोलने लगा।...वे क्या कर रही हैं? इस स्त्री को अपने घर में आश्रय देना चाहती हैं, जिसे देखते ही राजा विराट अपने संपूर्ण चित्त से उसमें आसक्त हो जाएँगे। इस दिव्य रूप को एक बार देख लेने के पश्चात

वे पलटकर सुदेष्णा की ओर देखेंगे भी?...वे ऊपर उठने के लिए वृक्ष पर चढ़ना चाहती हैं अथवा गिर कर आत्महत्या करने के लिए? वे क्या मादा केकड़े के समान गर्भ धारण करना चाहती हैं कि प्रसव के होते ही उनकी मृत्यु हो जाए। वे इस रूप की ज्वाला को अपने घर में रखना चाहती हैं, जिसकी उपस्थिति मात्र से उनके घर में आग लग सकती है?...

किंतु अपने जिस दैवी रूप को वे आज अपने दर्पण में देख रही थीं, वे उसे खोना नहीं चाहती थीं। उस रूप के रहते राजा विराट को मुग्ध करने में उन्हें कोई कठिनाई नहीं होनी चाहिए।...और फिर कीचक था वहाँ। राजा विराट कीचक की इच्छा के विरुद्ध तो जा ही नहीं सकते थे।...

"सोच कर तो मैं यही आई थी महारानी! किंतु यहाँ के लोगों का विचित्र व्यवहार और सैनिकों का दुर्व्यवहार देखकर मेरा मन कुछ डर सा गया है। जिस राज्य में अकेली नारी की रक्षा नहीं होती, मानना चाहिए कि वहाँ धर्म नहीं है। वहाँ मैं कैसे रह सकती हूँ।"

सुदेष्णा ने तत्काल कोई उत्तर नहीं दिया : क्या उत्तर देतीं। क्या वे नहीं जानतीं कि विराटनगर के सैनिक कितने उत्पाती हो गए थे। उन्हें अपने बल और अधिकार का अहंकार हो गया था; और राजा थे कि इच्छा होने पर भी उनको अनुशासित नहीं कर पा रहे थे। कीचक पर उनका कोई वश नहीं था और सारी सेना कीचक के अधीन थी। सैनिक कीचक का ही भय मानते थे और उसी की आज्ञा के अनुचर थे।...कीचक ने, सेना को, राजा की इच्छा के विरुद्ध अपने वश में रखने की यही युक्ति अपनाई थी। वह सैनिकों के विरुद्ध कुछ नहीं सुनता था और न ही स्वयं उनको किसी प्रकार का कोई दंड देता था। अब तो सैनिकों को मनमानी करने का अभ्यास ही हो गया था। पिछली बार राजा ने कीचक के एक सैनिक को अपने अंगरक्षकों के द्वारा बंदी बनाया था तो सैनिकों ने सामूहिक रूप से राजप्रासाद को ही घेर लिया था। सब जानते थे कि सेना के बिना शासन नहीं हो सकता और सेना कीचक की आज्ञा में थी। कौन नहीं जानता कि बकासुर के समान ही राजा की सहायता के नाम पर कीचक विराटनगर की प्रजा को खा रहा था।....कई बार सोचा था राजा ने कि सैनिकों को अपने पक्ष में करने के लिए, वे भी सैनिकों को वैसी छूट दे दें, जैसी कीचक देता है; किंतु वे वैसा कर नहीं सकते थे। वे देश के राजा थे, मात्र सेनापति नहीं। उन्हें अपनी संपूर्ण प्रजा का पालन करना था, केवल सेना का नहीं। वे अपनी प्रजा को पीड़ित कर अपनी सेना को प्रसन्न नहीं कर सकते थे। कीचक मात्र सेनापति था, वह केवल युद्धों और सेनाओं के विषय में सोचता था। उसके लिए प्रजा का कोई अस्तित्व नहीं था। यद्यपि सेना प्रजा के लिए ही होती है, किंतु वह प्रजा के प्रति अपना कोई दायित्व नहीं मानता था। उसके लिए सेना ही सब कुछ थी। इसलिए वह जिस प्रकार सेना को प्रसन्न कर सकता था, राजा नहीं कर सकते थे।

"पुरुषों के राज्य में स्त्री सदा इसी प्रकार असुरक्षित रहती है सैरंध्री!" अंततः रानी धीरे से बोलीं, "इसके लिए हम क्या कर सकती हैं। पर, तुम यहाँ मेरे पास रहोगी, तो तुम्हें कोई कुछ नहीं कहेगा।"

सैरंध्री एक बार फिर मन ही मन मुस्कराई : रानी ने बहुत सोच-विचार कर न्याय और अन्याय का नहीं, पुरुषों और स्त्रियों का विषय आरंभ कर दिया था। रानी चतुर राजनीतिज्ञ थीं।

"पुरुषों के राज्य में स्त्रियाँ सुरक्षित नहीं हैं; किंतु यहाँ, आपके पास रहकर मैं सुरक्षित हो जाऊँगी। आपके पास रहने से क्या राज्य स्त्रियों का हो जाएगा?" सैरंध्री ने अबोध भाव से पूछा।

रानी क्षण भर के लिए हतप्रभ रह गईं। उन्हें सैरंध्री से इस प्रकार के प्रश्न की तनिक भी अपेक्षा नहीं थी। उसने इतना उद्‌दंड प्रश्न इतने अबोध भाव से किया था कि रानी न उसे दंडित कर सकती थीं और न ही वे उसे इस अपराध के लिए क्षमा करना चाहती थीं...दंडित करतीं तो उनका शृंगार कौन करता, और क्षमा कर देतीं तो सैरंध्री और भी ऐसे प्रश्न कर उनका वक्ष छलनी न करती रहती।...एक ही मार्ग था कि वे मान लेतीं कि वह एक अबोध प्रश्न था, जिसका पूछनेवाला भी नहीं समझ रहा था कि वह क्या पूछ रहा है...

"नहीं! राज्य तो स्त्रियों का नहीं हो जाएगा; किंतु यहाँ मैं तुम्हारी रक्षा कर सकती हूँ।"

"जब यहाँ कर सकती हैं, तो बाहर, वहाँ मार्ग पर, पथ पर क्यों नहीं? सारे राज्य में क्यों नहीं? मेरी ही क्यों, किसी भी स्त्री की रक्षा आप क्यों नहीं कर सकतीं? रानी तो पूरे राज्य की रानी होती है, केवल अपने प्रासाद की नहीं। और फिर स्त्रियों की ही क्यों, पुरुषों की रक्षा क्यों नहीं? रक्षा की अधिकारिणी तो सारी प्रजा है।"

"पुरुष समर्थ है, इसलिए वह अपनी रक्षा स्वयं कर सकता है।" रानी बोलीं।

"हाँ! वह पुरुष समर्थ ही तो होता है, जिसकी हत्या हो जाती है।" सैरंध्री बोली, "और वह अपने हत्यारे का कुछ नहीं कर सकता।"

सुदेष्णा ने सैरंध्री को इस प्रकार देखा, जैसे उसे पहली बार देख रही हों। वे शायद उसे पहली बार ही देख रही थीं। इससे पहले उन्होंने जिस सैरंध्री को देखा था, उसमें केवल रूप ही था। यह सैरंध्री, जिसे वे इस समय देख रही थीं, उसमें बुद्धि भी थी। वह तर्क कर सकती थी, निष्कर्ष निकाल सकती थी, तुलना कर सकती थी। प्रतिभायुक्त होने से उसके सौंदर्य में जैसे और भी निखार आ गया था।...पर वे इस सैरंध्री की कला को तो अपने निकट रखना चाहती थीं, जो उनके रूप का शृंगार कर सके, उसके उस रूप को अपने निकट नहीं देखना चाहती थीं, जो प्रत्येक पुरुष की दृष्टि को रानी सुदेष्णा के मुख मंडल से हटा कर अपनी ओर खींच ले। वे उसकी उस बुद्धि को तो अपनी सेवा में देखना चाहती थीं जो उनके सौंदर्यवर्द्धन के लिए युक्तियाँ

सोच सके; उसकी उस तर्क शक्ति को अपने निकट देखना नहीं चाहती थीं, जो उनकी अपनी उक्तियों के आत्मविरोधी तत्त्वों को रेखांकित कर उनकी दृष्टि के सम्मुख रख दे।...पर वे क्या कर सकती थीं, इस सैरंध्री की कला इन अँगुलियों के बिना उन्हें नहीं मिल सकती थी; और ये अँगुलियाँ इस सुंदर और आकर्षक शरीर के बिना उपलब्ध नहीं हो सकती थीं। और यह शरीर यहाँ रहेगा तो उसमें निवास करनेवाली बुद्धि भी यहीं रहेगी...

''ठीक कहती हो सैरंध्री।'' सुदेष्णा ने उत्तर दिया, ''रानी तो पूरे राज्य की ही होती है; और वह मैं हूँ। स्थिति में अंतर केवल इतना है कि प्रासाद में हमारे वे अंगरक्षक हैं, जो महाराज के प्रति निष्ठावान हैं, और मार्गों और पथों पर वे सैनिक हैं, जो सेनापति की वाहिनियों के अंग हैं और वे केवल सेनापति का भय मानते हैं। जब वे राजा का ही भय नहीं मानते, तो रानी की आज्ञा क्या मानेंगे।''

इस बार सैरंध्री चलकर रानी के निकट आ गई। उनके पास भूमि पर बैठ गई और धीरे से बोली, ''महारानी! राज्य तो यहाँ भी महाराज का है, और पूरे मत्स्यदेश में भी। यहाँ भी उनके ही सैनिक हैं और पूरे देश में भी। फिर भी आप यहीं मेरी रक्षा कर सकती हैं, अन्यत्र नहीं। क्यों? सैनिक यहाँ भी राजा के हैं और पूरे मत्स्यदेश में भी। राजा भी पुरुष हैं, आपके सेनापति भी और सैनिक भी। फिर भी आप यहीं मेरी रक्षा कर सकती हैं, विराटनगर के मार्गों पर नहीं, पथ-वीथियों में नहीं। क्यों?''

''कहा न! यहाँ हमारे निष्ठावान सैनिक हैं।''

''यदि ये सैनिक भी सेनापति के प्रति निष्ठावान होते तो?''

''तो कदाचित् मैं यहाँ भी तुम्हारी रक्षा नहीं कर पाती।'' रानी ने स्वीकार किया।

''रहते तो तब भी पुरुष ही, और आज भी वे पुरुष ही हैं।'' सैरंध्री बोली।

''पुरुष नहीं रहते तो क्या बृहन्नला हो जाते।'' रानी को जैसे अपने ही वाक्य में रस मिला।

सैरंध्री को रानी का यह परिहास अच्छा नहीं लगा। बोली, ''यह कौन है महारानी?''

''दो-तीन दिन पूर्व ही हमारे यहाँ एक नपुंसक आया है।''

''महारानी मेरे कहे से रुष्ट न हों तो कहूँ, कि आप उन पर तो कटाक्ष करतीं नहीं जो पुरुष होकर भी क्लीव बने हुए हैं। बृहन्नला तो ईश्वर के आदेश का पालन कर रहा है।''

सैरंध्री का तेज रानी पर भारी पड़ रहा था, किंतु कह तो वह ठीक ही रही थी।

सैरंध्री ने भी रानी की अप्रसन्नता भाँप ली। बोली, ''महारानी मैं तो केवल एक बात कहना चाह रही हूँ कि समाज इस प्रकार बँट कर नहीं चल सकता कि पुरुषों का राज्य है तो स्त्री असुरक्षित रहे और स्त्रियों का राज्य आए तो पुरुष स्वयं को

असुरक्षित पाए। प्रश्न पुरुषों और स्त्रियों का नहीं है। न ही प्रकृति की ओर से उनमें परस्पर किसी प्रकार का विरोध है। प्रकृति ने तो उन्हें एक प्रकार से एक-दूसरे का पूरक बनाया है। यदि वे एक-दूसरे को अपना शत्रु मानने लगें, तो कोई पत्नी अपने पति, और कोई पति अपनी पत्नी की निकटता में सुरक्षित नहीं रहेगा।''

''तो तुम समझती हो कि स्त्री अपने पति की ओर से सुरक्षित है?''

''न होती तो उसका भोजन पकाते हुए उसमें विष डालकर उसकी हत्या कर डालती।''

''चलो मान लेती हूँ कि स्त्री अपने पति के साथ अथवा उसके अधीन तो सुरक्षित है; किंतु वह पर-पुरुष से तो सुरक्षित नहीं है।''

''प्रश्न स्त्री और पुरुष का तो है ही नहीं महारानी! प्रश्न तो न्यायी और अन्यायी का है। जिसके निकट पर-स्त्री सुरक्षित नहीं है, उसकी रक्षा में तो अपनी पत्नी भी सुरक्षित नहीं है। जो स्त्री, पर-पुरुष को लूट सकती है, उसकी निकटता में उसके अपने पति का धन भी सुरक्षित नहीं है। मैं तो सैनिकों को भी अच्छा और बुरा नहीं कहना चाहती। वे ही सैनिक किसी न्यायी व्यक्ति के अधीन कार्य करते हैं तो प्रजा के रक्षक बन जाते हैं और जब वे ही किसी दुष्ट की आज्ञा के अधीन होते हैं तो राक्षस हो जाते हैं।''

''कहती तो तुम ठीक हो सैरंध्री।'' रानी ने कहा, ''मुझे लगता है कि हमारे सेनापति ने ही अपना धर्म त्याग दिया है।''

रानी कह तो गईं, किंतु शब्दों के मुख से निकलते ही, वे सजग हो गईं। वे अपने भाई के विषय में क्या कह गईं। उसी के कारण तो वे राजा के सम्मुख भी झुकने को बाध्य नहीं हैं। उसी के कारण तो उनका यह वर्चस्व बना हुआ है, और वे उसी के विषय में कह रही हैं कि वह धर्म को त्याग चुका है।...

पर अपने मन में कहीं वे यह भी मानती ही थीं कि कीचक अपनी मर्यादा का अतिक्रमण कर रहा है।...किंतु एक सैरंध्री के सम्मुख यह स्वीकार करना?...यह तो रानी को शोभा नहीं देता...

''जिस राज्य का सेनापति धर्म त्याग दे और राजा उसके सम्मुख असहाय हो जाए, वहाँ तो न राजा सुरक्षित है, न रानी! प्रजा का तो कहना ही क्या।''

सुदेष्णा सैरंध्री से तनिक भी सहमत नहीं थीं। वे यह कैसे मान लेतीं कि वे अपने भाई के अधिकार-क्षेत्र में सुरक्षित नहीं हैं। हाँ, वे उसके सैनिकों से किसी की रक्षा नहीं कर पातीं, यह बात और है। पर ये सब उनकी अपनी पारिवारिक बातें थीं। इनके विषय में वे एक साधारण सैरंध्री से चर्चा करना नहीं चाहती थीं।

''तो फिर मेरी रक्षा कौन करेगा महारानी?'' सैरंध्री पूछ रही थी।

''मेरे अंगरक्षक तुम्हारी रक्षा करेंगे।'' रानी ने उत्तर दिया।

"नहीं रानी! रक्षा तो अंगरक्षक भी नहीं करते। स्त्री हो या पुरुष, व्यक्ति हो या समाज। रक्षा तो बस धर्म ही करता है। इसीलिए कहा जाता है कि धर्म का तिरस्कार नहीं होना चाहिए, न राजा के द्वारा, न सेनापति के द्वारा। मेरी रक्षा भी मेरा धर्म ही करेगा; इसलिए आपसे मुझे यह वरदान चाहिए कि मुझे अपने धर्म पर चलने की पूर्ण स्वतंत्रता होगी।"

"अवश्य।" रानी उत्साहपूर्वक बोलीं।

"उसके लिए मुझे आपका आश्वासन चाहिए।"

"कैसा आश्वासन सैरंध्री?"

"आप मुझे अपने सिवाय और किसी की सेवा में नहीं भेजेंगी; और मैं अपनी इच्छानुसार अवगुंठनवती रह सकूँगी।" सैरंध्री बोली, "मेरी कला का सम्मान होगा, अतः मुझे एक कलाकार की प्रतिष्ठा मिलेगी, दासी का स्थान नहीं। न मुझे किसी का उच्छिष्ट भोजन छूना पड़ेगा, न किसी के चरण।"

रानी को लगा, सैरंध्री की इन दो बातों में कुछ भी अनुचित नहीं है। यदि वह यह आश्वासन स्वयं ही न माँगती तो भी रानी उसे अपनी निजी सैरंध्री ही नियुक्त करना चाहती थीं। वे नहीं चाहती थीं कि किसी और का भी उतना सुंदर शृंगार हो, जितना रानी सुदेष्णा का। अवगुंठनवाला वचन भी ठीक ही तो है कि उसका अद्भुत रूप सबके सामने नहीं आना चाहिए।...इस रूप को देखकर तो किसी भी पुरुष का मन अनियंत्रित हो सकता है। सैरंध्री तो सैरंध्री, स्वयं रानी भी किसी का विश्वास नहीं कर सकतीं। उन्हें तो सबसे अधिक आशंका स्वयं मत्स्यराज की ओर से ही थी। यदि राजा को ही सैरंध्री भा गई तो सुदेष्णा का आश्वासन क्या कर लेगा और सैरंध्री का धर्म ही क्या कर लेगा।...

रानी ने अपने सिर को एक झटका दिया। वे एक साधारण स्त्री के समान क्या सोचने लगीं। क्या विराट ने आज तक कभी पर-स्त्री के प्रति इस प्रकार की लिप्सा प्रकट की है?...

किंतु रानी का मन जैसे अपने ही तर्कों के विरुद्ध व्यूहबद्ध हो रहा था, "नहीं! महाराज ने आज तक तो इस प्रकार की प्रवृत्ति नहीं दिखाई; किंतु आज तक उनके सामने इतनी रूपवती स्त्री भी तो नहीं आई। यह सैरंध्री क्या कोई साधारण स्त्री है?"

यदि सैरंध्री को अपने प्रासाद में अपने निकट रखने में इतना ही संकट था तो सुदेष्णा इस प्रकार का संकट मोल ही क्यों ले रही थीं? उन्हें इसी क्षण सैरंध्री को यहाँ से विदा कर देना चाहिए था...

पर नहीं! सुदेष्णा के मन में एक रूपगर्विता नारी भी बैठी थी। वह यह विचार भी कैसे सहन कर सकती थी कि उस सैरंध्री को यहाँ से चुपचाप विदा कर दिया जाए, जो उनके रूप को आज भी नवयौवनाओं के रूप से अधिक आकर्षक बना सकती थी। उसे विदा करने का अर्थ था, रानी सुदेष्णा के सौन्दर्य को विदा कर देना। सुदेष्णा

के नारीसुलभ आकर्षण को समाप्त कर देना...सुदेष्णा अपने प्राण दे सकती थी; किंतु अपने रूप के प्रति यह मोह नहीं छोड़ सकती थी...

"ठीक है सैरंध्री! मुझे तुम्हारी दोनों बातें स्वीकार हैं। तुम केवल मेरी सेवा में रहोगी, और जिस स्त्री अथवा पुरुष के सम्मुख तुम नहीं आना चाहोगी, उसके लिए तुम्हें कोई भी बाध्य नहीं करेगा। तुम न किसी के चरण छूओगी, न किसी का उच्छिष्ट भोजन!"

2

समंग का पुत्र, अपनी पत्नी और बच्चों के साथ, उनसे मिलने के लिए द्वैतवन में आया था।

समंग चकित था कि जिस पुत्र ने कभी उनका समाचार भी जानना नहीं चाहा, जो सदा इस बात से भयभीत रहा कि कहीं वे लोग उससे चिपक ही न जाएँ, वे लोग हस्तिनापुर गए तो उसने माता-पिता को अपने घर में ठहराना तक स्वीकार नहीं किया, वह पुत्र अपनी पत्नी के साथ, हस्तिनापुर से यहाँ तक की यात्रा कर, उनसे भेंट करने अब स्वयं आया है। इतने लंबे समय के पश्चात् अब ऐसा क्या हो गया कि उसे माता-पिता के प्रति अपना कर्तव्य स्मरण हो आया?

चपला पिछला सब कुछ भूल चुकी थी। वह तो बस इतना ही देख रही थी कि एक लंबे अंतराल के पश्चात् उसका पुत्र अपनी पत्नी और बच्चों को लेकर उनके द्वार पर आया था। अब वह उनसे मन भर कर बातें कर सकती थी। अपनी इच्छा के अनुसार, अपना मनभावन पकाकर उनको खिला सकती थी। बच्चों के साथ खेल सकती थी। उन्हें गोद में खेला सकती थी। बच्चे उसके कुटीर के आस-पास खेल रहे थे। किलकारियाँ मार रहे थे। उन्हें हस्तिनापुर में शायद पैर फैलाने का भी स्थान नहीं मिलता था और यहाँ वे लोग मन भर कर जहाँ तक चाहें दौड़ सकते थे। वृक्षों पर चढ़ सकते थे। उनकी शाखाओं पर झूल सकते थे। कितने प्रसन्न थे वे लोग। लगता था कि पिंजरे में बंद पक्षियों को जैसे पहली बार खुला आकाश मिला था। वे अपने पंख फैलाकर उड़ सकते थे; और उड़ना तो उन्हें अच्छा लग ही रहा था।

चपला बच्चों के साथ खेल रही थी। बहू कुछ पकाने के लिए चूल्हे के पास चली गई थी, तब पुत्र समंग के पास आ बैठा।

"बाबा! आप प्रसन्न तो हैं?"

समंग की इच्छा हुई कि पूछे कि आज पुत्र को उसकी प्रसन्नता की चिंता क्यों हो रही है; किंतु उसने पूछा नहीं। बोला, "पुत्र! इस अवस्था में, इन परिस्थितियों में, जितना प्रसन्न कोई हो सकता है, उतने प्रसन्न हम हैं।" उसने जानबूझकर 'मैं' के स्थान पर 'हम' का प्रयोग किया था।

“अब आपका मन नहीं होता कि आप हस्तिनापुर में आकर रहें? आपको हस्तिनापुर की राजकीय गोशाला में काम करने का अवसर मिले?”

पहले समंग को लगा था कि शायद पुत्र यह कहनेवाला है कि वे हस्तिनापुर में आकर उसके साथ रहें, अपनी पुत्रवधू और बच्चों के साथ रहें। उन्हें सेवा का अवसर दें।...किंतु नहीं। उसने तो बड़ी चतुराई से स्पष्ट कर दिया था कि वह ऐसा कोई सपना न पाले। वह हस्तिनापुर में आए तो राजकीय गोशाला में काम करने का विचार लेकर आए।

“नहीं। क्या करना है वहाँ आकर। बहुत देख लिया मैंने हस्तिनापुर। वहाँ मेरा दम घुटता है।” समंग बोला, “तुम्हें अच्छा लगता है, तुम लोग वहाँ रहो।”

“अंगराज कर्ण आपको बहुत स्मरण करते हैं।” पुत्र ने धीरे से कहा, “उन्होंने आपको प्रणाम कहा है।”

समंग कुछ नहीं बोला।

“आपको प्रसन्नता नहीं हुई बाबा?”

“नहीं। किंचित् आश्चर्य अवश्य हुआ।” समंग कुछ रुका, “और मुझे लगता है कि यह मेरे भय का कारण अवश्य हो सकता है।”

“क्यों?” पुत्र ने कुछ इस प्रकार पूछा, जिससे स्पष्ट था कि उसे समंग का यह भाव अच्छा नहीं लगा।

“प्रसन्नता इसलिए नहीं हुई कि दुष्ट व्यक्ति जब किसी को स्मरण करता है, तो किसी दुर्गुण के कारण ही करता है। मेरे किसी गुण का तो उसने स्मरण किया नहीं होगा।” समंग बोला, “आश्चर्य इसलिए हुआ कि जब मैं हस्तिनापुर गया था और रहने के लिए कोई ठिकाना ढूँढ़ रहा था, तो न कर्ण को मुझ पर दया आई, न दुर्योधन को; और न तुझको। तब मुझे अपनी विक्षिप्त पत्नी को लेकर, महामंत्री विदुर की शरण में जाना पड़ा था। और अब, जब मैं तुम सबको भूल कर, शांत, आश्वस्त और संतुष्ट होकर यहाँ जी रहा हूँ, तो अंगराज कर्ण को मेरा स्मरण क्यों हो आया?”

“और यह आपके भय का कारण क्यों होगा?”

“पहले भी जब कभी कर्ण ने मुझे स्मरण किया है, किसी शुभ काम के लिए नहीं किया। सदा मुझसे कोई न कोई पाप ही करवाया है। अब वह फिर मुझे स्मरण कर रहा है, तो उसके मन में फिर कोई दूषित योजना ही होगी।”

“नहीं। ऐसी कोई बात नहीं है। वे कह रहे थे कि आप बहुत भले आदमी हैं, चतुर भी हैं, और कार्यकुशल भी। युवराज सोच रहे हैं कि ऐसे व्यक्ति को राजधानी में बुला लिया जाए।”

समंग ने दृष्टि उठाकर पुत्र की ओर कुछ इस प्रकार देखा कि पुत्र को पूछना पड़ा, “इस प्रकार क्यों देख रहे हैं?”

“तुम कर्ण से मिलने गए थे?”

"नहीं। उन्होंने ही मुझे बुलवाया था।"

समंग हँसा, "लगता है, उन लोगों को फिर से मेरी आवश्यकता है। पर पुत्र! मुझे अब उनकी आवश्यकता नहीं। अब तुम यह मत कहना कि वे यदि मुझसे रुष्ट हो गए, तो मेरी चाकरी चली जाएगी।"

"वह तो जाएगी ही।" पुत्र बोला।

"मैं स्वयं भी उससे मुक्त होने की सोच रहा हूँ। बहुत कर ली चाकरी। अब जीवन के शेष समय में थोड़ा काम भी कर लेना चाहिए।"

"स्पष्ट कहिए बाबा।"

"इसमें स्पष्ट कहने को क्या है पुत्र! चाकरी किसी दूसरे व्यक्ति द्वारा दिया हुआ काम होता है, जो हम आजीविका के लिए करते हैं; किंतु अपना काम तो अपने मन की मौज का होता है।"

"चाकरी चली गई तो आपकी आजीविका कैसे चलेगी?" पुत्र के स्वर में जिज्ञासा से कहीं अधिक घबराहट थी, "कहीं आप मुझसे तो कोई अपेक्षा नहीं कर रहे हैं? मैं तो स्वयं ही बड़ी कठिनाई से..."

"नहीं! तुम चिंता मत करो। मेरे पास भगवान का दिया बहुत है। जिन लोगों के लिए धन की आवश्यकता थी, वे अब आत्मनिर्भर हो गए हैं। मेरा तात्पर्य है, तुम और तुम्हारी बहन। अब बचे, मैं और तुम्हारी माँ। हमारी आवश्यकताएँ ही कितनी हैं। चाहें तो उन्हें और भी कम कर सकते हैं। उन्हें पूरा करने के लिए तो यह वन ही बहुत है। उसके लिए दुर्योधन की चाकरी करने की क्या आवश्यकता है? हस्तिनापुर जाने की आवश्यकता तो एकदम ही नहीं है।"

चपला बच्चों को उनकी माँ के पास छोड़ आई थी, ताकि वे भोजन कर लें। पिता और पुत्र में कोई गंभीर चर्चा छिड़ी देख चुपचाप उनके निकट बैठ गई।

"अंगराज पूछ रहे थे कि आपको कोई आभास है कि पांडव लोग अपने अज्ञातवास के लिए किस ओर गए होंगे?" वह रुका, "वे लोग निश्चित रूप से अब वन में नहीं हैं, क्योंकि द्यूत की प्रतिज्ञा के अनुसार उन्हें एक वर्ष के लिए मानव समाज में अज्ञात होकर रहना है। पर यदि आपको किसी प्रकार की कोई सूचना हो कि वे लोग किस दिशा में गए हैं....?"

चपला ने अकबकाकर अपने पुत्र की ओर देखा और फिर एक भीत दृष्टि अपने पति पर भी डाली। समंग शांत था। उसके मुख पर तनिक भी उत्तेजना नहीं थी। न ही वह कुछ बोला और न बोलने को तत्पर ही लगा।

"तो तू इस कुकर्म के लिए आया है हमारे पास।" चपला रोषपूर्वक बोली, "मैं भी कहूँ कि बेटे-बहू को इस प्रकार अकस्मात् ही माता-पिता कैसे स्मरण हो आए।"

"नहीं अम्माँ! ऐसी तो कोई बात नहीं है। वह तो मैंने ऐसे ही...।"

"क्यों रुष्ट होती हो चपला।" समंग हँसा, "यह तो ऐसे ही।" उसने पुत्र की ओर देखा, "कोई भी काम ऐसे ही नहीं होता। तुम जिस लोभ में यहाँ तक आए हो, वह मेरी समझ में आ गया है; किंतु मैं तुम्हारी कोई सहायता नहीं कर सकता। और तुमको भी मेरा परामर्श यही है कि इस प्रकार के लोभ में मत पड़ो। इससे तुम्हारा कुछ भला नहीं होगा। निरीह मृगशावक को बाँध कर आखेटक के सम्मुख डाल देने से जो पुरस्कार मिलता है, वह रक्त से सना होता है और रक्त से सनी रोटी खाकर, किसी व्यक्ति की आत्मा स्वच्छ नहीं होती।"

"आप यहाँ वन में बैठे ऐसी बातें कर सकते हैं।" पुत्र का रोष कुछ मुखर हो गया, "किंतु मुझे तो अपने बच्चों का पालन-पोषण करना है।"

"अपने बच्चों का पालन-पोषण तो सबको ही करना होता है।" चपला बोली, "हमने भी किया था; किंतु उसके लिए ऐसे दूषित कृत्य करने की कोई आवश्यकता नहीं होती।"

"अच्छा, अब रहने भी दो अम्माँ। नहीं तो मेरे मुँह से कुछ निकल जाएगा।"

समंग बड़े मधुर ढंग से हँसा, "जो कहने आए हो पुत्र! कह लो। मुँह से निकल क्यों जाएगा, उसे सहज भाव से कहो। हम भी तो जानें कि तुम्हारे मन में क्या है।"

"मन में क्या होगा।" पुत्र बोला, "अम्माँ कह रही है कि इन्होंने भी बच्चे पाले हैं। पर बच्चों को पालने, पालने में भी अंतर होता है। बच्चे पैदा कर वन में छोड़ दिए कि जाओ, वृक्षों से जूझो, गौवों से खेलो और वन में जो मिले, वह खा लो। घर आए तो गाय के दूध के साथ सूखी रोटी थमा दी। हमने तो कभी जाना ही नहीं कि अच्छा खाना क्या होता है। अच्छा घर क्या होता है। अच्छा कपड़ा क्या होता है। बच्चे कैसे पाले जाते हैं, यह देखना हो तो, आकर हस्तिनापुर में देखो। माता-पिता क्या-क्या देते हैं अपने बच्चों को।"

"हमने तुम्हें वन के शुद्ध और पवित्र फल खिलाए हैं पुत्र!" समंग बोला, "अपने श्रम से कमाई रोटी खिलाई! अमृत सरीखा गाय का दूध पिलाया। इसलिए निर्धन होते हुए भी अभी तक तुम मनुष्य के समान काम कर अपने बच्चों का पोषण करने का प्रयत्न कर रहे हो। हस्तिनापुर के सम्राट धृतराष्ट्र ने अपने पुत्र को पाप की रोटी खिलाई, इसलिए सब कुछ होते हुए भी वह अपने भाइयों की हत्या का प्रयत्न कर रहा है। तुम चाहते हो कि तुम भी धृतराष्ट्र के समान अपने पुत्रों को पाप की रोटी खिलाओ और वे बड़े होकर दुर्योधन तथा उसके भाइयों के समान अपने ही कुल की वधू को सार्वजनिक रूप से निर्वस्त्र कर अपना मनोरंजन करें। अपने भाइयों के वध के षड्यंत्र रचें। जिन माता-पिता की प्रशंसा कर रहे हो कि उन्होंने अपने बच्चों का पालन-पोषण बहुत समृद्ध ढंग से किया, वे ही उत्तरदायी हैं अपने उन बच्चों को, व्यसनी, कामुक, लोभी और विकृत मस्तिष्क लुटेरे बनाने के। मैं प्रभु का कृतज्ञ हूँ कि मेरी इच्छा होते हुए भी उसने मुझे अपने बच्चे हत्यारे नहीं बनाने दिए। तुम्हारे लिए

भी मैं उससे यही प्रार्थना करता हूँ कि वह तुम्हें इतनी समृद्धि कभी न दे कि तुम अपने बच्चों के अपराधी और पापी बनने में सहायक हो सको।''

''निराश और आलसी लोगों का चिन्तन है यह सब।'' पुत्र बोला, ''असफलता को गौरवान्वित करने का प्रयत्न है।''

''मैंने वह सफलता कभी नहीं चाही, जो मुझे ईश्वर विरोधी और पापी बनाती हो।'' समंग शांत स्वर में बोला, ''मेरी कामना है कि भगवान तुम्हें भी ऐसी सफलता कभी न दे।''

पुत्र का चेहरा क्रोध से रक्तिम हो उठा। लगा कि वह अपनी क्षमता से भी अधिक आत्मदमन कर रहा है; किंतु वह उसके लिए संभव नहीं हुआ। बोला, ''आप मुझे बता सकते हैं कि आपको ऐसा सात्विक जीवन व्यतीत करने पर भी भगवान ने कंगाल क्यों बनाए रखा और उस दुर्योधन को अपार धन संपत्ति क्यों दी?''

''भगवान के मन की तो भगवान ही जानें।'' समंग बोला, ''जो मेरी समझ में आता है, वह यह है कि स्वच्छ और सात्विक जीवनयापन के लिए जो कुछ आवश्यक था, वह सब ईश्वर ने मुझे दिया। वह इससे अधिक देता, तो मेरी समझ में नहीं आता कि मैं उसका क्या करूँ। वह मेरे लिए रोग हो जाता।''

''तो दुर्योधन को इतना क्यों दिया?''

''उसको उसकी आवश्यकता थी।'' समंग बोला, ''मदिरा पीने के लिए, वेश्याओं पर लुटाने के लिए, लोगों की हत्याएँ करवाने के लिए, लाक्षागृह बनवाने के लिए, कौरव कुलवधू को निर्वस्त्र करवाने के लिए, अपने वैभव का प्रदर्शन कर अपने भाइयों को ईर्ष्या पीड़ित करने के लिए, उसे धन की आवश्यकता थी। ये सब तो वे कारण हैं पुत्र, जो हम साधारण लोगों तक को ज्ञात हो चुके हैं। कौन जाने, और किन-किन कारणों से उसे धन की आवश्यकता थी। यह सब नहीं करना था, इसलिए ईश्वर ने मुझे धन नहीं दिया। अपनी नासमझी में मैंने बहुत बार चाहा भी; किंतु उसने मुझे धन नहीं दिया, कृपा कर जीवन पर पड़ा हुआ माया का आवरण थोड़ा सा हटा दिया। मेरे मन में उसके प्रति तनिक भी विरोध नहीं है। मैं उसका कृतज्ञ हूँ कि उसने मुझे वही दिया, जो मेरे हित में था। हठ करने पर भी वह नहीं दिया, जो मेरे हित में नहीं था। एक वत्सल पिता अपनी संतान को वह सब क्यों उपलब्ध कराएगा जो संतान के हित में नहीं है।''

चपला अत्यंत मुग्ध भाव से अपने पति को देख रही थी, जैसे वह उसकी अपेक्षा से भी कुछ सिद्ध हुआ हो।

''अब मेरी समझ में आया कि हस्तिनापुर के युवराज के संपर्क में रहते हुए भी, जीवन में भरपूर अवसर होते हुए भी आप कभी भी उन्नति क्यों नहीं कर पाए।'' पुत्र उठकर खड़ा हो गया।

वे दोनों बैठे, पुत्र को कुटीर में अपनी पत्नी के पास जाते हुए देखते रहे। जब विश्वास हो गया कि वह इतनी दूर निकल गया है कि उनकी बात उस तक नहीं पहुँचेगी तो चपला बोली, "मैं तो डर रही थी कि कहीं तुम उन पाँच पुरुषों तथा एक स्त्री की चर्चा न कर बैठो, जो एक रात हमारे अतिथि रहे थे।"

"तुम मुझे एकदम ही मूर्ख समझती हो क्या।" समंग बोला, "वैसे मेरा मन अब भी यही कहता है कि वे पांडव नहीं थे। फिर भी इन हत्यारों की सहायता करने की हमें क्या पड़ी है।"

"आओ। अब भोजन कर लो।" चपला उठ खड़ी हुई, "बहू, बच्चों को खिला चुकी होगी।"

3

विराट बहुत देर तक सोने का प्रयत्न करते रहे; किंतु क्लांति का अनुभव होते हुए भी उनको नींद नहीं आ रही थी। मन में बार-बार प्रातः देखी हुई सैरंध्री की छवि साकार हो उठती थी। बहुत निकट से अथवा बहुत ध्यान से तो वे उसे देख भी नहीं पाए थे। रानी के पुकारने पर उसने एक बार आँखें उठाकर उस ओर देखा भर था; और विराट को लगा था कि वैसे नयन तो उन्होंने आज तक देखे ही नहीं थे, काव्य में पढ़े और कवियों के मुख से सुने अवश्य थे। आज तक तो वे यही समझते आए थे कि यह कवियों की कल्पना मात्र ही थी; किंतु आज उन्होंने जाना था कि कवियों के उस वर्णन का आधार क्या था। वे नयन उनके वक्ष में जैसे गड़-से गए थे; और उनकी चुभन थी कि तीव्र से तीव्रतर होती जा रही थी। वे अपनी आँखें मूँद लेते, तो भी वे नयन, अदृश्य नहीं होते थे...उनकी वे अधखुली पलकें, उनकी वे लंबी बरौनियाँ, जैसे किसी छायादार वृक्ष की कोई इंद्रधनुषी टहनी...

विराट ने करवट बदली, "सुदेष्णे! तुम्हारी वह नई सैरंध्री कौन है?"

सुदेष्णा ने कोई उत्तर नहीं दिया। विराट को लगा कि रानी सो गई हैं। तो ठीक है। सोई रानी को जगा कर एक दासी के विषय में जिज्ञासा प्रकट करने में कोई औचित्य भी नहीं था।...

सुदेष्णा ने राजा का प्रश्न सुना तो उन्हें लगा कि उनकी सारी आशंकाएँ सत्य सिद्ध होने जा रही थीं। पहली बार इस प्रकार की आशंका मन में उठी थी तो यही सोचा था कि यह साधारण प्राकृत नारी की आशंका मात्र थी। राजा विराट कोई परस्त्रीगामी लम्पट तो थे नहीं कि एक साधारण-सी दासी पर भी कुदृष्टि डालें। दासी भी वह नहीं, जो नृत्य कर अपने हाव-भाव से उनका मन मोहती हो, अपने गायन से उनके मन में रस की धार बहाती हो; अथवा मद्यपान कराकर उनके विवेक का हरण

करती हो। यह तो सैरंध्री थी। केश-सज्जा का कार्य करती थी। जिस प्रसाधन सामग्री से दूसरों का रूप सँवारती थी, स्वयं उसी सामग्री की गंध में बसी, दूसरों के मन में अपने लिए, विकर्षण उत्पन्न करती थी।...किंतु अब रानी की वही आशंका सत्य होने जा रही थी। अपनी शैया पर लेटे राजा अपनी रानी के विषय में नहीं सोच रहे थे, सैरंध्री का ध्यान कर रहे थे, तभी तो उसके विषय में पूछ रहे थे।

रानी ने आँखें खोल दी थीं, "क्यों? क्या उसके बिना नींद नहीं आ रही? बुलवाऊँ उसको कि महाराज आधी रात को अपनी शैया पर उसकी प्रतीक्षा कर रहे हैं।..."

राजा स्तब्ध रह गए। जान गए कि उनके प्रश्न ने रानी की ईर्ष्या को असमय झँझोड़ दिया था। मन का वह स्वप्निल लोक कहीं तिरोहित हो गया। मुख का स्वाद क़सैला हो गया।

"व्यर्थ बात का बतंगड़ मत बनाओ सुदेष्णे।" उन्होंने अपने स्वर को यथासंभव नियंत्रित रखा, "स्वामी को अधिकार है कि वह जानना चाहे कि उसके घर के भीतर काम करने वाले लोग कौन हैं, और उनका आचरण कैसा है।"

रानी उठकर बैठ गई, "अच्छा! मुझे नहीं मालूम था कि दास-दासियों के आचरण तथा उनके चरित्र के विषय में राजा के गुप्तचर शोध नहीं करते, स्वयं राजा आधी रात के समय, अपने शयनकक्ष में अपनी रानी को निद्रा से जगा कर दासियों के विषय में चर्चा करते हैं? किस दासी के अधरों में कितना रस है और किसकी जंघाएँ कितनी मृदुल हैं?..."

"रानी! कुछ तो अपनी मर्यादा का ध्यान करो। एक साधारण से प्रश्न को यह रूप दे रही हो तुम। यह सब कुछ कहा है मैंने तुमसे?"

"मूर्ख नहीं हूँ मैं।" रानी का स्वर और भी कठोर हो गया, "कहा नहीं है, किंतु मन में तो तुम्हारे यही सब है। मैं जानती नहीं हूँ, पुरुषों को क्या? जहाँ कोई सुंदर नारी मुख देखा, उसके शरीर के सपने देखने लगे।"

राजा स्वयं को नियंत्रित नहीं कर पाए, मन में सोई, सारी कटुता न केवल जाग उठी, वरन् जिह्वा पर भी आ गई, "कितने पुरुषों को जानती हो तुम? और कैसे जानती हो? मैंने तो एक दासी के विषय में मात्र जानना चाहा कि वह कौन है। रूप-रंग से वह दासी-कर्म करनेवाली लगती नहीं। उसका परिवार कहाँ है? वह दासी-कर्म के लिए बाध्य क्यों है?...इन जिज्ञासाओं के शमन के लिए तुमसे सहज भाव से पूछ लिया तो तुम नागिन के समान फुफकारने लगीं; और स्वयं अपने ही मुख से स्वीकार कर रही हो कि तुम पुरुषों को अच्छी तरह जानती हो। कितने पुरुषों को जानती हो तुम?"

"पुरुषों को नहीं जानती तो क्या, पुरुष मन को तो जानती हूँ।" रानी बोली।

"तन को तो दूर से भी जाना जा सकता है, मन को जानने के लिए तो बहुत निकट जाना पड़ता है।" राजा का स्वर और भी कटु हो गया, "तुम तो सारे ही पुरुषों के मन को भी जान गईं। कितने पुरुषों के निकट रही हो तुम?"

"अपने चरित्र की रक्षा नहीं कर पाए तो अब अपनी ही पत्नी के चरित्र पर लांछन लगाने लगे। लज्जा नहीं आती तुम्हें?" रानी की आँखों में क्षोभ से अश्रु आ गए थे।

"हाँ! मैं ही अपनी पत्नी के चरित्र का हनन कर रहा था; तुम तो अपने पति के चरित्र का बहुत बखान कर रही थीं।" राजा बोले, "एक दासी में आसक्ति बता रही थीं। संसार के सारे पुरुषों को अपने भाई के समान परस्त्रीगामी और लंपट समझती हो?"

सुदेष्णा जैसे विक्षिप्त हो उठी, "भाई पर वश नहीं चलता तो उसकी बहन को उपालंभ दे रहे हो। इतना ही पौरुष है तो मेरे भाई को, अपने राज्य से निष्कासित क्यों नहीं कर देते? क्यों उसे सेनापति बना रखा है? क्यों उसकी हर बात को चुपचाप मान लेते हो? उसके सामने तो मस्तक तक ऊपर नहीं उठता और मुझे ऐसी कड़वी बातें सुना रहे हो। मैंने उसे एक बार बता दिया कि तुम मुझसे ऐसी बातें कहते हो; अथवा उसे पता चल गया कि मैं तुम्हारे हाथों दुखी हूँ, तो कर लेना मत्स्यदेश पर राज्य और बैठ लेना विराटनगर के सिंहासन पर।"

राजा को लगा कि उनका मस्तक जैसे अपने स्थान पर नहीं है। अब वे स्वयं को और रोक नहीं पाएँगे। यह स्त्री तो उनको विक्षिप्त कर देगी।

"तो जाओ। बुला लाओ उसको। ले आए अपना खड्ग वह और कर दे मेरा वध। उसके पश्चात् चाहे तुम सिंहासन पर बैठ जाना अथवा उसी को बैठा देना, ताकि इस मत्स्यदेश में न किसी का धन सुरक्षित रह पाए, न किसी की स्त्री; न किसी का मान, न मर्यादा। पाप के पारावार में डुबो देना इस सारे राज्य को।"

सुदेष्णा की आँखों से जैसे चिंगारियाँ फूटीं, "इस भ्रम में मत रहना कि मैं तुम्हारी ऐसी बातों से डर जाऊँगी। मत्स्यों का राज्य रहे न रहे, मैं इस घर में अपनी सपत्नी का स्वागत नहीं करूँगी। अपनी पहली पत्नी की मृत्यु के पश्चात् जब तुमने मुझसे विवाह करने की इच्छा प्रकट की थी तो मेरे पिता को वचन दिया था कि यदि मैं तुम्हें एक भी संतान दे पाई तो तुम दूसरा विवाह नहीं करोगे।"

"तो राजप्रासाद में कार्य करनेवाली दासी के विषय में जिज्ञासा मात्र का अर्थ होता है, उससे विवाह करना?" राजा ने पूछा।

"और यदि बिना विवाह के ही उसे प्राप्त करना चाहोगे तो मैं वह भी नहीं होने दूँगी।" रानी बोली, "और यह भी बता दूँ तुम्हें। वह विवाहिता है, और अपने पति की अनुरागिनी है। उसका पति यहाँ नहीं है। इस समय वह कष्ट में है, इसलिए उसने इस रूप में यहाँ आश्रय लिया है। वह इस समय अकेली अवश्य है; किंतु असहाय नहीं

है। अपने आप में ही बहुत दुर्धर्ष स्त्री है। कोई पुरुष उसे बलात् प्राप्त करने का प्रयत्न करेगा, तो उसका पति तो कुछ करे न करे, सैरंध्री की कृपा के आकांक्षी अनेक अन्य पुरुष ही ईर्ष्यावश उसकी हत्या कर देंगे। उसकी रूप-ज्वाला से झुलसनेवाले तुम अकेले ही नहीं हो।''

''हाँ! समझ गया तुम्हारी धमकी। यदि उसकी ओर हाथ बढ़ाऊँगा तो अपने भाई से मेरी हत्या करवा देना, और कह देना कि सैरंध्री के किसी प्रेमी ने मेरी हत्या कर दी है। वह यदि नहीं भी कहती, तो तुम ही प्रचारित कर दो कि अज्ञात गंधर्व अथवा यक्ष लोग उसकी रक्षा करते हैं। यदि कोई पुरुष उस पर कुदृष्टि डालेगा, तो उसकी उसी रात को हत्या हो जाएगी।...''

रानी ने कुछ नहीं कहा। वह मन ही मन सोचती रही। राजा का क्रोध में दिया गया यह सुझाव पर्याप्त उपयोगी हो सकता था। सैरंध्री ऐसी स्त्री नहीं थी, जिसे पुरुष की दृष्टि से बचाकर रखा जा सके। ऐसे में उसकी रक्षा भी आवश्यक है और अन्य स्त्रियों के सौभाग्य की भी। राजा के प्रस्ताव के ही अनुसार यदि यह प्रचारित कर दिया जाए कि उसके पति की अनुपस्थिति में, उसके अनेक मित्र जो बहुत बलवान गंधर्व और यक्ष हैं, सैरंध्री की रक्षा करते हैं, तो स्थिति नियंत्रण में रहेगी। यक्ष-रक्षिता की ओर हाथ बढ़ाने का साहस कौन करेगा।...अन्यथा जिस प्रकार की कलह आज उनमें हुई है, वैसी ही कलह विराटनगर के घर-घर में हो सकती है।...

विराट ने देखा रानी शायद शांत हो गई थी। संधि की संभावना देखकर बोले, ''तुम्हें इस प्रकार का तनिक भी संदेह है, तो कल ही उस सैरंध्री को यहाँ से विदा कर दो। ऐसी स्त्री का परिवार में रहना उचित नहीं है, जिसके कारण पति और पत्नी में कलह होती हो।''

रानी अपने मन में बहुत अच्छी तरह जानती थी कि यह संभव नहीं था। सैरंध्री को विदा करने का अर्थ था, स्वयं सुदेष्णा के यौवन, रूप तथा सौंदर्य को विदा कर देना। और यह सुदेष्णा कभी नहीं होने देगी। यौवन और सौंदर्य का महत्त्व वह पहले भी जानती थी; किंतु अब सैरंध्री को देखकर वह उसका महत्त्व और भी अच्छी तरह जान गई थी। यदि विधाता ने उसे नारी का जन्म दिया है, तो वह इस संसार में सौंदर्य-विहीन होकर नहीं रहेगी। राजा से संधि हो अथवा कलह, प्रेम हो अथवा द्वेष, वह सैरंध्री को नहीं छोड़ सकती।

''तुमने मेरी बात सुनी या नहीं?'' राजा ने पूछा।

''सुन भी ली और समझ भी ली; किंतु मैं उसे मानने को बाध्य नहीं हूँ।'' सुदेष्णा ने कठोर स्वर में कहा, ''अब तुम भी मेरी बात सुन लो। यदि मैं यहाँ रहूँगी तो सैरंध्री भी यहीं रहेगी। सैरंध्री को निकालना चाहते हो तो मुझे भी निकालना होगा।'' रानी ने विराट की आँखों में देखा, ''और मुझे निकालने का साहस हो तो आदेश देकर देखो।''

इस बार राजा ने क्रोध नहीं किया। शांत स्वर में बोले, "क्यों एक दासी से इतनी ममता क्यों है तुम्हें?"

"प्रश्न ममता का नहीं है। प्रश्न है अधिकार का। यदि मैं अपनी इच्छा से एक दासी को भी अपने पास नहीं रख सकती तो रानी होने का पाखंड क्यों पालूँ। इतना अधिकार तो साधारण घर की स्त्रियों को भी होता है कि वे अपनी सहायता के लिए अपनी इच्छा से दासियाँ रख सकें।" रानी का स्वर तनिक भी कोमल नहीं हुआ था।

"तुम्हें कौन-सा अधिकार प्राप्त नहीं है यहाँ?" राजा ने धीर स्वर में कहा, "तुम चाहो तो अपने लिए दासियों की सेना रख सकती हो, किंतु इस सैरंध्री के कारण...।"

"सैरंध्री कहीं नहीं जाएगी। वह यहीं रहेगी। तुम्हें ही अपने आपको संयत रखना पड़ेगा। नहीं तो स्मरण रहे, उसके पति के कुछ गंधर्व और यक्ष मित्र उसकी रक्षा करते हैं, और वे सैरंध्री की ओर ताकनेवाले पुरुष की हत्या भी कर सकते हैं।"

"समझ गया मैं।" राजा बोले।

राजा को नींद फिर भी नहीं आई।...किंतु इस बार उनके ध्यान में सैरंध्री अथवा उसके सुंदर कजरारे नयन नहीं थे; इस बार स्वयं रानी सुदेष्णा उनको आक्रांत किए हुए थी।...यह उनकी पत्नी थी। उनके बच्चों की माता। और वह उनको हत्या की धमकी दे रही थी। वह उनकी हत्या करवा भी सकती थी। वे कीचक को तो पहले से ही जानते थे, आज उसकी बहन को भी जान गए थे। अपने स्वार्थ के लिए ये भाई-बहन किसी भी मनुष्य अथवा मर्यादा की हत्या कर सकते थे।

"इसी दांपत्य जीवन की कामना करता है मनुष्य? इस सुख के लिए तड़पता है? यह घर है? परिवार है?..." राजा उठ बैठे।

"क्यों, काम बाधित हुआ तो वैराग्य जाग उठा?" रानी की वाणी में भी व्यंग्य था और दृष्टि में भी।

वहाँ ठहरना राजा के लिए संभव नहीं रहा। वे उठकर बाहर चले आए।

रानी ने उनको उठकर बाहर जाते देखा और एक 'उँह' के साथ करवट बदल ली।

विराट बारजे के एक सिरे से दूसरे सिरे तक अपने आपको ठेलते रहे और सोचते रहे...सैरंध्री से भी वे और किस सुख की कामना कर सकते हैं। वह तो पर-स्त्री है, और अब सुदेष्णा ने यह भी बता दिया है कि वह विवाहिता है।...यह तो उन्हें पहले ही सोचना चाहिए था, उसकी अवस्था ऐसी नहीं है कि इस वय तक वह अविवाहिता रहे। उसे अकेली जान कर ही उन्होंने मान लिया कि वह अविवाहिता होगी। उनका वह मानना ही भूल थी।...और यह सुदेष्णा...पति को हत्या की धमकी दे रही है। मनुष्य अपनी रक्षा का प्रबंध करता है। सैनिक रखता है। अंगरक्षक रखता है। दंडधर रखता है। बाहर से संभावित सारे आक्रमणों से अपनी रक्षा के लिए, घर के सारे कपाट बंद कर देता है...किस लिए? जबकि उन कपाटों के भीतर उसके साथ रहनेवाले लोग

ही उसके हितैषी नहीं हैं। उसकी अपनी पत्नी ही उसकी हत्या कर सकती है।...किस माया मोह में भ्रमित घूम रहा है मनुष्य?

सहसा विराट का मन एक नई ही दिशा में चल पड़ा...क्या सत्य ही इस सैरंध्री की ओर हाथ बढ़ानेवाला पुरुष उसके अज्ञात ईर्ष्यालु प्रेमियों के हाथों मारा जाएगा? सैरंध्री इतनी सुंदर है कि वह बिना रक्षकों के सुरक्षित रह ही नहीं सकती। विराट जैसे प्रौढ़ तथा संतुलित व्यक्ति का मन भी यदि उसकी ओर आकृष्ट ही नहीं हुआ, उसमें आसक्त भी हो गया, तो साधारण जन की बात ही क्या है। अवश्य ही उसके रक्षक होंगे। किंतु वे अदृश्य क्यों हैं? उसका पति कहाँ है?...और फिर सुदेष्णा उस पर इतनी मुग्ध क्यों है कि अपने पति को त्याग सकती है, सैरंध्री को त्याग नहीं सकती?...सैरंध्री का रहस्य उनकी समझ में नहीं आ रहा था।...

4

सैरंध्री राजप्रासाद के मुख्य भवन से बाहर निकलकर राजा के निजी उद्यान क्षेत्र में आई ही थी कि किसी पुरुष स्वर ने पुकारा, "कहाँ जा रही हो हला! हमारी ओर देखती भी नहीं हो।"

सैरंध्री ने ठिठककर उधर देखा : किसने ऐसा साहस किया है? वह अभी पहले दिन के सैनिकों के उच्छृंखल व्यवहार को ही नहीं भूल पाई थी।...वह तो फिर नगर का सार्वजनिक पथ था; यह तो स्वयं राजा का आवास था, अंतःपुर का ही अंग माना जानेवाला उद्यान...तो यहाँ कौन ऐसा दुस्साहस कर सकता है?

सामने से पुरुषों के समान असाधारण रूप से लंबी और बलिष्ठ एक स्त्री आ रही थी।...किंतु पुकारनेवाला तो कोई पुरुष स्वर था, और यहाँ कोई पुरुष दिखाई नहीं दे रहा था। किसी ने ठिठोली तो की थी, किंतु वह सामने आने का साहस नहीं कर रहा था।...

सैरंध्री जाने के लिए मुड़ी।

"एक क्षण भी नहीं रुकोगी?" उसी पुरुष स्वर ने पुनः पुकारा।

इस बार उसे कोई भ्रम नहीं हुआ। सैरंध्री ने स्पष्ट पहचाना : यह पुरुष कंठ उसी असाधारण रूप से लंबी स्त्री का ही था। उसने ध्यान से देखा...यह और कोई नहीं, स्वयं बृहन्नला था।

सैरंध्री की विचित्र स्थिति थी। उसे लग रहा था कि उसके मन में एक क्षण के लिए जो उल्लास कौंधा था, वह अगले ही क्षण अवसाद का रूप धारण कर चुका था। अपने प्रिय को सम्मुख देख, जो प्रसन्नता का अनुभव हुआ था, वह उसका वेश देखकर विलीन हो गया था। वीरवर अर्जुन और नपुंसक के वेश में! वेश में? नहीं यह मात्र वेश नहीं था। रूप ही नपुंसक का था।...अर्जुन ने यदि नपुंसक का वेश मात्र

धारण किया होता, तो संभवतः सैरंध्री का उससे कुछ मनोरंजन ही होता; किंतु यह रूप तो उसके मन में पीड़ा जगा रहा था।...

"कैसी हो सखि!" बृहन्नला ने निकट आकर पूछा।

सैरंध्री के मुख से शब्द नहीं फूटा : वह जैसे अपने कंठ में सिसकी दबाए, बृहन्नला की ओर देखती रही। उसकी आँखों में अश्रु उमड़ आए थे।

बृहन्नला ने मुस्कराकर उसकी ओर देखा, "इस रूप को देखकर दुखी हो रही हो सखि! बाह्य रूप तो सब माया है, वह सत्य नहीं है। कृष्ण कहते हैं न कि असत् की सत्ता नहीं है, और सत् का अभाव नहीं है।"

"कृष्ण की बात तो वे ही जानें।" सैरंध्री धीरे से बोली, "मैं तो एक ही बात जानती हूँ कि असाधारण पौरुष से युक्त मेरा प्रिय इस समय एक नपुंसक के रूप में मेरे सम्मुख खड़ा है।"

"जो वैजयंत की राजसभा की सर्वश्रेष्ठ अप्सरा उर्वशी पर न रीझे, वह नपुंसक ही तो है।" बृहन्नला हँसा और फिर उसने सावधान होकर इधर-उधर देखा।

"वही तो सर्वश्रेष्ठ पौरुष है; और नहीं तो लंपटता का नाम पौरुष है क्या?"

"उसे छोड़ो देवि! ग्रंथिक और तंतिपाल का कोई समाचार है क्या?"

"नहीं। अभी तक तो कोई समाचार नहीं है।" सैरंध्री बोली, "रानी को मेरी कला कुछ इतनी भा गई है कि मुझे तनिक भी अवकाश नहीं देतीं। कहीं आ जा ही नहीं पाई।"

"तुमने उनका रूप निखार भी तो ऐसा दिया है कि तुम्हारे बिना अब वे रह ही नहीं पाएँगी। नारी को भगवान ने बनाया ही कुछ ऐसा है कि वह प्राण चाहे त्याग दे, अपना रूप त्यागना नहीं चाहेगी।"

"मुझे पुरुष और नारी के इस झगड़े में मत उलझाओ।" सैरंध्री बोली, "मुझे यह बताओ कि अंतःपुर में तुम्हारा निर्वाह कैसा हो रहा है? वहाँ तुम्हें नपुंसक मान कर कोई तुम्हारा अपमान तो नहीं करता?"

"वहाँ कोई मैं ही तो अकेला नपुंसक नहीं हूँ।" बृहन्नला ने कहा, "राजपरिवार तो भरा पड़ा है नपुंसकों से।"

"मैं इस शब्द के आलंकारिक प्रयोग की बात नहीं कर रही।" सैरंध्री बोली, "मैं शरीर के रूपाकार की बात कर रही हूँ।"

"हाँ! कुछ लोगों ने आरंभ में कुछ वितृष्णा दिखाई थी।" बृहन्नला ने कहा, "किंतु उनमें राजपरिवार के लोग कम थे, सेवक लोग ही अधिक थे। बाद में तो वह भी नहीं रहा।"

"राजकुमारी तुम्हारा सम्मान करती है?"

"राजकुमारी! वह तो बेचारी कुछ अधिक ही सम्मान करती है, अपने इस कलाकार गुरु का।" बृहन्नला ने कहा, "वह कुछ इतना आत्मीय व्यवहार करती है

कि मुझे भय है कि जिस दिन उसे यह पता चलेगा कि मैं वह नहीं हूँ, जो वह मुझे समझती है, तो उसे बहुत कष्ट होगा।''

''बहुत ध्यान है उसके कष्ट का?''

''क्यों नहीं होगा।''

सैरंध्री चुपचाप उसे निरखती रही। फिर धीरे से बोली, ''कहीं वह मन को भा तो नहीं गई रसिकराज! उत्तरा सुंदर है, सुशील है। अब तुम कह रहे हो कि तुम्हारा सम्मान भी बहुत करती है।''

''सम्मान ही नहीं करती, बहुत स्नेह भी करती है।'' बृहन्नला ने कहा, ''तुम तो यह समझो सैरंध्री! कि भगवान मुझे बता रहे हैं कि पुत्री का स्नेह क्या होता है; और सम्मान क्या होता है। हमारी कोई पुत्री है नहीं न, इसलिए...।''

''सखि बृहन्नले! नपुंसकों की संतान नहीं होती।'' सैरंध्री ने बहुत सावधानी से कहा, ''पुत्र क्या और पुत्री क्या।''

उसने बृहन्नला को ही सावधान नहीं कर दिया था, वह स्वयं भी सावधान हो गई थी। वह तो उत्तरा को लेकर बृहन्नला से विनोद करने जा रही थी; किंतु उसने उसके प्रति पुत्री का भाव जता दिया था। पता नहीं, पुत्री का स्नेह, प्रत्येक पिता को विह्वल करता था, अथवा केवल उनको जिनकी अपनी पुत्रियाँ नहीं होतीं।...

''यह मैंने क्या सुना है, तुम्हारे विषय में?'' बृहन्नला ने अपने स्वर को बहुत ही दबा कर पूछा।

''क्या सुना है?''

''कि तुम्हारा पति कहीं परदेस गया है। तुम्हें तुम्हारे श्वसुर ने घर से निकाल दिया है...।''

''तो इसमें मिथ्या क्या है?'' सैरंध्री बोली, ''तुम पाँचों भाई परदेस में नहीं हो क्या? और धृतराष्ट्र ने मुझे अपने नगर से निष्कासित नहीं किया है क्या? अब तुम लोग परदेस से लौटोगे, तो ही यह निश्चय होगा कि मैं अपने नगर में, अपने घर में रह सकती हूँ या नहीं।...''

''वह सब तो सत्य ही है।'' बृहन्नला ने कहा, ''किंतु उसके साथ-साथ यह भी प्रचारित हो रहा है कि तुम्हारे पति के पाँच गंधर्व मित्र अदृश्य रहकर तुम्हारी रक्षा कर रहे हैं...।''

''यह सब तो मैंने कहा नहीं।'' सैरंध्री बोली, ''कहने को तो मैं यह भी कह सकती थी कि मेरे पाँच गंधर्व पति अदृश्य रहकर मेरी रक्षा कर रहे हैं।...''

''अच्छा हुआ, तुमने यह नहीं कहा।'' बृहन्नला ने उत्तर दिया, ''नहीं तो कोई भी तुमसे पूछ सकता था कि तुम्हारे पति अदृश्य रहकर तुम्हारी रक्षा क्यों कर रहे हैं, वे प्रकट क्यों नहीं होते? तुम्हारे पाँच पति क्यों हैं? क्या तुम पाचाली हो? तुम्हारे पाँच

पति हैं, और वे तुम्हारे समीप हैं, चाहे अदृश्य रूप से ही सही, तो वे तुम्हारा भरण-पोषण क्यों नहीं करते? तुम दासी कर्म करने को क्यों बाध्य हो?..."

"हाँ, यह तो बहुत अच्छा हुआ कि मैंने अपने पाँच पतियों की चर्चा नहीं की।" सैरंध्री बोली, "किंतु मैंने तो यह सब भी नहीं कहा, जो प्रचारित हो रहा है। वस्तुतः मैं तो चाहती ही नहीं कि मेरे विषय में किसी प्रकार का प्रचार हो। मैं तो चाहती हूँ कि अज्ञात ही नहीं अदृश्य होकर रहूँ, किसी को मेरे अस्तित्व तक का पता न चले। हमारे अज्ञातवास के लिए किसी भी प्रकार का प्रचार हानिकारक हो सकता है।"

"तो यह सारा प्रचार किसने किया है? मैंने तो समझा कि तुमने अपनी रक्षा के लिए इस प्रकार का प्रवाद फैलाया है।" बृहन्नला ने कहा।

"मुझे रानी सुदेष्णा की एक प्रचारिका ने बताया है कि राजा ने मेरे विषय में रानी से कोई जिज्ञासा की थी; और रानी ने राजा पर यह आरोप लगाया था कि राजा मुझसे आसक्त हो गए हैं। दोनों में बहुत झगड़ा हुआ। रानी ने कहा कि मैं इतनी सुंदर हूँ कि जो भी पुरुष मुझे देखता है, वह मुझमें आसक्त हो जाता है। इसलिए राजा यदि मेरी ओर पग बढ़ाएँगे, तो मेरा कोई दूसरा प्रशंसक अथवा प्रेमी उनकी हत्या कर देगा। तब राजा ने कहा कि रानी उनकी हत्या करवा दे और यह प्रचारित करवा दे कि मेरे पति के अज्ञात गंधर्व मित्रों ने राजा का वध करवा दिया है। लगता है, रानी ने उसी बात को यह रूप दे दिया है। उन्होंने ही यह प्रचार किया होगा कि मेरे पति के पाँच गंधर्व मित्र, अदृश्य रहकर मेरी रक्षा कर रहे हैं।"

"वह परिचारिका है अथवा प्रचारिका? उस परिचारिका को यह सब कहाँ से ज्ञात हुआ, जिसने तुम्हें यह सूचना दी है?"

"जिस रात राजा और रानी में यह झगड़ा हुआ है, उस रात वह उनके शयन-कक्ष की प्रहरी थी।" सैरंध्री बोली, "उसने उन दोनों को झगड़ते हुए स्वयं सुना था।"

"वैसे रसिक पुरुषों को तुमसे दूर रखने के लिए युक्ति तो अच्छी है यह।" बृहन्नला ने कहा, "किंतु जब कभी उन अदृश्य गंधर्वों की आवश्यकता होगी, तब उन्हें प्रमाणित करने में कठिनाई हो सकती है। उपयुक्त अवसर पर वे प्रकट न हो पाए तो?..."

"पाँच अज्ञात गंधर्व तो हैं, मेरी रक्षा के लिए," सैरंध्री के अधरों पर एक उदास मुस्कान थी, "अब वे समय पर प्रकट ही न हों तो मैं क्या कर सकती हूँ।"

"पाँच अज्ञात गंधर्व भी हैं। उन्हें तुम अपने प्राणों से अधिक प्रिय भी हो। तुम्हारा सम्मान, तुमसे अधिक उनका अपना सम्मान है। किंतु..."

"किंतु क्या?" सैरंध्री ने पूछा।

"किंतु वे गंधर्व तो धर्म के मंत्रों से बँधे हुए हैं। यह तो समय ही बताएगा कि उस समय वे मंत्र उन्हें प्रकट होने देते हैं अथवा नहीं।" बृहन्नला ने कहा, "किंतु तुम

चिंता मत करो सैरंध्री! मुझे सदा लगा है कि उन पाँच गंधर्वों से कहीं अधिक समर्थ तो वह सर्वनियंता प्रभु है, जो तुम्हारी रक्षा कर रहा है।''

सैरंध्री कुछ नहीं बोली।

''पर रानी तुम्हारी सुरक्षा के लिए इतनी चिंतित क्यों हैं? क्या वे अपनी सारी परिचारिकाओं की इतनी ही चिंता करती हैं?''

''सबके विषय में मैं नहीं जानती, किंतु मैंने तो उनकी सेवा स्वीकार करते हुए ही अपनी सुरक्षा की विस्तृत चर्चा की थी। वे जानती हैं कि यदि मेरे मन में असुरक्षा की भावना जागी तो मैं यहाँ रह नहीं पाऊँगी, यहाँ से चली जाऊँगी।''

''तुम्हारा सैरंध्री कर्म उनके लिए क्या इतना आवश्यक है कि उसके लिए वे अपने पति तक से झगड़ा मोल लेंगी?''

''अभी तक तो कुछ ऐसा ही दिखाई पड़ रहा है।''

''क्यों?''

''कह नहीं सकती।'' सैरंध्री बोली, ''संभवतः मेरी कला के माध्यम से वे अपने यौवन और सौंदर्य को अधिक मादक और आकर्षक बनाए रखना चाहती हैं। यह भी संभव है कि न वे मेरी रक्षा के लिए चिंतित हों, न राजा के चरित्र के लिए। वे राजा से उस कष्ट का प्रतिशोध लेना चाहती हों, जो उन्हें अवस्था में स्वयं से इतने बड़े राजा से विवाह करते हुए हुआ था। वे मुझे सम्मुख रख राजा के मन में कामना तो जगाना चाहती हों; किंतु राजा को मेरी ओर बढ़ने की अनुमति न देना चाहती हों।''

''कदाचित् तुम ठीक ही कह रही हो सैरंध्री।'' बृहन्नला ने कहा, ''सत्यवती ने भी महाराज शांतनु से प्रतिशोध लिया था। कैकेयी ने भी राजा दशरथ से इसी प्रकार का प्रतिशोध लिया था। मुझे तो लगता है कि माता गांधारी ने भी अब तक महाराज धृतराष्ट्र से अपना प्रतिशोध ही लिया है, अन्यथा हस्तिनापुर में शकुनि को इतना महत्त्व प्राप्त न होता।...''

''कोई आ रहा है।'' सैरंध्री धीरे से बोली, ''अब मैं जो परिहास करूँ, उसका बुरा न मानना।''

एक परिचारिका उनके निकट पहुँच रही थी।

''क्यों सखि! प्रेमलीला हो रही है?'' वह हँसी, ''सुंदरी सहमत नहीं हो रही, अथवा बृहन्नला ही अपने सतीत्व की रक्षा के लिए चिंतित है?''

सैरंध्री भी हँस पड़ी, ''मैं बृहन्नला से कह रही हूँ, कि यदि यह स्त्री है तो इसे मुझसे ईर्ष्या होनी चाहिए और यदि पुरुष है, तो इसे मुझ पर मुग्ध होना चाहिए; किंतु यह तो कुछ भी करना नहीं चाहता।''

''देखो सखि! यह फिर मेरे लिए पुल्लिंग शब्दों का प्रयोग कर रही है। पता नहीं, यह मेरे स्त्रीत्व को क्यों अपमानित करना चाहती है।''

"यदि कोई निर्णय हो जाए तो मुझे भी सूचित कर देना।" परिचारिका हँसती हुई आगे बढ़ गई।

सैरंध्री ने देखा, आस-पास कोई नहीं था, तो पुनः बोली, "मैं आज भोजन में कोई दोष निकालकर झगड़ने के व्याज से बल्लव से भी भेंट करने की सोच रही हूँ। उनके पास अवश्य ही ग्रंथिक तथा तंतिपाल का कोई न कोई समाचार होगा।"

"हाँ! यह विधि उत्तम है। भोजन में दोष भी निकाला जा सकता है और किसी विशेष प्रकार के भोजन का अनुरोध लेकर भी बल्लव के पास जाया जा सकता है।" बृहन्नला ने उत्तर दिया, "किंतु कंक महाराज का समाचार पाने में कठिनाई होगी। उनके पास अंतःपुर में आने का कोई कारण नहीं है और हम दोनों एक प्रकार से अंतःपुर में बंदी हैं।"

"बल्लव कोई न कोई मार्ग निकाल ही लेगा।" सैरंध्री ने जैसे अपने आपसे कहा।

"मेरा-विचार है कि केवल तुम्हें ही नहीं, हम सबको ही भोजन में दोष बताने के बहाने, अथवा भोजन संबंधी किसी न किसी बात को लेकर बल्लव से मिलते रहना चाहिए। हम लोग बल्लव के माध्यम से एक-दूसरे के संपर्क में रह सकते हैं।" बृहन्नला ने कहा।

"हाँ! यह व्यवस्था लाभदायक हो सकती है।" सैरंध्री बोली, "अब चलती हूँ। ऐसा न हो कि रानी मेरी ढूँढ़ मचा दें।"

"मिलती रहना हला।" बृहन्नला ने कहा, "तुम्हारे बिना तो जीवन बोझ हो जाएगा।"

"रानी ठीक कहती हैं कि जो भी पुरुष सैरंध्री को देख लेता है, वह उस पर आसक्त हो जाता है।" सैरंध्री मुस्कराई।

"पर मैं तो पुरुष ही नहीं हूँ सुंदरी!" बृहन्नला ने चलते-चलते उदास स्वर में कहा।

सैरंध्री ने उसकी ओर पीठ होते ही, अपनी सिसकी को कंठ से मुक्त कर दिया और कपोलों पर वह आए अपने अश्रुओं को पोंछ लिया।

बल्लव, पाकशाला से अपने आवास की ओर जाने की सोच ही रहा था कि एक अवगुंठनवती स्त्री आकर उसके सम्मुख खड़ी हो गई।

"कौन हो देवि?" बल्लव ने पूछा, "और किस प्रयोजन से यहाँ आई हो?"

"मैं राजपरिवार की सैरंध्री हूँ।"

बल्लव हँसा, "नहीं! मैं अपनी केशसज्जा स्वयं ही कर लेता हूँ।"

"मैं महारानी सुदेष्णा की सैरंध्री हूँ पैरोगव! आपकी केशसज्जा के लिए नहीं आई हूँ।"

"पर मैं महारानी का भोजन तो भिजवा चुका हूँ। क्या तुम्हें तुहारा भोजन नहीं मिला देवि?"

"मिला। और उस भोजन में एक कंकड़ भी मिला है।" सैरंध्री बोली, "मैं पूछने आई हूँ कि रसोई में आप स्वच्छता का ध्यान क्यों नहीं रखते।" सैरंध्री ने अपना अवगुंठन हटा दिया।

"क्या वह कंकड़ स्वच्छ नहीं था देवि?" बल्लव हँस पड़ा। वह निकट आकर मंद स्वर में बोला, "कल जब गोशाला से दूध आया तो मैंने भी दूध लानेवाले उस गोपाल के साथ जम कर झगड़ा किया और कहा कि दूध में जल मिला हुआ है। यह भ्रष्टाचार यहाँ नहीं चलेगा। यह साधारण गृहस्थ की रसोई नहीं है कि जितना चाहोगे, उसे ठग लोगे। यह राजा की पाकशाला है, यहाँ तो शुद्ध दूध ही देना पड़ेगा। उसने मेरी बात का विरोध किया तो मैंने उसके दूध के दो-एक भांड लुढ़का दिए; और दक्षिणा स्वरूप एक चाँटा भी प्रदान कर दिया। वैसे अधिक बलपूर्वक नहीं मारा था। बस हल्का-सा। उसने अपने अध्यक्ष के पास जाने की धमकी दी तो मैंने कहा, कल स्वयं मत आना, उसी को भेजना, नहीं तो तुम्हारा सिर फोड़ दूँगा।"

"तो?" सैरंध्री ने पूछा।

"तो आज प्रातः सहदेव..." बल्लव ने दाँतों तले अपनी जिह्वा दबाई और चोर दृष्टि से इधर-उधर देखा, "...अभी अभ्यास ही नहीं हुआ है।"

"तो आज तंतिपाल आया?"

"हाँ! प्रातः वह स्वयं आया।" बल्लव ने वताया, "उसने भी झगड़ा किया कि मैंने उसे अधर्मी समझ रखा है क्या? मैंने उसे समझाया कि मूर्ख! यदि मैं यह नाटक न करता, तो तुमसे भेंट कैसे होती। अब वह राजा की पाकशाला में दूध देने स्वयं आया करेगा; और प्रतिदिन आया करेगा।"

"और ग्रंथिक?"

"वह आर्य कंक से प्रतिदिन उनकी अश्वों तथा रथ संबंधी आवश्यकता पूछने आता है।" बल्लव ने बताया, "वे दोनों स्वस्थ और प्रसन्न हैं।"

"यदि इसी प्रकार शांति से एक वर्ष व्यतीत हो जाए, तो कितना अच्छा हो।" सैरंध्री चलने को उद्यत हुई, "चलती हूँ। बृहन्नला को सारा समाचार दे दूँगी।"

"आती रहना सखि।" बल्लव हँसा, "भोजन में कोई दोष हो तो विरोध प्रकट करने अवश्य आना। संकोच मत करना। बल्लव तुम्हारी बात से तनिक भी रुष्ट नहीं होगा।"

"और अपने मनभावन भोजन संबंधी कोई अनुरोध करना हो, तो?" सैरंध्री ने अपने नयन नचाए।

"तो यह दास यहाँ किसके लिए विद्यमान है।" बल्लव हाथ जोड़कर उसके सम्मुख नत हो गया।

5

द्वारपाल ने हाथ जोड़कर निवेदन किया, ''महाराज! सेनापति कीचक आपके दर्शनों के लिए द्वार पर उपस्थित हैं।''

विराट, सभा में जाने के लिए प्रस्तुत थे।...अब यह कीचक आ गया था।...

उन्हें कल ही सूचना मिल गई थी कि कीचक, सेना के साथ नगर में लौट आया है; किंतु वह राजा से मिलने नहीं आया। सैनिक अपनों घरों अथवा स्कंधावार में चले गए और कीचक अपने प्रासाद में अपनी रानियों के पास। न राजा को कोई सूचना दी गई, और न कोई राजा को प्रणाम करने आया। राजा विराट को सूचनाएँ मिलती रहीं कि विराटनगर के मार्गों एवं पथों पर नागरिकों से अधिक संख्या सैनिकों की हो गई है। हाटों में, पण्यों में, आपणों में सैनिक विभिन्न प्रकार का क्रय-विक्रय कर रहे हैं, जैसे वे किसी सैनिक अभियान से न लौटे हों, कहीं से लूटपाट करके आए हों। उनके पास बहुमूल्य रत्न थे, जिन्हें वे बेच रहे थे, और उनके पास स्वर्ण मुद्राओं का तो जैसे भंडार ही था। वे महँगी से महँगी वस्तु क्रय कर रहे थे। साधारण सैनिकों के पास भी इतना धन था कि उन्हें किसी भी पदार्थ का मूल्य अधिक नहीं लग रहा था।...

राजा समझते थे कि यह सब क्या है।...कीचक कितने ही राज्यों में से होकर आ रहा था। जाने कहाँ-कहाँ उसने अपने सैनिकों को लूटपाट के लिए उन्मुक्त छोड़ दिया होगा। किसी को न भी लूटा हो तो किसी राजा से महाराज विराट के नाम पर, कर प्राप्त किया होगा; और उसे राजकोष में जमा कराने के स्थान पर अपने सैनिकों को प्रसन्न करने के लिए, उनमें बाँट दिया होगा।...उसके लिए राजा की प्रसन्नता महत्त्वपूर्ण नहीं थी। उसे सैनिकों की प्रसन्नता चाहिए थी, चाहे वह किसी भी मूल्य पर क्यों न मिले।

विराट जानते थे कि यह सब कीचक का ही दंभ था। अपने इस प्रकार के व्यवहार से वह उन्हें स्मरण कराता रहता था कि वह उनका वर्चस्व स्वीकार नहीं करता। वह सैनिकों के मन में भी यही बात अंकित कर देना चाहता था कि उनके स्वामी, महाराज विराट नहीं, उनका सेनापति ही है। इसीलिए तो सैनिक राजा का भय नहीं मानते थे।...कल की सूचनाओं के आधार पर राजा ने मान लिया था कि कीचक आज प्रातः उन्हें राजसभा में ही मिलेगा और वहीं उन्हें अपने सैनिक अभियान का अतिशयोक्तिपूर्ण विवरण देगा। उसे विवरण क्या देना होता था...अपने अहंकार का प्रदर्शन मात्र करना होता था।..किंतु वह तो उनके अपने प्रासाद में भेंट करने आ गया था।...

''आने दो।'' राजा बोले।

कीचक ने द्वारपाल के लौटने की प्रतीक्षा नहीं की थी। वह भीतर प्रवेश कर चुका था।

''महाराज की जय हो।'' वह बोला, ''महाराज का यह सेनापति विराटनगर के सारे पड़ोसी राज्यों को एक बार फिर यह स्मरण करा आया है कि उसकी भुजाओं में कितना बल है।...''

विराट के मन में निरंतर विचार प्रवाह चल रहा था...यह कहीं दूर नहीं जाता...बस विराटनगर के निकटतम पड़ोसियों को पीड़ित करता रहता है। जिन राज्यों के विषय में उसे निश्चित सूचना है कि उनकी सैनिक क्षमता उसका सामना नहीं कर सकती, उनका कंठ पकड़ने के लिए वह हर समय तत्पर रहता है।...और उन लोगों को वह यह स्मरण नहीं कराता कि विराटनगर में कितना बल है, उन्हें यह स्मरण कराता रहता है कि कीचक कितना शक्तिशाली है।...

''सेनापति! तुम्हें राजसभा में आना चाहिए था। सभासदों के सम्मुख सैनिक अभियान का सारा विवरण प्रस्तुत किया जाए, यह हमारे राज्य की मर्यादा है। राज्य के मंत्रियों की उपेक्षा कर राजा और सेनापति परस्पर चर्चा से राजकार्य चलाएँ, यह राज्य के हित में नहीं है।''

कीचक का गर्व में फूला चेहरा क्षोभ से जैसे काला पड़ गया। लगा, वह आक्रोश में कोई बहुत कठोर बात कहनेवाला है; किंतु जब बोला तो उसके भाव चाहे कठोर थे, किंतु उसके शब्द कठोर नहीं थे, ''मैं यहाँ राजा से मिलने नहीं आया हूँ। मैं अपनी बहन सुदेष्णा से भेंट करने आया हूँ।''

राजा समझ गए कि कीचक ने अपने इस विशेषाधिकार से न केवल उनकी सारी आपत्तियाँ निरस्त कर दी हैं, वरन् राजा के रूप में उनके अधिकारों को मानना भी अस्वीकार कर दिया है।

विराट वहीं खड़े रह गए और कीचक आगे बढ़ गया। उसने जाते हुए उनका अभिवादन भी नहीं किया था। वह राज-मर्यादा का उल्लंघन तो था; किंतु परिवार के सदस्य के रूप में इतनी छूट वह ले ही सकता था।

रानी सुदेष्णा को भी कीचक के नगर में लौट आने की सूचना थी; किंतु वह इस प्रकार से अकस्मात् ही आकर उनके सामने खड़ा हो जाएगा, इसकी उन्होंने कल्पना भी नहीं की थी। रानी की दृष्टि अनायास ही अपने निकट खड़ी सैरंध्री की ओर उठ गई, ''तुम जाओ सैरंध्री! आवश्यकता होने पर मैं फिर बुलवा लूँगी।''

सैरंध्री ने एक अपरिचित पुरुष को इस प्रकार निस्संकोच तथा अनौपचारिक विधि से आते देखकर पहले ही अवगुंठन कर लिया था। रानी की अनुमति तो जैसे उसके अपने मन की उत्कट कामना थी।

सैरंध्री चली गई और कीचक उसे जाते हुए देखता रहा। उसकी दृष्टि में जो अभद्रता थी, वह सुदेष्णा से छिपी नहीं रह सकी। वह उसे छिपाना भी नहीं चाहता था। सुदेष्णा उस दृष्टि को बहुत अच्छी तरह पढ़ सकती थीं; और जो कुछ वे पढ़ रही

थीं, उससे उनकी अंतरात्मा जैसे काँप उठी थी।...वे अपने भाई से सैरंध्री की रक्षा कर पाएँगी क्या?

"कैसे हैं भैया?" सुदेष्णा ने कीचक का ध्यान सैंरध्री की ओर से हटाने का प्रयत्न किया।

"मैं प्रसन्न हूँ, सुखी हूँ, आनन्दित हूँ; किंतु देख रहा हूँ, कि तुम तो मुझसे भी बहुत अधिक सुख की स्थिति में हो।"

सुदेष्णा की सहज प्रतिक्रिया थी कि वह पूछे कि ऐसी क्या बात है कि जिसके कारण वह उन्हें परम सुख की स्थिति में पा रहा है। किंतु पूछने की कोई आवश्यकता थी नहीं। वे समझ रही थीं कि उनके भाई का संकेत किस ओर था।

"हाँ! मैं तो परम सुख की स्थिति में हूँ ही।" सुदेष्णा ने कहा, "जिस बहन के वीर भैया उसे सारी सुख-सुविधाएँ उपलब्ध कराने को तत्पर बैठे हों, वह बहन तो परम सुख की स्थिति में होगी ही।"

"अरे छोड़ो बहना! तुम भी क्या बातें ले बैठीं।" कीचक ने कुछ ऊबे हुए स्वर में कहा, "मुझे बताओ कि मेरी अनुपस्थिति में पीछे क्या-क्या होता रहा है यहाँ?"

"क्या होना था भैया!" सुदेष्णा बोलीं, "आप नहीं होते तो विराटनगर का जीवन जैसे थम ही जाता है। कोई गतिविधि ही नहीं रहती।"

"सुदेष्णे! मैं कल संध्या समय ही विराटनगर में आ गया था।" कीचक बोला।

"जानती हूँ।"

"और यह भी जानती होगी कि जब मैं विराटनगर में उपस्थित नहीं भी होता, तो नगर में पीछे मेरी रानियाँ और मेरे भाई होते हैं। उनके अतिरिक्त मेरे कुछ आज्ञाकारी तथा निष्ठावान सेवक भी यहीं रहते हैं।" कीचक सीधे उसकी आँखों में देख रहा था, जैसे वह विराटनगर की रानी न हो, उसकी कोई दासी हो, "और तुम यह भी जानती होंगी सुदेष्णे! कि उनमें कोई भी बहरा, गूँगा अथवा अंधा नहीं है।"

"तो?" सुदेष्णा ने कुछ साहस करके पूछा।

"तो मुझे पीछे के सारे समाचार मिलते रहते हैं। मैं विराटनगर से बाहर जाता हूँ, तो भी अपने अनेक नेत्र यहाँ छोड़ जाता हूँ।"

सुदेष्णा अनुभव कर रही थीं कि वे मन ही मन कीचक से आतंकित होती जा रही हैं। इस प्रकार तो वे कभी अपने पति से भी आतंकित नहीं हुई, जो राजा हैं, और जिनसे कोई न कोई मतभेद होता ही रहता है।...और यह भाई, जिसके भरोसे वे अपने पति और इस राज्य के राजा से टकरा जाने में भी कोई संकोच नहीं करतीं, वह ही उन्हें आतंकित कर रहा है।...सुदेष्णा ने जैसे अपना सारा आत्मबल बटोरा, "ऐसा कौन-सा समाचार आपको मिल गया, जिसके कारण आप मुझे इस प्रकार आँखें दिखा रहे हैं?"

"मुझसे पूछे बिना कंक की नियुक्ति किसने की?"

"यह तो आपको महाराज से पूछना चाहिए।" सुदेष्णा कुछ आश्वस्त हुई, "राजसभा की नियुक्तियाँ मेरे अधीन नहीं हैं।"

"वह तो मैं राजा से पूछूँगा ही।" कीचक बोला, "मैं तो केवल इतना बता रहा था कि विराटनगर में पीछे और भी बहुत कुछ हुआ है।"

रानी को अपने भाई का यह सारा व्यवहार तनिक भी अच्छा नहीं लग रहा था; किंतु वह कीचक का स्वभाव जानती थी। इस समय उसे कुछ भी कहना व्यर्थ था। बात टाल कर बोली, "मैं नहीं जानती थी कि राजसभा में राजा के एक द्यूत-सहचर की नियुक्ति इतनी बड़ी घटना थी कि भाई के नगर में लौटते ही बहन का दायित्व था कि वह उसका कुशल समाचार भी न पूछे और उसे उसकी सूचना दे।"

"क्यों एक द्यूत-सहचर ही क्यों?" कीचक बोला, "पाकशाला का नया अध्यक्ष भी नियुक्त किया है, राजा ने।"

"हाँ! नियुक्त किया है।" सुदेष्णा ने पहली बार सीधे कीचक की आँखों में देखने का दुस्साहस किया, "राजा होकर भी उन्होंने कभी आपसे नहीं पूछा कि आपका कौन-सा काम कौन-सा सेवक करता है, और आपने कौन-सा सेवक क्यों नियुक्त किया है; और आप सेनापति होकर भी राजा से पूछने का साहस कर रहे हैं कि उसने अपनी रसोई में नया रसोइया क्यों रखा?" सुदेष्णा ने कीचक को कुछ कहने का अवसर नहीं दिया, "और इसको नया रसोइया रखना कहते हैं? पाकशाला का पुराना अध्यक्ष तुम्हारे सैनिकों के दुर्व्यवहार से दुखी हो चुका था। वह अपना पद स्वयं ही छोड़ जाना चाहता था।..."

"रहने दो सुदेष्णे!" कीचक ने रानी की बात बीच में ही काट दी, "मैंने तो आज तक ऐसा व्यक्ति नहीं देखा, जो अपना अध्यक्ष पद स्वयं छोड़ना चाहे। उसमें कोई न कोई रहस्य है।"

"नहीं देखा, तो जाओ चतुरसेन को देख आओ। वह अब भी पाकशाला में ही है। कहीं गया नहीं है।"

सहसा कीचक का स्वर कोमल हो गया, "क्या बात है सुदेष्णे! आज अपने पति का बहुत पक्ष ले रही हो? आज तक तो तुमने राजा का इस प्रकार बचाव नहीं किया।"

"आप उनको इस प्रकार पीड़ित करेंगे, तो उनकी रक्षा तो करनी ही पड़ेगी। वे मेरे पति हैं।"

"नहीं!" कीचक के अधरों पर एक दुष्ट मुस्कान थी, "नहीं! वास्तविकता यह नहीं है।"

"तो क्या है वास्तविकता। आप ही बता दें।"

"वास्तविकता यह है कि इस बार मेरी अनुपस्थिति का तुम सबने ही बहुत लाभ उठाया है।" कीचक बोला, "सुना है कि उत्तरा ने भी एक नपुंसक को अपना नृत्य शिक्षक नियुक्त कर लिया है।"

"तुम्हें उसमें भी आपत्ति है?" सुदेष्णा ने कुछ प्रखर स्वर में पूछा।

"यदि वह सचमुच ही नपुंसक है, तो मुझे कोई आपत्ति नहीं है।" कीचक बोला, "किंतु मुझे संदेह है कि वस्तुतः वह नपुंसक नहीं है। और यदि वह कोई पुरुष हुआ, जो छद्म नपुंसक बनकर राजप्रासाद में ही नहीं, राजकुमारी के अंतःपुर तक में जा पहुँचा है, तो?"

"आप हमें इतना मूर्ख समझते हैं? पूर्ण परीक्षण के पश्चात् ही हमने उसे राजकुमारी का शिक्षक नियुक्त किया है।" सुदेष्णा ने क्रुद्ध दृष्टि से कीचक को देखा, "यदि आपको इससे संतोष न होता हो, तो अपनी किसी पत्नी अथवा प्रेमिका को उसकी शैया पर भेज कर उसकी परीक्षा कर लीजिए।"

"रुष्ट हो गईं।" कीचक हँसा, "भला इसमें रुष्ट होने की क्या बात है?"

"रुष्ट होने की बात नहीं है? आप मेरी पुत्री के विषय में इस प्रकार की बात कह रहे हैं।"

"तुम्हारी पुत्री के लिए नहीं कह रहा हूँ।" कीचक बोला, "मेरी पुत्री भी तो उत्तरा के साथ ही संगीत और नृत्य की शिक्षा ले रही है।"

"ठीक है। आप अपनी पुत्री के लिए किसी और शिक्षक का प्रबंध कर लें।"

कीचक ने तत्काल कोई उत्तर नहीं दिया। सुदेष्णा को स्पष्ट अनुभव हो रहा था कि कीचक की बात समाप्त नहीं हुई है। वह कुछ और भी कहना चाहता है।...वह अपनी भंगिमा बदल रहा था, जैसे कहने से पहले अपने कथन का मन ही मन रस ले रहा हो।...

उसकी मुद्रा सचमुच बदली। वह मुस्कराने का प्रयत्न कर रहा था, जैसे कोई अत्यंत दुर्ललित बात कहने जा रहा हो।

"मैंने सुना है कि तुमने भी अपने शृंगार के लिए किसी असाधारण सुंदरी सैरंध्री को नियुक्त किया है।"

सुदेष्णा ने तमककर कीचक को देखा : वे तब से इसी बात से डर रही थीं।...पर किसने सूचना दी होगी कीचक को? जहाँ तक रानी जानती थीं, सैरंध्री किसी बाहरी पुरुष के सम्मुख आई ही नहीं थी। और ऐसी दृष्टि तो पुरुष की ही हो सकती है।...

"तो?" सुदेष्णा ने कहा, "विराटनगर की रानी को अपने लिए एक सैरंध्री नियुक्त करने के लिए भी अनुमति की आवश्यकता होगी?...अथवा एक बहन को एक दासी नियुक्त करने के लिए पहले भाई से सहमति लेनी होगी?"

कीचक ने रानी की बात का कोई उत्तर नहीं दिया। वह धीरे-धीरे चलता हुआ, सुदेष्णा के निकट आया और अत्यंत आत्मीयता के भाव से उसके निकट बैठ गया। इस समय वह विराटनगर का प्रचंड सेनापति नहीं था। उसकी मुखमुद्रा आतंकित नहीं करती थी।...सुदेष्णा को अपना शैशव स्मरण हो आया, जब वह कीचक की लाडली

बहन हुआ करती थी और उसने अपने इस भाई के दुलार के सिवाय और कुछ नहीं देखा था।

"तुम्हें स्मरण है सुदेष्णे!" वह एक प्रकार की सावधान कोमलता के साथ बोला, "तुम्हें जो खिलौना प्रिय होता था, वह मैं तुम्हें ला देता था, चाहे वह किसी का भी क्यों न हो?"

सुदेष्णा को स्मरण था, कीचक सचमुच ऐसा ही किया करता था। उसने कभी यह चिंता नहीं की थी कि वह खिलौना किसका था। यदि वह सुदेष्णा को चाहिए था, तो वह सुदेष्णा का ही था। किंतु इस समय उस स्मृति से सुदेष्णा को तनिक भी सुख की अनुभूति नहीं हुई। क्यों स्मरण करा रहा था, कीचक उसको ऐसी बातें...

"तुम्हें यह भी स्मरण होगा कि अनेक बार तुम्हारा मन उन उपयोगी वस्तुओं को खिलौना बनाकर खेलने को मचल उठता था, जो खिलौने नहीं थे; और मैं किसी भी प्रकार उन वस्तुओं को तुम्हारे लिए उठा लाता था।"

सुदेष्णा का मन भय से काँप उठा : क्या कहना चाहता है कीचक? उसका संकेत सैरंध्री की ओर ही तो नहीं?

"सैरंध्री को तुमने अपने शृंगार के लिए रखा है; किंतु इतना तो तुम भी समझती ही हो कि वह तुम्हारी अपेक्षा मेरे लिए कहीं अधिक उपयोगी सिद्ध हो सकती है। सिद्ध क्या हो सकती है, वह मेरे लिए अधिक काम की चीज है...तुम्हारा शृंगार तो कोई भी सैरंध्री कर देगी, किंतु मेरे जीवन को तो मालिनी ही धन्य कर सकती है।..."

इसी क्षण का सामना करने से रानी डर रही थीं तब से!...

उनके मन में अनेक प्रकार के संकल्प-विकल्प जैसे एक साथ ही आकार ग्रहण कर रहे थे।...क्या कीचक को इस प्रकार की माँग करने का कोई नैतिक आधार है? क्या उन्हें कीचक की बात मान लेनी चाहिए? उन्होंने सैरंध्री को वचन दिया था कि वे उसे और किसी की सेवा में नहीं भेजेंगी। क्या वे कीचक को मना कर पाएँगी? यदि वे मना कर भी दें तो कीचक मान जाएगा क्या?...यदि सैरंध्री को अपनी इच्छा के विरुद्ध कीचक के पास जाना पड़ा तो वह सुदेष्णा की सेवा के लिए विराटनगर में रुकी रहेगी क्या?

कीचक का तर्क समझने में रानी को कोई कठिनाई नहीं थी, किंतु इतना तो स्पष्ट था कि कीचक के इस सुख का मूल्य सुदेष्णा को ही देना पड़ेगा। सैरंध्री यहाँ से चली गई, तो सुदेष्णा का यौवन भी उसके साथ ही विदा हो जाएगा।...

"भैया! आप शायद नहीं जानते कि सैरंध्री विवाहिता है।" सुदेष्णा ने कहा।

कीचक हँसा, "क्या इससे पूर्व संसार में कभी किसी विवाहिता स्त्री का संबंध अपने प्रेमी से नहीं हुआ?"

"पर यह वैसी स्त्री नहीं है।" सुदेष्णा ने कहा।

"लगता है, तुम पहले ही उससे मेरे विषय में पूछ चुकी हो।"

"नहीं! मैंने तो नहीं पूछा; किंतु उसने आरंभ में ही अपने विषय में जो कुछ बताया था, यह सब तो उसी से स्पष्ट हो गया था। आपने देखा ही है कि वह अवगुंठनवती है। किसी पुरुष के सम्मुख खुले मुँह नहीं जाना चाहती। बहुत पतिव्रता स्त्री है।"

"वह तो पतिव्रता है; किंतु उसका पति कहाँ है? कहीं दूर देश में अपनी सखियों के साथ विहार कर रहा है।" कीचक बोला, "मैं ऐसी स्त्रियों को अच्छी तरह जानता हूँ। पति है नहीं और अपना भाव बढ़ाने के लिए सतीत्व का पाखंड कर रही है।"

"और यदि सचमुच उसका पति प्रकट हो गया तो?"

"तो या तो थोड़ा धन लेकर विधिवत् उसे मुझे सौंप जाएगा, अथवा मेरे खड्ग की बलि चढ़ जाएगा।"

सहसा सुदेष्णा को महाराज विराट से हुआ अपना वार्तालाप स्मरण हो आया। कीचक को रोकने की यह एक विधि हो सकती थी। संभव है कि वह उसके 'गंधर्वरक्षिता' होने की बात सुन कर डर जाए, अथवा न भी डरे, तो टल जाए। पर...

"आपने तो उसे अभी देखा भी नहीं है भैया!"

"हाँ! देखने को ही तो तरस रहा हूँ।" कीचक बोला।

"जिसे देखा ही नहीं उसके लिए इतने आतुर क्यों हैं?"

"क्योंकि उसके रूप का वर्णन सुन चुका हूँ।" कीचक बोला, "और प्रेम तो गुणश्रवण से भी आरंभ हो जाता है।"

"आपको उससे प्रेम हो गया है?" सुदेष्णा के स्वर में हल्का-सा कटाक्ष था।

"प्रत्येक व्यक्ति की प्रेम की अपनी अवधारणा होती है।" कीचक हँसा, "कोई अपने स्थान पर बैठकर किसी को स्मरण कर रोने को प्रेम कहता है; और हम जैसे क्षत्रिय वीर अपने बाहुबल से किसी को प्राप्त कर लेने की इच्छा को प्रेम कहते हैं। अब तुम ही बताओ सुदेष्णे! किसी स्त्री के लिए अश्रु बहाने की तत्परता प्रेम हो सकती है, तो उसके लिए रक्त बहाने की तत्परता प्रेम क्यों नहीं हो सकती?"

"वैसे तो त्याग का भाव ही प्रेम है, पर आप जैसे कुछ लोग आधिपत्य के भाव को भी प्रेम कहते हैं।" सुदेष्णा ने कुछ सतर्कता से कहा। वह जानती थी कि कीचक उसकी किसी भी बात से रुष्ट होकर, अपना संतुलन खो सकता है।

"त्याग तो करूँगा ही।" वह बोला, "जो माँगेगी, दूँगा। वह माँग कर तो देखे। मैं उसके सम्मुख अपना त्याग-सामर्थ्य प्रमाणित करूँगा।"

सुदेष्णा का भाव कुछ बदल गया, "आप जानते हैं, वह असाधारण सुंदरी है?"

"जानता न होता, तो इतना आग्रह क्यों करता?"

"किसने बताया है आपको?"

सुदेष्णा ने स्पष्ट देखा कि कीचक के अधरों पर किसी का नाम आता-आता रुक गया था। यदि वह समय से ही सावधान न हो गया होता, तो अवश्य ही उस व्यक्ति का नाम उसकी जिह्वा पर आ जाता।

और सहसा ही वह कुछ क्रुद्ध हो उठा, "क्या जानना चाहती हो तुम मुझसे? जानना चाहती हो कि मैंने तुम्हारे प्रासाद में अपने गूढ़ पुरुष तो नियुक्त नहीं कर रखे?" उसनें जैसे सायास स्वयं को संयत किया, "वह भी कर सकता हूँ मैं। सेनापति हूँ इस राज्य का। इसलिए यह मेरा दायित्व है कि राजा और रानी की सुरक्षा का निरीक्षण करता रहूँ। राजप्रासादों में रचे जानेवाले षड्यंत्रों का पता लगाना भी मेरे दायित्वों में सम्मिलित है।"

सुदेष्णा के अधरों पर एक कटु मुस्कान उभरी; किंतु वे कुछ बोलीं नहीं।

"मैं उस सैरंध्री को देखना चाहता हूँ।" कीचक बोला, "उससे बात करना चाहता हूँ।"

"भैया! आप उस सैरंध्री को क्यों देखना चाहते हैं, क्यों उससे मिलना चाहते हैं—यह, मेरे मन में अभी स्पष्ट नहीं है। कभी आप उससे प्रेम निवेदन करना चाहते हैं, और कभी अपने राजा और रानी की सुरक्षा में चिंतित होकर उसकी जन्मकुंडली ही बांचना चाहते हैं...।"

"दोनों ही बातें हैं।" कीचक निर्लज्जता से बोला।

"मेरी रक्षा की चिंता करते हैं या नहीं, यह मैं नहीं जानती, किंतु मेरा एक अनुरोध है।"

"क्या?"

"मैंने उसको वचन दिया है कि उसकी इच्छा के विरुद्ध मैं उसे अनावृत मुखमंडल के साथ किसी पुरुष के सम्मुख उपस्थित होने को बाध्य नहीं करूँगी।" सुदेष्णा बोलीं, "क्या आप मुझे अपने वचन की रक्षा भी नहीं करने देंगे?"

"तुम अपने वचन की रक्षा करो।" कीचक बोला, "किंतु एक वचन मुझे भी दो कि यदि वह स्वेच्छा से मेरे पास आने को सहमत न हुई, तो तुम मुझे उसके पास जाने की अनुमति दे दोगी।"

सुदेष्णा के मन में तत्काल प्रश्न उठा कि यदि वे अनुमति न दें तो क्या कीचक सैरंध्री का पीछा छोड़ देगा?...किंतु उन्होंने पूछा नहीं। वे जानती थीं, कि कीचक का उत्तर क्या होगा।...इस समय वह अनुमति माँग रहा था, किंतु अगले ही क्षण वह आदेश देने पर भी उतर सकता है।...

"ठीक है।" सुदेष्णा ने धीरे से कहा, "एक बार मुझे उससे पूछ कर देख तो लेने दो।"

6

सैरंध्री उद्यान में पुष्प चुन रही थी। रानी की वेणी के लिए वे विशेष आकार और वर्ण के पुष्प चाहती थी। मालिन से कह देती तो पुष्प तो आ जाते; किंतु वे सैरंध्री की रुचि के नहीं होते। तब मालिन को समझाने के लिए जो श्रम करना पड़ता, वह तो था ही, साथ ही मालिन का रोष भी झेलना पड़ता। उससे तो सरल यही था कि वह अपनी रुचि के पुष्प स्वयं ही चुन लेती।

उसे लगा कि किसी की पद-चाप उसकी दिशा में बढ़ रही थी। किंतु वे पग सहज नहीं थे। बहुत सावधानी से पैरों को दबा कर इस प्रकार चला जा रहा था कि ध्वनि उत्पन्न ही न हो। ऐसे तो चोर ही चलता है, अथवा छिप कर किसी का पीछा करता हुआ, कोई गूढ़ पुरुष। दिन के इस समय, राजा के उद्यान में, न तो कोई चोर हो सकता है और न ही कोई गूढ़ पुरुष। तो यह कौन है?

सैरंध्री ने मुड़कर देखा और पहचाना : यह तो राजा का श्यालक कीचक था। उसने तत्काल अपने मुख पर अवगुंठन डाल लिया और कीचक को मार्ग देते हुए, उससे बचकर एक ओर से निकल जाने का प्रयत्न करने लगी।

"ठहरो सुंदरी!" कीचक उसके मार्ग में खड़ा हो गया था, "इस समय मैं इस उद्यान में भ्रमण की इच्छा से नहीं आया हूँ। उसके लिए मेरे अपने प्रासाद में उद्यान है, जो राजा के उद्यान से अधिक विशाल तथा अधिक आकर्षक है।"

सैरंध्री कुछ नहीं बोली।

"यह भी नहीं पूछोगी कि तब मैं क्यों आया हूँ?"

"मेरे पूछने का कोई प्रयोजन नहीं है।" सैरंध्री धीरे से बोली, "न ही उसमें मेरी कोई रुचि है। यह उद्यान मेरा नहीं है कि मैं किसी के प्रवेश का कारण जानना चाहूँ। आपसे मेरा कोई परिचय ही नहीं है कि मैं यह जानना चाहूँ कि आप इस समय यहाँ क्यों आए हैं।"

कीचक प्रयत्नपूर्वक शालीनता से हँसा, "पर तुमको मुझमें रुचि होनी चाहिए; क्योंकि मुझे तुममें बहुत रुचि है। कृपा कर अपना यह अवगुंठन उठा दो। तुम्हें ईश्वर ने इतना सुंदर इसलिए नहीं बनाया है कि तुम अवगुंठन में छुपी रहो। सौंदर्य, दर्शन-सुख के लिए होता है सुनयने! मुझे उस सुख से वंचित मत करो।"

सैरंध्री ने कीचक की बात का कोई उत्तर नहीं दिया; पर सोचती रही कि उससे पूछे कि क्या वह ईश्वर से पूछ कर आया है कि सैरंध्री को इतना सुंदर क्यों बनाया गया है।...

"मैंने तुम्हारे विषय में बहुत कुछ सुना है।" कीचक बोला, "मैंने सुना है कि तुम दस मास पूर्व यहाँ आई थीं। कहाँ से आई थीं, यह कोई नहीं जानता।...नहीं! कदाचित् मैं कहना कुछ और चाहता था; किंतु कह कुछ और गया। तुम्हें सामने

देखकर शायद मेरा मन और मस्तिष्क सहज नहीं रहते। अपनी उल्लासमयी उत्तेजना में वे कुछ बौरा से जाते हैं। तो कहना मैं यह चाहता था कि जो यह जानता है कि रानी सुदेष्णा के पास एक सैरंध्री रहती है, वह तो यह भी जानता है कि तुम पांडवों की रानी पांचाली की सेवा में थीं। वे लोग तो अज्ञातवास करने चले गए, किंतु तुम्हारा पति कहाँ चला गया, यह कोई नहीं जानता। तुमने सुदेष्णा को यह बताया है कि तुम्हारा पति किसी संकट के कारण नगर से बाहर गया है और तुम्हारे श्वसुर ने तुम्हें घर से निकाल दिया है। किंतु मेरा इन सारी कथा-कहानियों में कोई विश्वास नहीं है। मैं यह मानता हूँ कि या तो तुम अपने पति से रुष्ट होकर चली आई हो या फिर वह ही तुम्हें त्याग गया है।''

सैरंध्री ने अपने पक्ष में कुछ नहीं कहा।

''तुमने कोई उत्तर नहीं दिया सैरंध्री।'' कीचक बोला।

''उसकी कोई आवश्यकता नहीं है।'' वह बोली, ''आप क्या मानते हैं और क्या नहीं मानते हैं, उसमें मेरी कोई रुचि नहीं है।''

''तुम्हारी रुचि हो या न हो, मुझे तुममें बहुत रुचि है।'' कीचक बोला, ''मैं मानता हूँ कि यदि तुम्हारे पति ने किसी कारण से रुष्ट होकर तुम्हें त्याग दिया है अथवा वह किसी अन्य नारी में आसक्त हो गया है, तो वह जन्म का अभागा है। उसे जाने दो। ऐसा पुरुष इस योग्य नहीं है कि तुम उसकी प्रतीक्षा करो। और यदि तुमने ही उसे त्याग दिया है तो ठीक किया है। वह इसी योग्य था। तुम जैसी सुंदरी से जो सैरंध्री का कार्य करवाता था, वह तो इस योग्य है कि उसे नगरद्वार पर खड़ा कर कशा से मार-मार कर उसकी त्वचा उतार ली जाए। तुम जैसे नारी-रत्न का इतना अपमान!''

सैरंध्री भाँप रही थी कि कीचक अपनी बात को किस दिशा में ले जाना चाहता है। उसका लक्ष्य भी बहुत स्पष्ट था। किंतु वह उसके मार्ग में अड़कर इस प्रकार खड़ा था कि उसकी इच्छा के बिना, वह रानी के मंडप की ओर नहीं बढ़ सकती थी; और विपरीत दिशा में चलकर रानी के मंडप से और भी दूर हो जाना, उसके हित में नहीं था।

''तुम जानती भी हो कि तुम्हारा रूप कैसा है, कितना अनमोल है।''

''हाँ! प्रतिदिन दर्पण देखती हूँ।'' सैरंध्री की बहुत इच्छा थी कि वह कीचक से पूछे कि क्या उसने भी कभी दर्पण देखा है? देखा होता, तो उसे ज्ञात होता, कि वह कैसा है। किंतु ऐसा परिहास कर वह कीचक को और अधिक छूट नहीं देना चाहती थी।

''यदि मुझे ज्ञात नहीं होता कि तुम सुदेष्णा की सैरंध्री हो तो मैं तो यही मानता कि तुम कोई देवसुंदरी हो और आकाश से उतरकर अभी-अभी आई हो। ऐसा रूप इस पृथ्वी पर तो हो ही नहीं सकता।...''

सैरंध्री ने बड़ी कठिनाई से अपने मुँह में आया हुआ वाक्य रोका, नहीं तो वह कह देना चाहती थी कि वह भी नहीं जानती थी कि कीचक जैसा गधा भी इस पृथ्वी पर हो सकता है।...पर सत्य यही है कि वह इसी पृथ्वी का जीव है। पाताल में से तो आया नहीं है।

''आप यहाँ बैठकर शोध करें कि पृथ्वी पर कैसा सौंदर्य हो सकता है,'' अंततः वह बोली, ''और मुझे जाने के लिए थोड़ा मार्ग दे दें, ताकि मैं मंडप में जाकर महारानी की वेणी गूँथ सकूँ।''

''अपना महत्त्व समझो सुंदरी! कहाँ सैरंध्री बनकर अपना जीवन नष्ट कर रही हो।'' कीचक बोला, ''तुम जैसी सुंदरी किसी की सैरंध्री बनकर रहे, यह तो सौंदर्य के प्रति अपराध है। तुम्हें तो राजरानियों के समान रहना चाहिए था। यह निर्धनता, ये कष्ट, यह श्रम—यह सब तुम्हारे लिए नहीं है। मुझे जानती हो?'' सहसा वह रुक गया।

सैरंध्री का मन हुआ कि कहे, हाँ! वह जानती है कि वह विराटनगर का सबसे बड़ा बौड़म है।...किंतु उसने कुछ कहा नहीं।

''मैं हूँ कीचक! संबंध में रानी सुदेष्णा का भाई हूँ, राजा का श्यालक। पद की दृष्टि से विराटनगर का सेनापति हूँ, किंतु सत्य यह है कि इस राज्य का स्वामी मैं ही हूँ। सिंहासन पर राजा बैठते हैं, किंतु वास्तविक सत्ता मेरे हाथों में है। मेरी इच्छा के बिना राजा कुछ भी नहीं कर सकते। मेरा प्रासाद राजा के प्रासाद से बड़ा है। मेरा उद्यान राजा के उद्यान से बड़ा है। मेरे प्रासाद में राजा के प्रासाद से अधिक सेवक हैं। मैं राजा से अधिक शक्तिशाली और भाग्यशाली हूँ। तुम मुझको स्वीकार कर लो, तो मैं तुम्हें राजरानी बना सकता हूँ।''

सैरंध्री ने तमककर उसकी ओर देखा जैसे कोई बहुत कठोर बात कहनेवाली हो; किंतु उसने स्वयं को सँभाल लिया। बोली, ''सेनापति! मैं बहुत साधारण और बहुत ही हीन प्राणी हूँ। मैं एक सैरंध्री हूँ, जो दूसरों का तो शृंगार करती है, किंतु स्वयं कभी स्वच्छ भी नहीं रह पाती। आप सूतों के उच्च कुल में जन्मे हैं और मैं साधारण सेवकों के कुल में। आपका मुझमें इस प्रकार रुचि लेना उचित नहीं है।''

''इसीलिए तो कह रहा हूँ कि मुझे स्वीकार कर लो देवि। तुम्हारा पति यदि कोई है, तो वह मेरा पासंग भी नहीं होगा—न रूप में, न यौवन में, न धन में, न बल में, न सत्ता में।''

सैरंध्री ने पहली बार अपना अवगुंठन हटाया और बोली, ''संसार में ऐसे अनेक पुरुष हैं, जो धन, रूप और गुण में तुमसे बढ़कर हैं। क्या कोई नहीं है?''

''होंगे!'' कीचक अपनी इच्छा के विरुद्ध बोला।

''क्या तुम्हारी पत्नियाँ, तुम्हें त्याग कर उनके पास चली गईं? तुम मात्र सेनापति हो, और विराट राजा हैं, क्या इसलिए तुम्हारी सारी पत्नियों को तुम्हें त्याग कर राजा की शैया पर आरूढ़ नहीं हो जाना चाहिए?''

"यह कैसा प्रश्न है?" कीचक बोला, "मुझे छोड़कर मेरी पत्नी किसी अन्य पुरुष की शैया पर क्यों जाएगी?"

"तो तुम किसी और की पत्नी को कैसे यह उपदेश दे रहे हो कि वह अपने पति को त्याग तुम्हें स्वीकार कर ले, क्योंकि तुम उसे कुछ अधिक सांसारिक सुख देने में समर्थ हो। आर्य सेनापति! संसार बल अथवा सत्ता से नहीं चलता है। यह धर्म से चलता है और नारी का नहीं पुरुष का भी धर्म यही है कि वह अपनी ही स्त्री के प्रति निष्ठावान रहे। मेरे पति जैसे भी हैं, मैं उनके प्रति निष्ठावान हूँ। तुम भी अपनी ही पत्नियों में मन लगाओ। परस्त्रीगामी लंपट पुरुष स्वयं को बहुत बुद्धिमान समझता है, किंतु उतना ही बुद्धिमान वह दस्यु भी स्वयं को समझता है, जो दूसरों का धन लूटता है।..."

"तुम मुझे जानती नहीं हो सैरंध्री! विराटनगर में ऐसी कोई स्त्री नहीं है, जिसे मैं बुलाऊँ और वह जीवन का भोग भोगने के लिए मेरी शैया पर आ न जाए।"

"इसका अर्थ यह नहीं है कि तुममें कोई ऐसी मोहिनी है," सैरंध्री बोली, "इसका अर्थ मात्र इतना है कि विराटनगर में कोई सती नारी नहीं है।"

"नहीं!" कीचक का स्वर ऊँचा हो गया, "इसका अर्थ यह है कि मेरी इच्छा के विरुद्ध विराटनगर में कोई रह नहीं सकता। मुझे रुष्ट कर तुम भी विराटनगर में रह नहीं पाओगी।"

"और तुम्हें प्रसन्न कर मुझे विराटनगर में रहना भी नहीं है। यदि राजा मेरी रक्षा नहीं कर सकते, तो मैं उनकी प्रजा बनना भी नहीं चाहती। मैं कल ही यहाँ से चली जाऊँगी।"

"ऐसे जा भी नहीं पाओगी।" कीचक हँसा, "यदि स्वेच्छा से मुझे स्वीकार नहीं करोगी, तो मैं बलप्रयोग भी कर सकता हूँ। और शायद तुम जानती नहीं हो, कि कीचक के बल का प्रतिकार जो कर पाए, ऐसा पुरुष इस धरती पर जन्मा नहीं है।"

सैरंध्री का मन हुआ कि खिलखिलाकर हँस पड़े। यह मूढ़ टीलों को ही पर्वत समझे बैठा है। वास्तविक पर्वत तो उसने कोई देखा ही नहीं है।

"मेरे पति यहाँ नहीं हैं।" वह बोली, "किंतु उनके पाँच-पाँच बलिष्ठ गंधर्व मित्र, अदृश्य रहकर, हर क्षण मेरी रक्षा करते रहते हैं। यदि तुम मुझे बलात् प्राप्त करना चाहोगे, तो उसी रात्रि को तुम्हारी मृत्यु हो जाएगी।"

कीचक हँस पड़ा, "पाँच नहीं, पाँच सहस्र गंधर्वों को मैं अकेला ही चीर कर चील कौओं को खिला दूँगा। ये कपोल कल्पित कथाएँ मुझे मूर्ख नहीं बना सकतीं सैरंध्री! कीचक की कोई भी कामना आज तक अफलित नहीं रही।...बोलो! कब आओगी मेरे पास? मैं तुम्हें स्वर्ण के आभूषणों से लाद दूँगा। ऐसे मूल्यवान वस्त्र दूँगा, जो सुदेष्णा तो क्या द्रौपदी और सत्यभामा ने भी कभी नहीं पहने होंगे। कहो तो यह सारा राज्य तुम्हारे चरणों पर डाल दूँ। यहाँ ऐसा कुछ नहीं है, जो कीचक तुमको न

दे सकता हो। तुम तो बस मुझे स्वीकार कर लो और सिंहासन पर बैठकर मुझे आदेश देती चलो...।''

सैरंध्री समझ रही थी कि कीचक ऐसा व्यक्ति नहीं था, जिसे समझाया अथवा भयभीत किया जा सके। वह तो अपनी बात मनवाए बिना टलेगा नहीं; और सैरंध्री अनंतकाल तक उससे विवाद करती अथवा उसकी युक्तियों का निराकरण करती यहाँ खड़ी नहीं रह सकती। उसे उससे मुक्ति पाने की कोई युक्ति तो निकालनी ही पड़ेगी।...

सैरंध्री ने पुष्प तोड़ने के लिए, उस दिशा में हाथ बढ़ाया, जिधर कीचक खड़ा था; किंतु कीचक अपने स्थान से तिल भर भी नहीं हटा।

सैरंध्री मुस्कराई, ''एक पुष्प तक तो लेने नहीं दे रहे, सारा राज्य कहाँ से लेने दोगे सेनापति महोदय!''

कीचक खिसियाकर एक ओर हट गया।

''तुम सारा उद्यान लो देवि! किंतु साथ में कीचक के रूप में उसके उद्यानपाल को भी तो स्वीकार करो।''

''यह निर्णय कौन करेगा कि कीचक उद्यान का माली है अथवा इन पुष्पों को प्राप्त करनेवाली अंगुलियों में चुभ जानेवाला काँटा?'' सैरंध्री बोली।

''ऐसे तर्क देती हो, जिनके सम्मुख न्यायशास्त्र के पंडित हार जाएँ, ऐसी उपमाएँ देती हो जिनके सामने महान् से महान् कवि पानी भरें, और फिर हठ पकड़कर बैठी हो कि यह अनमोल जीवन एक सैरंध्री के रूप में ही व्यतीत करोगी। सैरंध्री! तुम इससे बहुत अधिक की अधिकारिणी हो। प्रभु ने मुझे तुम्हारा सौभाग्य बनाकर भेजा है, मुझे अस्वीकार कर प्रभु की इच्छा का विरोध मत करो।''

सैरंध्री एक-एक पुष्प तोड़ती, पग-पग करती, मंडप के निकट पहुँच चुकी थी। यहाँ से रानी का कक्ष भी दूर नहीं था।

''ईश्वर ने एक व्यभिचारी लंपट को यदि मेरा सौभाग्य बनाया है तो मैं प्रभु की इच्छा का भी विरोध करती हूँ!''

जब तक कीचक कुछ समझता और सँभलता, सैरंध्री त्वरित वेग से मंडप में प्रवेश कर चुकी थी।

पुष्पों को एक अन्य परिचारिका को सौंप कर सैरंध्री तत्काल वहाँ से निकल गई। वह जानती थी कि कीचक उसके पीछे-पीछे आएगा और संभव है कि वह मर्यादा का उल्लंघन करने का भी प्रयत्न करे। यह तो स्पष्ट ही था कि उसे किसी का भी कोई भय नहीं था। ऐसे में कोई अनहोनी भी घट सकती थी। अच्छा था कि सैरंध्री इस समय सबकी दृष्टि से ओझल होकर कहीं किसी एकांत कोने में छिप कर बैठी रहे। संभव है कि कीचक से निबटने का कोई सुरक्षित मार्ग सूझ जाए।

उसके पगों की गति जैसे-जैसे बढ़ती जा रही थी, वैसे ही उसका मस्तिष्क भी दौड़ता जा रहा था। अंततः उसके पग भवन के उस खंड की ओर मुड़ गए, जहाँ उत्तरा संगीत और नृत्य की शिक्षा ग्रहण करती थी और अभ्यास किया करती थी। बृहन्नला भी वहीं होगा। किसी आततायी पुरुष से बचने का सबसे सुरक्षित स्थान वैसे तो बल्लव के निकट ही हो सकता है; किंतु बल्लव के पास तो तभी जाना चाहिए, जब बल प्रयोग की आवश्यकता आ पड़े। वैसे भी संभव है, बल्लव पाकशाला की सामग्री एकत्रित करने जैसे किसी कार्य में लगा हो और अपने स्थान पर उपस्थित न मिले। बृहन्नला अपने स्थान पर होगा और कीचक के वहाँ आने की संभावना भी कम है। बल्लव का स्थान तो अनेक कारणों से सार्वजनिक स्थान बन जाता है। बृहन्नला का स्थान एकांत साधना का स्थान है।

''कहाँ जा रही हो सखि!''

सैरंध्री ने देखा : धानुका कदाचित् उत्तरा के मंडप से ही लौट रही थी।

''राजकुमारी से कुछ काम है।''

''राजकुमारी से क्या काम होगा तुमको?'' धानुका बोली, ''उनका केशविन्यास तो तुम करतीं नहीं। वस्तुतः तुम्हें बृहन्नला से काम होगा।'' वह हँसी और फिर अपना स्वर दबा कर धीरे से बोली, ''देख रही हूँ, तुम्हें कोई पुरुष तो भाता नहीं, पर वह नपुंसक भा गया है। हाँ। ठीक भी है। पुरुष का क्या भरोसा। बृहन्नला से किसी प्रकार का कोई संकट तो नहीं है न, तुम्हारे नारीत्व को। कोई लांछन नहीं। कोई अपवाद नहीं।...''

''अब बोलती ही जाएगी कि किसी की सुनेगी भी।'' सैरंध्री ने उसे डाँटा।

''बोल! क्या कहती है। तुझे बृहन्नला से प्रेम हो गया है।''

''उससे ही प्रेम करना होगा, तो तुझसे न कर लूँगी।'' सैरंध्री बोली, ''कला पारखी है बृहन्नला! कुछ नृत्य मुद्राओं में विशेष प्रकार का केश शृंगार किया जाता है, उनका ज्ञान तो बृहन्नला को ही है, तुझे होता तो तेरे पास पूछने आती।''

''जा-जा! जानती हूँ मैं कि कौन-सा केशविन्यास सीखने जा रही है। अपने निकट बैठाकर तेरे केश संवारेगी बृहन्नला।'' धानुका हँसती हुई चली गई।

उत्तरा के मंडप के निकट आते ही सैरंध्री के श्रवणों से संगीत लहरियाँ टकराने लगीं। कैसा शांतिदायक स्वर था। यह स्वर उत्तरा का नहीं था। इस समय तो स्वयं बृहन्नला ही गा रही थी। उत्तरा तथा उसकी सखियाँ शांति से बैठी सुन रही थीं। सैरंध्री ने बृहन्नला को गाते हुए पहले भी सुना था, जब वह द्रौपदी थी और वह अर्जुन था। उसे वह किन्नर कंठ कहा करती थी; किंतु अर्जुन का स्वर उसे इतना मनोहारी तो कभी नहीं लगा था। न ही पहले कभी वह इतना तन्मय होकर गाया करता था। कितना भी मग्न होकर गाए, ध्यान तो बहिर्मुखी ही रहता था। सामने बैठे व्यक्ति की ओर देखता तो था कि वह उसकी कला पर रीझ रहा है अथवा नहीं। अब तो जैसे

वह किसी और के लिए गाता ही नहीं था। बस वह था और उसका संगीत। अपनी आत्मा में बैठे परमात्मा को रिझाता था और उसी के लिए गाता था। उसका इतना अंतर्मुखी होना कभी-कभी द्रौपदी को डरा जाता था। आज उसके स्वर में सात्विकता भी कुछ अधिक ही थी।...लगता था, इधर अर्जुन का गायन का अभ्यास बहुत बढ़ गया था। उसने इन दस महीनों में संसार से किनारा कर, केवल संगीत की ही साधना की थी। सांसारिक गीत कभी नहीं गाता था वह। अधिकांशतः वह सारा भक्ति संगीत ही होता था। कदाचित् वह संगीत के मार्ग से भक्ति की चढ़ाई ही चढ़ रहा था। मानो संगीत के माध्यम से समाधि में चला जाता हो। ऐसे वातावरण में कोई उच्छृंखल' विचार भी उसके पास नहीं फटक सकता था।

सैरंध्री एक कोने में चुपचाप बैठ गई। उसने देखा, सारी लड़कियों के नेत्र मुँदे हुए थे। किसी ने शायद उसे आते हुए भी नहीं देखा था।...कैसी शांति थी यहाँ। उसने सोचा। कैसे सुख में था अर्जुन। द्रौपदी ने भी अपने लिए ऐसा ही कोई कार्य क्यों नहीं ढूँढ़ा। गुरु के सम्मान और मर्यादा से सुरक्षित कहीं बैठी होती।...पर अर्जुन ने नपुंसक का रूप धारण किया है। वह अंगीकार कर सकती नपुंसक का रूप? बृहन्नला के आस-पास का प्रत्येक बालक भी उसे पहली बार देखकर व्यंग्य से मुस्कराता है। इस नपुंसकत्व के कारण वह प्रत्येक व्यक्ति के उपहास का पात्र है। उसका आहत पौरुष क्या कभी फुफकारता नहीं होगा? वह स्वयं को अपमानित अनुभव नहीं करता होगा? कदाचित् अर्जुन ने अपने अहंकार को ही जीत लिया है। मान और अपमान उसके लिए कुछ अर्थ नहीं रखता। महावीर, महान् धनुर्धर महारथी अर्जुन यहाँ बैठा इन राजकुमारियों को संगीत सिखा रहा है।...उसने इस स्थिति को भी कैसी शांति से स्वीकार कर लिया है। इसे वह एक अवसर मान कर, साधना कर रहा है। अपने चरित्र को और अधिक सात्विक बना रहा है। इतना संयम कि सुंदरी युवतियों द्वारा कामपरीक्षण करने पर भी उसमें काम उद्दीप्त नहीं हुआ। उन्होंने प्रमाणित किया कि वह षंड है, उसमें पुंसत्व है ही नहीं।...अर्जुन ने एक कला सीखी थी; और द्रौपदी ने दूसरी। कलाएँ तो दोनों ही हैं; किंतु एक का संबंध शरीर से है और दूसरी का आत्मा से। इसलिए असाधारण सुंदरी नारी होकर भी वह रानी के केशों को सँवारती है। प्रसाधन सामग्री की गंध में डूबी रहती है; और दूसरी ओर अपनी कला से अर्जुन सांसारिक रूप में गुरु का सम्मान पा रहा है और आध्यात्मिक दृष्टि से साधना के सोपान चढ़ रहा है। अभागी द्रौपदी! तू ने शरीर का सौंदर्य क्यों देखा? आत्मा के सौंदर्य की ओर तेरा ध्यान क्यों नहीं गया?

शनैः-शनैः द्रौपदी स्वयं को भूलती चली गई। उसे यह भी ध्यान नहीं रहा कि वह कहाँ है। वह यहाँ क्यों आई है। उसे तो यही लगा कि किसी ने उसके मन को पहले अपने कोमल स्पर्श से शांत किया। उसका सारा ताप हरण किया। फिर जैसे उसके मल को मल-मल कर निकाल दिया। कैसा निर्दोष और सात्विक हो गया था

उसका मन, जो सबकी पीड़ा हर लेना चाहता था। सबको क्षमा कर देना चाहता था। सांसारिक कार्य-व्यापार, सांसारिक उपलब्धियाँ, सांसारिक सुख, कैसे तो मलिन से लगने लगे थे। वह कैसे स्वच्छ संसार में पहुँच गई थी, जहाँ कोई कामना नहीं थी, कोई इच्छा नहीं थी। कैसी शांति और कैसा संतोष था।...

बृहन्नला ने अपना गायन पूर्ण किया। उसका स्वर थम गया और उसने वीणा एक ओर रख दी।

सामूहिक रूप से जैसे सबका ध्यान भंग हो गया। आँखें खुलीं। अधरों पर मुस्कान थी। नेत्रों में प्रशंसा का भाव था। एक बहुत ही कलात्मक, सात्विक तथा अलौकिक अनुभव में सम्मिलित होने का भाव था।

उत्तरा ने अपने स्थान से उठकर बृहन्नला के चरण छू उसे प्रणाम किया, ''आप धन्य हैं गुरुदेवी! आपका संगीत क्या है, योग है, भक्ति है। आप अपनी कला से सारे श्रोताओं को सदेह स्वर्ग में पहुँचा देती हैं।...और मैं धन्य हूँ गुरुदेवी कि मैंने अनायास ही आप जैसी गुरु पाई।...मैं कामना करती हूँ कि ईश्वर मेरा सब कुछ ले ले और आपकी इस कला का एक अंश मुझे भी दे दे।''

बृहन्नला हँसी, ''धैर्य रखो राजकुमारी। साधना से सब कुछ मिलता है। प्रभु बहुत ही दयालु हैं, उससे भी अधिक, जितने की कि हम कल्पना कर सकते हैं। वे मनुष्य को वह सब कुछ देते हैं—जिसकी वह कामना करता है, जिसके लिए वह श्रम करता है, जिसको पाने की उसमें योग्यता होती है।''

''गुरुदेवी! आपने तो कुछ विरोधी बातें एक साथ कह दीं।'' कीचक की पुत्री सुचरिता ने कहा, ''आप कहती हैं कि प्रभु वह सब देते हैं, जिसकी कि हम कामना करते हैं। मैं आपके समान संगीत विद्या की कामना करती हूँ। फिर आप कहती हैं कि ईश्वर वह सब कुछ देता है, जिसकी हममें योग्यता होती है। मुझमें आपके समान योग्यता नहीं है। तो फिर मेरी कामना पूर्ण कैसे होगी। प्रभु हमको वह देंगे, जिसकी हम कामना कर रहे हैं, अथवा वह देंगे, जिसकी हममें योग्यता है।''

बृहन्नला बहुत मधुर ढंग से हँसी, ''तुम्हारी कामना के कारण वे तुम्हें योग्यता देंगे; और फिर उस योग्यता के कारण क्षमता देंगे।''

''केवल कामना करने मात्र से हममें वह योग्यता उत्पन्न हो जाएगी?'' उत्तरा ने पूछा।

''नहीं पुत्री!'' बृहन्नला के स्वर में अद्भुत वात्सल्य था, ''भाव अथवा विचार को कर्म में परिणत करना पड़ता है। मन और शरीर को एकतान करना पड़ता है। तुम कामना करती हो, अतः वैसे कर्म भी करती हो, जिससे वह कामना पूर्ण हो सके। तुम संगीत का धन पाना चाहती हो, इसलिए वीणा लेकर माँ सरस्वती के सम्मुख बैठ प्रहर, दो प्रहर साधना भी तो करती हो। मुझमें ऐसा कुछ नहीं है, जो तुम प्राप्त न कर सको। अथवा इच्छा होने पर कोई और न कर सके; किंतु उसके लिए कुछ बातें मन में पहले स्पष्ट कर लेनी चाहिए।''

''क्या बातें गुरुदेवी!''

''किसकी कामना करती हो उत्तरे! संगीत की अथवा शांति की? गायन की अथवा समाधि की? राजसभा में प्रशंसा की अथवा एकांत में शांति की? उत्कृष्ट स्वर की अथवा धन की? संगीत की अथवा जो कुछ संगीत से उपलब्ध होता है, उसकी?''

''इसमें अंतर क्या है गुरुदेवी? यदि संगीत होगा तो प्रशंसा भी मिलेगी, यश भी मिलेगा।''

''नहीं पुत्री! यह बात आरंभ में ही स्पष्ट हो जानी चाहिए कि तुम्हारा लक्ष्य संगीत है अथवा संगीत से प्राप्त होने वाले पदार्थ अथवा उपलब्धियाँ।'' बृहन्नला ने कहा, ''इसी स्थल से मार्ग पृथक् हो जाते हैं। कलाओं से सब कुछ प्राप्त हो सकता है। यश भी, धन भी, काम भी। अब यदि किसी को काम मिले और वह काम को पकड़कर बैठ जाए, कला को त्याग दे, तो उसकी कला की यात्रा वहीं समाप्त हो जाती है। यही बात यश और धन को लेकर भी है। यदि साधक मार्ग में मिला सब कुछ ईश्वर को समर्पित कर आगे बढ़ता चले तो अंत में वह कला उसे अपने शुद्ध रूप में प्राप्त हो जाती है, जो ईश्वर का ही एक रूप है। नृत्य से महादेव शिव स्वयं मिल जाते हैं। संगीत से माँ वीणापाणि स्वयं साक्षात् प्रकट हो जाती हैं; किंतु उसके लिए आवश्यक है कि साधक मार्ग की बाधाओं पर ही मुग्ध होकर मार्ग में न बैठ जाए।''

''कौन-सी बाधाएँ गुरुदेवी!'' सुचरिता ने पूछा।

''जिन्हें हम सामान्यतः उनकी उपलब्धियाँ मानते हैं।'' बृहन्नला ने उत्तर दिया, ''अध्यात्म साधना में थोड़ी दूर चलने पर साधक को कुछ सिद्धियाँ प्राप्त होने लगती हैं। यदि साधक उनसे ही संतुष्ट होकर उनमें रम जाए, तो उसका विकास नहीं होता। किंतु यदि वह उन सिद्धियों का तिरस्कार कर आगे बढ़ता चले तो अंत में उसे ईश्वर की प्राप्ति होती है। वैसे ही कला की साधना में भी कुछ चमत्कार, कुछ उपलब्धियाँ, कुछ पुरस्कार, प्राप्त होने लगते हैं। ये कला की सिद्धियाँ हैं, अतः विकास के मार्ग की बाधाएँ हैं। हमें उनको पार करना होता है। यदि हम उन्हें पार करते चलते हैं तो अंततः हमें ईश्वर की प्राप्ति होती है। ईश्वर कला रूप भी है पुत्री! वह रस रूप भी है।''

''मैं आपकी बात समझ रही हूँ गुरुवर। किंतु मेरे लिए यह सब बहुत अमूर्त है। बहुत स्पष्ट नहीं है।''

''स्पष्ट भी हो जाएगा पुत्री! और मूर्त भी।'' बृहन्नला ने कहा, ''एक बात और समझ लो। किसी भी गंतव्य तक पहुँचने के अनेक मार्ग होते हैं; किंतु प्रत्येक मार्ग स्वच्छ और पवित्र नहीं होता। सात्विक, स्वच्छ तथा पवित्र मार्ग कष्टसाध्य भी होता है और सुदीर्घ भी; किंतु यात्रा सदा उसी मार्ग से करनी चाहिए। कला की साधना करनी है, तो अपनी आत्मा को कलुषित मत होने दो। मन को सदा स्वच्छ करते रहो। मन सात्विक नहीं होगा, तो कला से भी सांसारिक भोग ही मिलेगा; ईश्वर कदापि नहीं

मिलेगा। अतः कला की साधना अपने चरित्र की भी साधना है। इसे कभी मत भूलना। स्वर को शुद्ध करो, तो मन को भी शुद्ध करो, तन को भी शुद्ध करो, आत्मा को भी शुद्ध करो, चरित्र को भी शुद्ध करो।''

बृहन्नला ने स्वयं को झटककर जैसे आत्मलीनता से मुक्त किया और वह कुछ बहिर्मुखी हुई, ''अब तुम लोग अपने-अपने वाद्ययंत्र लो और मंडप में उपयुक्त स्थान खोज कर बैठ, अपना अभ्यास करो। हमारे सौभाग्य से सखी मालिनी यहाँ आई है। मैं थोड़ी देर अपनी इस सखी से कुछ चर्चा कर लूँ।''

लड़कियाँ उठकर अलग-अलग स्थानों पर जा बैठीं। बृहन्नला तथा सैरंध्री उन सारी राजकुमारियों को देख सकते थे। वे भी उनको देख सकती थीं। किंतु इतनी दूरी तो उनमें थी ही कि वे उनका वार्तालाप न सुन सकें।

''हाँ सखि! बोलो, इस समय कैसे आना हुआ? कुछ व्याकुल सी लग रही हो।''

''पहले बताओ कि यदि कीचक यहाँ आ जाए, और बल प्रयोग करना चाहे, तो क्या तुम मेरी रक्षा कर सकते हो?''

''कर सकती हूँ।'' बृहन्नला ने कहा।

सैरंध्री को झटका लगा : यह सहसा स्त्रीलिंग शब्द रूपों का प्रयोग?

किंतु तत्काल ही वह समझ भी गई, यदि यह मजबूरी न होती तो बृहन्नला ने स्त्रियों के समान साड़ी धारण न कर रखी होती। स्त्रियों के समान वेणी न बनाई होती।...

''कैसे?''

''तुम रंच मात्र भी चिंता मत करो।'' बृहन्नला ने सर्वथा शांत स्वर में कहा, ''तुम जानती हो कि यह सुचरिता, कीचक की पुत्री है। पति अपनी पत्नी के सम्मुख भी अपनी लंपटता प्रकट कर सकता है; किंतु अपनी पुत्री के सम्मुख वह अपना यह रूप नहीं आने देगा। इसलिए वह यहाँ नहीं आएगा। और यदि आ ही गया, तो तुम्हारी यह बृहन्नला, उस क्लीव कीचक से दुर्बल नहीं है। मैं किसी भी स्त्री के सम्मान की रक्षा के लिए आततायी पुरुष के विरुद्ध बल प्रयोग कर सकती हूँ। यह मेरा गुरुकुल है। पवित्र स्थान है। यहाँ व्यभिचारी लंपटों की वासनापूर्ति का कोई अवकाश नहीं है।...''

''पर अर्जुन! तुम्हारे पास तुम्हारा गांडीव नहीं है।'' सैरंध्री ने कहा।

बृहन्नला ने इधर-उधर देखा : किसी ने सैरंध्री के मुख से निकला वह संबोधन तो नहीं सुना?...नहीं आस-पास कोई नहीं था। वैसे भी वहाँ वाद्ययंत्रों के स्वर इस प्रकार गूँज रहे थे कि किसी का उनके मध्य होनेवाली चर्चा को सुन पाना संभव नहीं था।

''गांडीव नहीं है तो क्या हुआ। भुजाएँ तो हैं। मैं इन्हीं हाथों से उस कीचक के हाथों से शस्त्र छीन ही नहीं सकती, उसकी भुजाएँ मरोड़ भी सकती हूँ।'' बृहन्नला ने कहा, ''तुम बताओ कि हुआ क्या है?''

सैरंध्री ने कीचक से हुआ सारा वार्तालाप दोहरा दिया।

"वह तुमसे याचना ही तो कर रहा है।" बृहन्नला ने कहा, "इसमें बल-प्रयोग की बात कहाँ से आ गई?"

"किंतु वह बलप्रयोग कर तो सकता है। उसने धमकी तो दी ही है।" सैरंध्री बोली, "वह मेरे पति के अज्ञात गंधर्व मित्रों से नहीं डरता। वह राजा के न्याय और राजशक्ति से नहीं डरता। यह सब बलप्रयोग की धमकी ही तो है।"

"धमकी ही है। धमकी देने के लिए साहस की आवश्यकता नहीं होती; किंतु बलप्रयोग के लिए साहस और सामर्थ्य की भी आवश्यकता होती है। कीचक में वे दोनों ही नहीं हैं।" बृहन्नला बोली, "कभी ऐसा अवसर आने की संभावना दीखे, तो भाग कर मेरे पास आ जाना। कंक के पास राजसभा अथवा ऐसे किसी स्थान पर चली जाना। बल्लव के पास पाकशाला में चली जाना। यदि वह तुम्हारे पीछे आया और बलप्रयोग करने का इच्छुक दिखाई दिया तो हममें से कोई भी उसकी भुजा थाम कर उसे दो-चार लातें जमा देगा।"

"तब तुम लोगों के पहचाने जाने तथा मुझसे संबंध का भेद खुल जाने का भय नहीं होगा?" सैरंध्री बोली।

"क्यों किसी के सम्मुख एक अबला असहाय स्त्री पर अत्याचार हो रहा हो, तो किसी भी भले मानस का काम है कि वह उस स्त्री की रक्षा करे, चाहे वह स्त्री और वह पुरुष कोई भी हों।" बृहन्नला ने कहा, "हाँ! ऐसा कुछ न हो कि हमारा संबंध उजागर हो जाए, नहीं तो यह प्रश्न उठेगा कि हम इस प्रकार छुप कर क्यों रह रहे हैं और तब हमारे पहचान लिए जाने का संकट उठ खड़ा होगा। जब तक कीचक यहाँ नहीं था, तब तक तो मैं यह भी सोचती थी कि भेद खुलने की संभावना देख, हम विराटराज को अपना रहस्य बता भी सकते हैं और उनसे अनुमति लेकर अन्यत्र जा भी सकते हैं। वे हमारे शत्रु नहीं हैं कि दुर्योधन को बुलाकर हमें उसे समर्पित कर दें। किंतु इस कीचक के आ जाने से तो यह संकट भी खड़ा हो गया है। उसे संदेह हुआ कि उसने दुर्योधन को सूचना भिजवाई।"

"ठीक कह रही हो हले!" सैरंध्री ने कहा, "किंतु अब मैं क्या करूँ। मुझे तो अकेले रहने में भी संकट दिखाई दे रहा है।"

"यह तुम कह रही हो सखि मालिनी!" बृहन्नला ने जैसे उसे सांत्वना दी, "एक साधारण लंपट की गीदड़ भभकियों से ऐसी घबरा गईं। यदि वह तुम्हारे डेरे में घुसने का प्रयत्न करे, तो जो कुछ हाथ में आए, उससे उसका सिर फोड़ देना। उस पर घातक प्रहार करना। भयभीत होने का कोई कारण नहीं है। एक स्त्री को अपने सतीत्व की रक्षा के लिए हिंस्र होने का पूरा अधिकार है। उसके पश्चात् हम उसे देख लेंगे। यदि उसका भी अवसर न मिले, तो उसे प्रेमशास्त्र पढ़ाने लगना कि स्त्री जब स्वेच्छा से आत्मसमर्पण करती है, तो उस संभोग का सुख अलौकिक होता है। और

उसे किसी समय किसी स्थान विशेष पर बुला लेना। वह अवश्य ही मान जाएगा। तुम्हारा रूप क्या किसी मदांध लंपट को इतनी देर भी बहका नहीं सकेगा? अवश्य कर पाएगा। फिर हम उससे निबट लेंगे।''

सैरंध्री को लगा, सचमुच विचलित होने का कोई कारण नहीं है। बृहन्नला ने प्रायः सब प्रकार की परिस्थितियों का कोई न कोई समाधान उसे बता ही दिया है।...

''अच्छा चलती हूँ। ऐसा न हो कि उधर रानी मेरी ढूँढ़ मचा दें।''

''जाओ! भगवान तुम्हारी रक्षा करेंगे।'' बृहन्नला ने कहा, ''ऐसा हो नहीं सकता कि तुम जैसी सती के तेज का उल्लंघन कर कोई लंपट तुम्हारा अपमान कर जाए। दुर्योधन, दुःशासन और कर्ण नहीं कर पाए, तो कीचक में ही ऐसी क्या विशेषता है। यदि सचमुच ऐसा संकट आ गया तो स्वयं भगवान को तुम्हारी रक्षा के लिए वहाँ प्रकट होना पड़ेगा।''

सैरंध्री को लगा, बृहन्नला के स्वर में कोई दिव्य तत्त्व भासमान हो रहा है।

7

कीचक ने सैरंध्री का पीछा करने की आवश्यकता नहीं समझी। उसने अपना मंतव्य तो उस तक पहुँचा ही दिया था। अब शेष काम के लिए कुछ समय तो लगेगा ही। इस समय सैरंध्री को खोजने का कोई लाभ नहीं था। उचित था कि सुदेष्णा को भी तो उसका दायित्व समझा दिया जाए।

सुदेष्णा जानती थी कि कीचक कहाँ गया था और क्या करने गया था। उसने उसकी ओर देखा। कहा कुछ भी नहीं।

''अभी तो वह कुछ सुन ही नहीं रही।''

''मैंने आपको पहले ही कहा था कि वह वैसी स्त्री नहीं है।'' सुदेष्णा ने उत्तर दिया।

''ऐसी स्त्री और वैसी स्त्री क्या होती है।'' कीचक सुदेष्णा की नासमझी का उपहास करता सा बोला, ''मैं तो एक ही बात जानता हूँ कि मुझे वह स्त्री चाहिए, चाहे वह जैसी भी हो। और तुम जानती हो कि जो कुछ मुझे चाहिए, उसे मैं देर-सवेर से प्राप्त कर ही लेता हूँ।''

''तो क्या करेंगे—उसे उठाकर ले जाएँगे?'' सुदेष्णा भी कुछ तीखी पड़ी।

''आवश्यकता हुई, तो वह भी करूँगा। उसमें ऐसी कौन-सी अनहोनी है। क्षत्रियों में कन्या-हरण नहीं होता क्या?'' कीचक बोला, ''बात तो उसे मेरी माननी ही पड़ेगी।''

''क्षत्रियों में कन्या-हरण होता है, किसी अन्य की भार्या का हरण नहीं होता। विवाहिता का हरण किया था रावण ने और उसके लिए उसे अपने प्राण देने पड़े। इधर

प्रयत्न किया था उस मूर्ख जयद्रथ ने। उसे भी उसका फल भोगना पड़ा। अब आप भी प्रयत्न करके देख लें। अदृश्य रहकर उसकी रक्षा करनेवाले उन गंधर्वों के विषय में भी थोड़ा सोच लें।''

''ऐसी कपोल-कल्पनाओं से कीचक भयभीत होने लगा, तो कर ली उसने अपने मन की। एक तो उन गंधर्वों का कोई अस्तित्व नहीं है; और यदि सत्य ही वे सैरंध्री के रक्षक हैं, तो उन्हें भी अपने प्राण देने पड़ेंगे। मणि की रक्षा करनेवाले सर्प को मार कर ही तो मणि प्राप्त की जाती है। तुम चाहे उसे साधारण सैरंध्री समझती रहो सुदेष्णे! किंतु मेरी दृष्टि में सैरंध्री एक अमूल्य मणि है। मैं उसका त्याग इसलिए तो नहीं कर सकता, क्योंकि उसकी रक्षा एक सर्प कर रहा है।''

''मैंने भी उसकी रक्षा का वचन दे रखा है। और मैं सर्प नहीं हूँ।...''

कीचक ठठाकर हँस पड़ा, ''मेरी नन्ही-सी बहन भी उसकी रक्षा करना चाहती है; किंतु किससे रक्षा करोगी उसकी और किसके बल पर करोगी?'' उसने रुककर सुदेष्णा की ओर देखा, ''तुम्हारी रक्षा तो मैं करता हूँ सुदेष्णे! और तुमने उसे रक्षा का वचन दिया है, तो मेरे ही बल पर दिया होगा। अब कहीं तुम यह तो नहीं सोच रहीं कि अपने अंगरक्षकों को आदेश दोगी कि वे मेरे सैनिकों को मार कर मत्स्यभूमि से बाहर निकाल दें, अथवा उन्हें बंदी कर लें, अथवा उनका वध कर दें?''

सुदेष्णा समझ रही थी कि कीचक के सम्मुख वह कितनी असहाय थी। अब तक तो वह भाई के रूप में, बहन से अपने स्नेह के आधार पर, बात मनवाने के लिए मनुहार कर रहा था; किंतु सुदेष्णा के व्यवहार में विरोध का हल्का-सा अंकुर देखते ही, उसकी बातों में धमकी की नागफनी उग आई थी।

सुदेष्णा के स्वर में न अधिकार रहा, न वह तेज। बोली, ''मैं जानती हूँ कि उसकी इच्छा के विरुद्ध कुछ हुआ, तो वह विराटनगर छोड़कर चली जाएगी।''

अब कीचक का क्रोध प्रच्छन्न नहीं रहा। वह पर्याप्त मुखर हो उठा था, ''इतना सरल नहीं है, कीचक की इच्छा का विरोध। ऐसे ही कैसे विराटनगर छोड़कर चली जाएगी।''

''तो क्या उसे बंदी बनाकर रखेंगे?''

''क्यों? बंदी बनाकर क्यों नहीं रखा जा सकता। विराटनगर में आज तक क्या किसी को बंदी बनाकर नहीं रखा गया? जहाँ अन्य इतने बंदी हैं, वहीं एक साधारण सैरंध्री क्यों बंदिनी होकर नहीं रह सकती।'' कीचक बोला।

''आरोप क्या लगाएँगे?''

''आरोप की आवश्यकता तो कारागार में रखने के लिए होती है। मैं उसे अपने प्रासाद में रखूँगा। रानी बनाकर रखूँगा। यदि जानने की हठ करेगी तो उस पर आरोप होगा कि उसने कीचक पर मोहिनी डालने का अपराध किया है। उसने कीचक को अपना बंदी बनाया, इसलिए कीचक ने उसे अपनी बंदिनी बना लिया है।'' कीचक

बोला, ''किंतु अभी इस सबका समय नहीं आया है। अभी तो उसे वैसे ही मनाने का प्रयत्न करो।''

''यह सब मेरा काम नहीं है!'' सुदेष्णा कुछ रोषपूर्वक बोली, ''आप जानते हैं कि मैं आपकी इस जीवन-शैली का समर्थन नहीं करती। राजा ने एक बार सैरंध्री की ओर मुँह किया था तो मैंने बता दिया कि वह विवाहिता है, तो उन्होंने उसका विचार ही छोड़ दिया; और एक आप हैं कि कुछ मानते ही नहीं। जिस पुरुष की कामना स्त्री का अपना मन न करे, उस पुरुष को वह क्या सुख देगी।''

''उसका अपना मन भी मेरी कामना करने लगेगा; किंतु पहले वह मेरे विषय में जान तो ले।'' कीचक बोला, ''तुम जानती नहीं हो कि कुछ स्त्रियाँ मानने में कितना विलंब करती हैं। उन्हें मनाने के लिए श्रम करना पड़ता है। मन में हाँ हाँ का हाहाकार उठता रहेगा तो भी ऊपर से वे न में सिर हिलाती रहेंगी।''

''आपके विषय में क्या जानना शेष रह गया है, उसके लिए? आपने अपने विषय में उसे सब कुछ बता तो दिया ही होगा?''

''बताया तो है, किंतु अभी उसे मेरा विश्वास नहीं हुआ है।'' सहसा कीचक का स्वर मनुहार भरा हो गया है, ''तुम जानती तो हो मेरी बहना! वह मुझे नहीं मिली, तो मैं प्राण दे दूँगा। उसके बिना मैं जीवित नहीं रह सकता। केवल तुम्हें डराने के लिए नहीं कह रहा हूँ। सत्य बता रहा हूँ। उसके पश्चात् कर लें विराट राज मत्स्यदेश पर शासन।''

''आप नहीं होंगे, तो राजा शासन नहीं कर पाएँगे?''

''शासन के लिए आवश्यक है, बल। कहाँ से लाएँगे राजा यह बल!'' कीचक, सुदेष्णा के एकदम निकट आकर भेद भरे स्वर में बोला, ''नियंत्रित करने के लिए मैं न होऊँ तो ये सारे उपकीचक, राजा के शत्रु हो जाएँगे। राजा के अपने भाई, केवल मेरे भय से चुपचाप बैठे हैं। नहीं तो वे लोग ही राजा से उसका राज्य छीन सकते हैं। ये सब तो भीतरी शत्रु हैं। यदि बाहरी आक्रमणों को रोकने के लिए मैं यहाँ उपस्थित न होऊँ तो मत्स्यदेश पर त्रिगर्त से भी आक्रमण हो सकता है, शाल्व से भी, हस्तिनापुर से भी; और चेदि से भी। कौन बचा लेगा राजा विराट को। एक मैं उपस्थित नहीं होता विराटनगर में, तो राजा को साधारण सैनिकों से भी भय लगने लगता है। ऐसे में वे सेनाओं का सामना कैसे करेंगे?''

सुदेष्णा स्तब्ध खड़ी रह गई। कीचक सत्य ही कह रहा था। वह रुष्ट हो गया, तो स्थिति वह नहीं रहेगी, जो कि आज है। अपने सामने खड़ा अपना भाई, आज उसे बकासुर के समान दिखाई देने लगा था। अब तक तो वह समझती थी कि कीचक राजा के विरुद्ध उसका सहायक था; किंतु अब वह स्पष्ट देख सकती थी कि वह किसी का भी सहायक नहीं था। वह केवल अपना सहायक था। समय-समय पर वह बहन के प्रति जो स्नेह प्रदर्शित करता था; वह भी प्रदर्शन मात्र ही था। वास्तविक तो

उसका स्वार्थ ही था। वह अपना स्वार्थ सिद्ध करने के लिए कठोर भी हो सकता था और क्रूर भी। उसका मार्ग न स्नेह रोक सकता था, न आदर्श; न धर्म, न मर्यादा।

"तो क्या चाहते हैं आप?"

कीचक मुस्कराया, "अब तुमने समझदारी की बात की है।" वह रुका, "करने पर आऊँ, तो मैं अभी उसे अपने कंधे पर उठाकर ले जाऊँ; किंतु मैं वह करना नहीं चाहता। उससे धर्मप्राण राजा विराट का शासन कलंकित होगा। इसलिए मैं नहीं चाहता कि मैं सार्वजनिक रूप से ऐसा कोई काम करूँ।"

"तो?"

"किसी पर्व-त्योहार के दिन, किसी उत्सव के अवसर पर, किसी बहाने से उसे मेरे प्रासाद में भेज देना। वह वहाँ आएगी, तो मेरा वैभव देखेगी। मेरी क्षमता और शक्ति को पहचानेगी। तब उस एकांत में मैं उसे मना लूँगा। सबके सम्मुख मानने में उसे भी संकोच होगा। एकांत में हम दोनों को ही सुविधा रहेगी।"

"वह न जाना चाहे तो?"

"यहीं तो तुम्हारी सहायता की आवश्यकता है।" कीचक हँसा, "बस एक बार तुम उसे बाध्य कर दो कि वह मेरे प्रासाद में प्रवेश कर जाए। उसे देहली टपा दो मेरे प्रासाद की। शेष सब मैं कर लूँगा।"

"मैंने उसे, उसकी इच्छा के विरुद्ध भेज दिया और उसने उसके लिए मुझे लांछित किया तो? यह रानियों का नहीं, कुट्टनियों का काम है।"

"उसके लांछन के उत्तर में तुम कह देना कि तुमने उसे नहीं भेजा। वह स्वयं अपनी इच्छा से ही कीचक के पौरुष की ओर आकृष्ट होकर उसके प्रासाद में गई थी।"

"ठीक है किसी अवसर पर उसे भेज दूँगी।" सुदेष्णा बोली, "आप अपने प्रासाद में कुछ ऐसा खाद्य अथवा पेय तैयार करवाएँ, जो हमारे यहाँ न बनता हो। मैं उसे वे मँगवाने के बहाने भेज दूँगी।"

"ठीक है। इतना ही पर्याप्त है।"

कीचक चला गया और सुदेष्णा अपने स्थान पर बैठी रह गई।...कीचक ने धमकी दी थी कि वह सैरंध्री को बंदिनी बनाकर रखेगा; किंतु क्या सुदेष्णा भी उसकी बंदिनी नहीं थी? स्थान की दृष्टि से वह बंदिनी न भी हो तो क्या, वह उसकी इच्छा की बंदिनी तो थी ही।...

सैरंध्री को सुदेष्णा ने सुरक्षा का वचन दिया था और अब कीचक चाहता था कि वह उसे न केवल असुरक्षित छोड़ दे, वरन् उसे संकट में फँसाने में उसकी सहायता करे। एक व्यभिचारी की सहायता करे, जो एक सरल और सती नारी को किसी भी छल बल से भ्रष्ट करना चाहता था।...

यदि सुदेष्णा उसकी सहायता न करे? सैरंध्री को बुलाकर उसे सब कुछ बता दे कि कीचक उसके लिए कैसा जाल बुन रहा है? वह सावधान हो जाए।...

किंतु सैरंध्री के लिए, सुदेष्णा इतनी व्याकुल क्यों है? यदि सैरंध्री, कीचक के प्रासाद में जाएगी और कीचक उसे विभिन्न प्रकार के प्रलोभन देगा, तो यह तो सैरंध्री के अपने विवेक पर निर्भर करता है कि वह कीचक की इच्छा का पालन करती है अथवा नहीं। सुदेष्णा उसे उसकी इच्छा के विरुद्ध बाध्य तो नहीं कर रही।...हाँ! सुदेष्णा उसे बाध्य नहीं कर रही; किंतु कीचक तो उसे बाध्य करेगा ही। सुदेष्णा यह कैसे स्वीकार कर ले कि यदि सैरंध्री उसका तिरस्कार करेगी तो कीचक उसे चुपचाप लौट आने देगा। वह निश्चित रूप से बल प्रयोग करेगा। अन्यथा अपने प्रासाद में बुलाने का अर्थ ही क्या है। किन्हीं भी कारणों से हो, वह अन्यत्र कहीं भी सैरंध्री को बाध्य नहीं कर पा रहा है, तो अब सुदेष्णा, उसकी इच्छापूर्ति का माध्यम बने। सैरंध्री को बाध्य करे कि वह अपनी स्वामिनी के आदेश में बँधी हुई, एक बलात्कारी के जाल में फँस जाए।...धन के बदले वह परपुरुष को अपनी इच्छा के विरुद्ध आत्मसमर्पण कर दे। यह तो व्यभिचार भी नहीं है। शुद्ध रूप से वेश्यावृत्ति है। और सुदेष्णा इसमें सहायक होगी? वह एक अपराधी को सहायता देगी, ताकि वह एक कुलवधू को वेश्या बना सके, उसे अपने शरीर का व्यवसाय करने को बाध्य कर सके? सुदेष्णा कैसे कर पाएगी, यह सब?...और यदि सुदेष्णा यह नहीं करती है?...तो उसका वह भाई, जो आज तक उसकी रक्षा करता आ रहा है, उसके पति की भी रक्षा कर रहा है, और पति से सुदेष्णा की भी रक्षा कर रहा है, जो अब तक उस पर भाई का प्रेम बरसा रहा है, वही उसका शत्रु हो जाएगा। सैरंध्री को संरक्षण देती-देती, सुदेष्णा स्वयं असुरक्षित हो जाएगी।...

क्या ऐसा नहीं हो सकता कि सैरंध्री की रक्षा करने वाले गंधर्व, उसे कीचक से बचा लें?...और सुदेष्णा अपने ऊपर ही हँस पड़ी...अपनी ही कल्पना को सत्य मान बैठी वह! सैरंध्री के अज्ञात रक्षक, इन गंधर्वों, की कल्पना उसी ने तो की थी; और अब उसकी इच्छा थी कि वह कल्पना सजीव हो उठे। वे गंधर्व सचमुच शरीर धारण कर लें और सैरंध्री के साथ-साथ रहें।...पर कहीं सचमुच ऐसा हो गया तो क्या वे गंधर्व ही सैरंधी के सौंदर्य पर रीझ कर, उससे वे ही अपेक्षाएँ नहीं करने लगेंगे, जो कीचक कर रहा है?...प्रत्येक स्त्री चाहती है कि वह संसार की सबसे सुंदर नारी हो; किंतु सौंदर्य कितना बड़ा संकट है, इसकी ओर उसका ध्यान ही नहीं जाता। उसका रूप ही उसका सबसे बड़ा शत्रु हो गया है। यही सैरंध्री यदि कुरूप होती, कुरूप न भी होती, साधारण से रूप-रंग की होती, तो न उसे किसी प्रकार की चिंता होती और न सुदेष्णा ही इस प्रकार के संकट में पड़ती।...

सुदेष्णा उसे बुलाकर, सब कुछ समझाकर, रात के अँधेरे में विदा ही क्यों नहीं कर देती? न कीचक को सूचना होगी, न वह किसी प्रकार का संकट खड़ा कर

पाएगा। प्रातः जब तक उसे सूचना होगी, सैरंध्री कहीं दूर निकल गई होगी।...और सहसा सुदेष्णा का मन दूसरी ओर चल पड़ा...जो सैरंध्री रानी के प्रासाद में, रानी के संरक्षण में सुरक्षित नहीं है, उसे वह रात्रि के समय अकेली चुपचाप विदा कर देना चाहती है? जो सैरंध्री, कीचक के हाथों सुरक्षित नहीं है, उसे वह साधारण सैनिकों के हाथों में सौंप देना चाहती है।...उससे तो कहीं अच्छा है कि वह सैरंध्री को यही समझाए कि वह हठ छोड़कर परिस्थितियों से समझौता कर ले। उसका पति उसके पास है नहीं। श्वसुर ने उसे घर से निकाल दिया है। इस हिंस्र समाज में उसे किसी का सहारा, किसी का संरक्षण तो चाहिए ही होगा, तो फिर कीचक ही क्या बुरा है। वह उसे सुखी रखेगा।...

और सहसा सुदेष्णा के मन में एक प्रतिसुदेष्णा आ बैठी, "क्यों सखि! सैरंध्री की चिंता है या अपने उस रूप की, जो सैरंध्री के भरोसे जीवित है। जीवित क्या है, अब तो उसके इस रूप, इस यौवन का बिरवा लगाया ही सैरंध्री के हाथों ने है। सुदेष्णा तो स्वयं कल्पना नहीं कर सकती थी कि अपनी इस अवस्था में उसका ऐसा रूप निखर आएगा कि वह अपनी तरुणाई से भी अधिक आकर्षक हो जाएगी।...सैरंध्री के विराटनगर से जाने का अर्थ है, सुदेष्णा की इस तरुणाई जैसे रूप-रंग का भी विदा हो जाना। यह नहीं हो सकता, सैरंध्री का चाहे कुछ भी हो।...

सुदेष्णा को लगा कि उसका मन भी बहुत कठोर हो गया है। अपने भाई कीचक के ही समान!

8

पिछले दो दिनों से लगातार वर्षा हो रही थी। लगता था, पृथ्वी पर जो कुछ भी था, सब कुछ गीला और ठंडा हो चुका था।

विराट प्रातः ध्यान करके उठे ही थे और यज्ञशाला की ओर जा रहे थे कि परिचारिका ने मार्ग में सूचना दी कि सेनापति कीचक आए हैं।

विराट को आश्चर्य हुआ। इस ऋतु में इस समय कीचक। जो व्यक्ति इस समय तक सो कर भी न उठता हो, वह उनसे भेंट करने आ गया। यह कैसे संभव है?... और सहसा उन्हें कुछ ध्यान आ गया।

"तुमने सेनापति से पूछा कि वे किससे मिलना चाहते हैं?"

"नहीं महाराज! उन्होंने कहा कि जाकर सूचना दो कि सेनापति आए हैं। इससे आगे उनसे कुछ पूछने का दुस्साहस कैसे किया जा सकता था।" परिचारिका बोली, "अपराध क्षमा हो देव! सेनापति तो महाराज से ही भेंट करते हैं। महारानी से मिलने तो उनके भाई ही आया करते हैं।"

राजा हँस पड़े, "तुम बहुत चतुर हो परिचारिके! किंतु अभी नई हो। आज या तो उन्होंने बताने में भूल की है अथवा तुम्हारे अनुमान में कहीं कोई त्रुटि हो गई है।" राजा ने रुककर परिचारिका को देखा, "वे युद्ध-वेश में हैं अथवा सभा की वेशभूषा में?"

"नहीं महाराज! मुझे तो वे किसी विलास समारोह में जाने को उद्यत दिखाई पड़ते हैं।"

"तो ऐसा करो परिचारिके! एक बार पुनः उनसे पूछो कि उनके आने की सूचना किसे दी जाए।" राजा ने कहा, "यदि वे कहें कि उन्हें महाराज से मिलना है, तो उन्हें ससम्मान मेरे मंडप में बैठाओ। पीने के लिए उत्तम सुरा दो। जो सत्कार संभव हो करो। और यदि वे महारानी को सूचना देने के लिए कहें, तो उन्हें सुदेष्णा के मंडप में पहुँचा दो।"

"महारानी अभी अपने शृंगार-कक्ष में सैरंध्री के साथ हैं महाराज!"

"उन्हें वहीं कीचक के आने की सूचना दो। कहीं ऐसा न हो कि तुम अपनी सद्भावनावश उनकी शृंगार प्रक्रिया में व्यवधान न बनना चाहो और वे सूचना मिलने में विलंब को अपनी तथा अपने भाई की अवमानना मानें। तुम्हें ज्ञात ही होगा कि स्त्रियाँ अपने मायके के संबंधों के संदर्भ में असाधारण रूप से संवेदनशील होती हैं।"

"जो आज्ञा महाराज!"

परिचारिका लौट कर आई तो स्वागत मंडप में कीचक नहीं था।

"कहाँ गए?" उसने द्वारपाल से पूछा।

"वे यहाँ बैठकर प्रतीक्षा नहीं कर सकते थे। आज तक कभी नहीं की। इसलिए स्वयं ही सूचना देने चले गए कि वे आए हैं।" द्वारपाल मुस्करा रहा था।

"किंतु महाराज के पास तो वे पहुँचे ही नहीं।" परिचारिका बोली, "मैं वहीं से आ रही हूँ।"

"महाराज से तो उन्हें मिलना ही नहीं था।" द्वारपाल धीरे से बोला, "वे तो सैरंध्री से मिलने आए हैं, इसलिए महारानी के शृंगार कक्ष की ओर गए हैं।"

"क्या कह रहे हो। कोई सुन ले तो?" परिचारिका ने भयभीत दृष्टि इधर-उधर डाली।

"सुन लेगा तो उसे आश्चर्य नहीं होगा। कौन नहीं जानता कि सेनापति अपनी सेना को युद्ध के लिए नहीं साध रहे, जब से नगर में लौटे हैं, रति-युद्ध के लिए सैरंध्री को साध रहे हैं। वह तो हमारी सैरंध्री ही इतनी चरित्रवती है कि उस पर न सेनापति के धन, मान मर्यादा का प्रभाव पड़ता है, न उनके पद तथा रानी के भाई होने का। सेनापति तो उसके चरण धो कर पीने के लिए प्रस्तुत हैं, वह ही उन्हें घास नहीं डाल रही है।"

"तुम बहुत दुस्साहसी हो द्वारपाल।" परिचारिका बोली और वहाँ से हट गई।

कीचक सीधा सुदेष्णा के शृंगारकक्ष की ओर चल पड़ा। किसी परिचारिका ने न उससे कुछ पूछना उचित समझा और न किसी प्रकार की सहायता करना। वह माधवी के मद में था और गगन में बहुत ऊँचे विहार कर रहा था। उसे वहाँ से धरती पर लाना संकट का काम था। आनन्दिका को राजप्रासाद का पर्याप्त अनुभव था। वह सूचना देने के जोखम को समझती थी, तो सूचना न देने के संकट का अनुमान भी उसको था। अंततः उसने यही उचित समझा कि महारानी को तो इसकी अग्रिम सूचना दे ही दी जाए।

अपने शृंगार के मध्य आनन्दिका को कक्ष में प्रवेश करते देख, सुदेष्णा की भृकुटी में बल पड़ गए।

"क्षमा करें महारानी!" वह बोली, "महारानी को असुविधा हुई, किंतु सेनापति कीचक इधर आ रहे हैं। अब जैसी आपकी इच्छा हो।"

सुदेष्णा के मन में स्थिति स्पष्ट हो गई। अच्छा किया, आनन्दिका ने उसे बता दिया। यदि इस स्थिति में कीचक वहाँ पहुँच जाता तो उसे इससे भी अधिक असुविधा होती।

"अच्छा तुम जाओ।" उसने कहा और सैरंध्री की ओर देखा, "तुम जाकर अंगराग तैयार करो और मेरे संदेश की प्रतीक्षा करो। जब तक मैं न बुलाऊँ, यहाँ मत आना।"

एकांत हो गया तो सुदेष्णा कुछ निश्चिंत हुई। कीचक भी कभी-कभी जान का रोग ही हो जाता है। उसके कारण अपनी सेवा में किसी सुंदरी दासी को रखना सदा ही संकटपूर्ण काम रहा है।

कीचक के कक्ष में प्रवेश करते ही सुदेष्णा समझ गई कि उसने माधवी पी रखी थी।

"सुदेष्णा! देखो कैसी ऋतु है। दो दिनों से वर्षा हो रही है और मैं दो दिनों से सैरंध्री की प्रतीक्षा कर रहा हूँ। तुमने उसे भेजा ही नहीं। इस ऋतु में जब कामदेव किसी के हृदय को मथता है, तो उसका कष्ट समझती हो तुम? कैसी बहन हो? देख रही हो कि भाई पीड़ा से तड़प रहा है और उसकी औषधि को अपने पास सहेज कर रखे हुए हो। उसे भेजती क्यों नहीं?"

पहले तो सुदेष्णा का तेज जागा। उसकी इच्छा हुई कि वह कीचक की न केवल कठोर ताड़ना करे, वरन् अपने अंगरक्षकों को बुलाकर उसे प्रासाद के बाहर फिंकवा दे।...कैसा भाई है कीचक! कैसा सेनापति और कैसा मनुष्य! सूर्योदय हुआ नहीं और यह माधवी लेकर बैठ गया। लोग प्रातः उठकर स्नान-ध्यान करते हैं। हवन-यज्ञ करते हैं। प्रभु को स्मरण करते हैं। अपने दिन भर के कार्यों के लिए स्वयं को प्रस्तुत करते

हैं। और यह है कि आँखें खोलते ही माधवी में डूब जाता है; और फिर उसे सैरंध्री भी चाहिए। प्रातः! इस समय! रात भर उसी के साथ मानसिक विलास करता रहा होगा, तभी तो आँखें खुलते ही इधर चला आया। अपने शृंगार के मध्य ही वह सैरंध्री को उसके साथ भेज दे और स्वयं अपने खुले केश लिए यहाँ बैठी प्रतीक्षा करती रहे? किंतु कीचक इस समय कोई तर्क सुनने की स्थिति में नहीं था।

"आपको कहा था न भैया कि किसी पर्व-त्योहार के दिन आप अपने घर में कोई ऐसा पकवान पकवाएँ, अथवा कोई ऐसा पेय तैयार करवाएँ, जिसे लाने के बहाने मैं उसे भेज सकूँ।" सुदेष्णा ने अपना रोष प्रकट किया, "और आप प्रातः इस समय माधवी पी कर चले आए हैं। महाराज अभी यज्ञशाला में होंगे। उन्हें सभा में तो जा लेने दिया होता। समय और स्थान का तो कोई विचार किया कीजिए।"

"तो आज पर्व नहीं है क्या छोटी बहना?" कीचक ने चहककर कहा, "दो दिन से वर्षा हो रही है। आकाश पर मेघों का अभिसार हो रहा है। रात को जब भी चपला चमकी, मुझे लगा कि सैरंध्री का मुखड़ा दमका है।..." वह रुक गया, "लगता है, मैं कुछ बहक गया। मैं तो तुम्हें सूचना देने आया था कि केकय से माधवी आई है। वह अपना शांगलू है न! वह अपने घर गया था। वह जब भी केकय जाता है, तो और कुछ लाए न लाए, मेरे लिए माधवी अवश्य लाता है। जब वर्षा का यह असामयिक समारोह आरंभ हुआ तो वह मार्ग में ही था। वर्षा में इन मार्गों से यात्रा और भी संकटपूर्ण हो जाती है। उसे मार्ग में रुक जाना चाहिए था; किंतु वह रुका नहीं। उसने सोचा कि इसी ऋतु में तो स्वामी को केकय देश की माधवी मिलनी चाहिए। अब न मिली तो क्या लाभ। वह अपने अश्वों को दौड़ाता, विराटनगर आ पहुँचा और सीधा मेरे प्रासाद में उपस्थित हुआ। मैं भी समझ गया कि यही तो ऋतु है माधवी की; और वह भी केकय की माधवी की। तब से माधवी पी रहा हूँ और सैरंध्री की प्रतीक्षा कर रहा हूँ। पर तुम उसे भेज ही नहीं रही हो। तुम समझती हो कि तुम्हारे जीवन की सार्थकता, सैरंध्री से अपने केश रंगवाने तथा वेणी बनवाने में है; और सैरंध्री के जीवन की सार्थकता, तुम्हारी रंगाई-पुताई करने में। पर सैरंध्री का मोल तो मैं समझता हूँ। सैरंध्री नारियों में रत्न है। रत्न! मेरे अंतःपुर में स्त्रियों का अभाव नहीं है। भरी पड़ी हैं। पर उनमें सैरंध्री एक भी नहीं है।..."

"भैया!" सुदेष्णा अपने स्थान से उठ खड़ी हुई, "शांत होइए। बंद कीजिए अपना यह प्रलाप। यह सब आप नहीं बोल रहे, आपकी माधवी बोल रही है।"

"हाँ! माधवी बोलती है। माधवी नाचती भी है। गाती भी है।" कीचक बोला, "मैं चाहता हूँ कि माधवी गाए तो मेरे भीतर की माधवी रोने लगती है।"

"आप घर जाएँ। नहीं रोएगी।"

"मैं घर तो चला जाऊँगा किंतु यदि तुमने सैरंध्री को नहीं भेजा, तो मेरे भीतर की माधवी फिर से रोने लगेगी।"

सुदेष्णा को लगा कि यदि कीचक यहाँ से नहीं उठा तो सुदेष्णा ही रो देगी; और उसे तनिक भी आश्चर्य नहीं होगा, यदि कीचक यहाँ बैठकर, रोना और गाना एक साथ आरंभ कर दे।

"आप जाइए। मैं सैरंध्री को केकय की माधवी लाने के व्याज से अभी भेजती हूँ।" सुदेष्णा ने कीचक को बलात् उठाया।

"अभी भेज देना। तुरंत। मेरी अच्छी बहना! नहीं तो तुम्हारा यह भाई अपने प्राण त्याग देगा। मैंने भगवान शंकर से प्रार्थना की है कि वे या तो मुझे सैरंध्री से मिला दें, नहीं तो मेरे प्राण ले लें। मैंने शपथ...।"

"उस सबकी आवश्यकता नहीं पड़ेगी। आप घर जाइए। मैं उसे अभी भेज दूँगी।"

"शपथ लेती हो?"

"हाँ शपथ लेती हूँ।"

"वचन देती हो?"

"हाँ भैया! वचन देती हूँ।"

कीचक चल पड़ा, किंतु उसकी जिह्वा मौन नहीं हुई, "सब वचन देते हैं, किंतु पूरा कोई नहीं करता। कोई सैरंध्री को मेरे पास नहीं भेजता। सब शपथ लेते हैं, किंतु प्राण कोई नहीं देता। मैं भी अभी तक जीवित हूँ। क्यों प्राण नहीं दिए मैंने? सैरंध्री अभी तक मुझे मिली नहीं, तो फिर मैं जीवित क्यों हूँ। क्यों जीवित हूँ मैं।" वह सुदेष्णा की ओर मुड़ा।

"आप जीवित हैं, क्योंकि सैरंध्री आपको मिलनेवाली है।" सुदेष्णा ने उसे धकिया कर कुछ आगे चलाया, "आप नहीं रहेंगे, तो सैरंध्री किसे मिलेगी?"

"देखो! सैरंध्री को भेजना मात्र पर्याप्त नहीं है।" वह फिर रुक गया, "उसे समझा कर भेजना कि वह मेरे साथ बैठकर माधवी पिए। मुझे अंगीकार करे। मेरे साथ समागम करे। केवल आ जाने से क्या होगा।..."

"अपने घर के एकांत में उसे इतना भी समझा नहीं पाएँगे क्या आप! जाइए वहाँ समझाते रहिएगा।"

कीचक की समझ में आ गया कि वह अपने घर के एकांत में सैरंध्री को अच्छी तरह समझा सकता है। और यह समझ में आते ही उसे अपने घर पहुँचने की जल्दी मच गई।...

कीचक को विदा कर सुदेष्णा ने सैरंध्री को बुला लिया। उसका शृंगार अभी पूरा नहीं हुआ था। उससे पूर्व वह सैरंध्री को भेजनेवाली भी नहीं थी। किंतु यह सारा समय सुदेष्णा के विचार-मंथन का था।...

यह जो चरित्रवती युवती उसकी सेवा कर रही थी, यदि यह अपने देह का ही व्यापार करना चाहती तो उसके पास आकर सैरंध्री का कार्य क्यों करती? क्या वह स्वयं नहीं जानती कि वह असाधारण रूपवती है। जिस पुरुष को संकेत करेगी, वही आतुर होकर उसके चरणों में आ गिरेगा। राजा क्या, मंत्री क्या और सेनापति क्या...जितना धन चाहेगी, उनसे रखवा लेगी।...फिर भी वह यहाँ सैरंध्री के रूप में चाकरी कर रही है। इसीलिए तो कि वह अपने पति के प्रवास से लौटने तक किसी भले घर का आश्रय चाहती थी। सुदेष्णा ने उसे कुछ वचन दिए थे।...तो अब सुदेष्णा क्या करना चाहती है?

सुदेष्णा तो अपने वचन की रक्षा ही करना चाहती है; किंतु कीचक करने दे, तब ना! वचन तो उसने कीचक को भी दिया है, चाहे टालने के लिए ही दिया हो। यदि उसने कीचक को दिया हुआ वचन पूरा न किया तो इस बार तो कीचक उसके कहने पर चला भी गया है, अगली बार वह ऐसे ही नहीं जाएगा। वह यहीं उपद्रव कर देगा। यहीं से सैरंध्री को घसीटता हुआ अपने भवन तक ले जाएगा। तब कौन रोकेगा उसे? राजा उसे रोक नहीं पाएँगे। सेना उसके कहने में है। सैनिकों को वह आदेश देगा तो सैनिक स्वयं ही सैरंध्री को उसके प्रासाद तक पहुँचा आएँगे।...सैरंध्री को दिया गया वचन सुदेष्णा पूरा नहीं कर सकती। असमर्थ व्यक्ति के वचन का मूल्य ही क्या है?...सुदेष्णा जानती है कि यह न्याय नहीं है। किंतु न्याय तो वही कर सकता है, जो समर्थ हो।...तो सुदेष्णा जब कुछ कर नहीं सकती तो वह सब कुछ सैरंध्री के भाग्य पर ही क्यों नहीं छोड़ देती? उसके साथ जो होना होगा, होगा। भगवान उसकी रक्षा करना चाहेंगे, तो स्वयं ही कोई न कोई प्रबंध कर लेंगे....।

पर क्यों है सैरंध्री इतनी पतिव्रता? क्या आवश्यकता है उसे इस अवगुंठन की? सैरंध्री का काम करती हुई भी, क्यों वह सती बनी रहने का स्वप्न देख रही है। वह नहीं जानती कि राजा और राजपरिवार के लोग समय आने पर स्वेच्छाचारी भी हो जाते हैं। दासियाँ, परिचारिकाएँ, चेटियाँ और सैरंध्रियाँ भी राजपरिवार के पुरुषों की इच्छाओं का विरोध करने लगेंगी, तो यह संसार कैसे चलेगा। कीचक ने किसी और दासी को बुलाया होता तो वह उल्लासपूर्वक गई होती और ढेर सारा पुरस्कार पा कर प्रसन्न हुई होती। तो फिर यह सैरंध्री ही इतनी हठ क्यों कर रही है?...इसलिए कि उसका पति प्रवास से लौटे तो वह चली जाए और सुख से अपने पति के साथ रहे। तब सुदेष्णा का शृंगार करनेवाला कोई न हो, और जिसकी इच्छा हो, वही कहने लगे, "महारानी! आप अकस्मात् ही बहुत ढल गई हैं।" सुदेष्णा अपनी क्षमता भर वह दिन नहीं आने देगी।...यदि कीचक सैरंध्री को अपने वश में करने में सफल हो जाए, तो सैरंध्री अपने पति के लौट आने पर भी उसके पास नहीं जा सकेगी। विलास की अभ्यस्त हो जाने पर वह स्वयं ही जाना नहीं चाहेगी; और यदि जाना चाहेगी भी, तो उसका पति उसे स्वीकार नहीं करेगा।...तो? तो सैरंध्री आजीवन सुदेष्णा की परिचारिका

बनकर रहेगी। सुदेष्णा का यौवन कभी नहीं ढलेगा। कोई नहीं कहेगा, ''महारानी! आप अकस्मात् ही बहुत ढल गई हैं।...''

''लीजिए महारानी!'' सैरंध्री ने सुदेष्णा के हाथ में दर्पण पकड़ाया, ''देख लीजिए। जैसा कहा था, वैसा कर दिखाया। ग्रीष्म समाप्ति पर है। अब केशों को सिर के ऊपर बाँध कर रखना, एकदम आवश्यक नहीं है। आकाश पर जैसे घटाएँ स्वेच्छा से उन्मुक्त भाव से मँडरा रही हैं, वैसे ही आपकी अलकें भी हैं। आषाढ़ के शुक्ल पक्ष के आकाश का सा प्रभाव दे दिया है आपकी केश-राशि को मैंने। महाराज देखेंगे, तो आकाश की घटाओं और आपकी अलकों की घटाओं में कोई अंतर नहीं कर पाएँगे। संयोग से पिछले दो दिनों से यहाँ भी मेघ गर्जन कर रहे हैं। वैसे आषाढ़ के इन दिनों में ऐसी वर्षा होती तो नहीं, जो इस बार हो रही है। लगता है जैसे श्रावण की वर्षा आषाढ़ में ही हो रही है।...आपको रुचिकर लगा, यह केशविन्यास?''

सुदेष्णा ने दर्पण पर एक भरपूर दृष्टि डाली : सैरंध्री सत्य कह रही थी, उसने जो कहा था कर दिखाया था। अपनी कला में वह अद्वितीय थी। लगता था, वह मात्र सैरंध्री ही नहीं है, एक अत्यंत संवेदनशील कवयित्री भी है। प्रकृति का सूक्ष्म निरीक्षण करती है। ऋतुओं के साथ वेश-परिवर्तन तो सब ही करते हैं, किंतु केश-परिवर्तन की चर्चा सुदेष्णा ने सैरंध्री से ही सुनी थी।...

किंतु अब परीक्षा सैरंध्री की नहीं, सुदेष्णा की थी। उन्हें अपने भाई कीचक को शांत और संतुष्ट रखना होगा। उन्होंने कीचक को कैसी सरलता से वचन दे दिया था; किंतु कहने और करने में कितना अंतर होता है। कहने भर से किसी का क्या बनना या बिगड़ना है; किंतु उस वचन के कर्म में परिणत होते ही स्थितियाँ एकदम बदल जाती हैं।...कहीं सुदेष्णा का यह कर्म किसी बड़ी दुर्घटना का कारण न बन जाए...

''सैरंध्री! यह तो हो गया। अब इन घटाओं के अनुकूल माधवी भी तो चाहिए, जो मेरी और महाराज की प्यास मिटा सके। जानती है, वह कौन-सी माधवी है?''

''नहीं महारानी! मैं तो सैरंध्री हूँ। मेरा माधवी से क्या संबंध। वह कार्य तो मधुबालाओं का है।''

''वह है, सारी माधवियों में सबसे मादक—केकय माधवी।'' सुदेष्णा ने कहा, ''जा ले आ। जानती है, कहाँ से मिलेगी?''

''नहीं महारानी! किंतु अनुमान कर सकती हूँ कि केकय माधवी है, तो केकय प्रदेश में ही मिलती होगी।''

''तुम बड़ी ही समझदार हो सैरंध्री। बात को तत्काल समझ लेती हो। भैया ने केकय प्रदेश से वह माधवी मँगवाई है। प्रतिवर्ष मँगवाते हैं। इस वर्ष कल ही उनके प्रासाद में पहुँची है। अभी बची हुई है। देर हो गई तो सारी की सारी समाप्त हो जाएगी और फिर अगले वर्ष की प्रतीक्षा करनी पड़ेगी।'' सुदेष्णा ने कहा, ''भाग कर जा और जाकर तत्काल ले आ।''

सैरंध्री स्तब्ध रह गई। वह तो अपेक्षा कर रही थी कि उसकी कला से प्रसन्न होकर रानी उसकी प्रशंसा करेंगी और उसे कोई पुरस्कार देंगी।...किंतु यह तो कोई पुरस्कार नहीं है। दंड...और वह भी ऐसा दंड...

"आपकी सेवा में जब मैं आई थी महारानी! तब आपने मुझे वचन दिया था कि आप मुझे किसी और की सेवा में नहीं भेजेंगी।" सैरंध्री बोली, "आप अपना वह वचन भूल रही हैं देवि!"

"नहीं! मैं कुछ भी भूल नहीं रही हूँ।" सुदेष्णा बोली, "मैं तुम्हें भैया की सेवा में नहीं भेज रही हूँ। तुम मेरी ही सेवा में हो। पिपासिता मैं हूँ। कंठ मेरा सूख रहा है। माधवी की आवश्यकता मुझे है। तो फिर यह मेरी सेवा क्यों नहीं है?"

सैरंध्री समझ रही थी कि रानी को यह अधिकार था कि वह उसे इस प्रकार के कार्यों के लिए भेज सकें। यह तो सैरंध्री का अपना ही आशंकित मन था, जो अपने लिए विभिन्न प्रकार के संकटों का पूर्वाभास पा रहा था। संभवतः रानी को तो यह भी ज्ञात न हो कि कीचक ने सैरंध्री से क्या-क्या कहा था। तो फिर उचित यही है कि वह रानी को स्पष्ट बता दे...

"महारानी! मैं सेनापति कीचक के प्रासाद में नहीं जा सकती। आप तो जानती ही होंगी कि वह कैसा निर्लज्ज है। मैं अपने पति की दृष्टि में व्यभिचारिणी और स्वेच्छाचारिणी होकर आपके प्रासाद में नहीं रहूँगी।"

सुदेष्णा ने कृत्रिम क्रोध दिखाया, "भैया के प्रासाद से माधवी लाने से तुम व्यभिचारिणी कैसे हो जाओगी?"

"देवि! आप जानती तो हैं कि कीचक काम-मद से उन्मत्त हो रहा है। वह मुझे देखते ही अपमानित कर बैठेगा।" सैरंध्री के स्वर में उसकी आशंका जैसे साक्षात् आ बैठी थी।

एक बार तो सुदेष्णा ने सोचा कि वह पूरे प्रसंग से अनभिज्ञ होने का अभिनय करे और कुछ कठोर होकर सैरंध्री को जाने का आदेश दे; किंतु अगले ही क्षण उसे लगा कि उसका कोई विशेष लाभ नहीं होगा। उसमें और भी विलंब होगा। सैरंध्री सारी घटनाएँ सुनाएगी। अनेक नई बातें निकलेंगी। अनेक तर्क प्रस्तुत होंगे।...वह सैरंध्री से इस संदर्भ में कोई वादविवाद नहीं करना चाहती थी।

"जो कोई भी जानता है कि तुम्हें मैंने भेजा है, वह तुम्हारा अपमान नहीं कर सकता। भैया कैसे तुम्हारा अपमान करेंगे।" सुदेष्णा ने आग्रह किया, "व्यर्थ आशंकित मत हो सैरंध्री! जाओ और भाग कर माधवी ले आओ।"

"पर आपके अधीन अनेक दासियाँ हैं। मेरा ही जाना क्यों आवश्यक है। आप किसी और को भेज दीजिए। इसके बदले में मैं आपके और अनेक कार्य कर दूँगी।"

"मेरे साथ विवाद मत करो सैरंध्री!" रानी ने रोष जताया, "तुम नहीं जानतीं कि केकय की माधवी क्या है। इसलिए तुम्हें भेज रही हूँ। और जिसको भी भेजूँगी,

वह आधी तो मार्ग में ही पी आएगी अथवा अपने प्रेमी को पिला आएगी। विलंब से सारी बात बिगड़ जाएगी। तत्काल जाओ और माधवी लेकर लौटो।''

रानी का तर्क सार्थक हो या न हो, सैरंध्री समझ गई थी कि रानी हठ पकड़ चुकी थी। अब बात अपने-अपने सम्मान की हो चुकी थी। और रानी के सम्मान के सम्मुख तो सैरंध्री को झुकना ही पड़ेगा।

सैरंध्री कुछ और कहती, इससे पूर्व ही रानी ने ढक्कन सहित एक स्वर्ण पात्र उसके हाथ में पकड़ा दिया, ''इसे भर कर लाना। चाहे आग्रह करना पड़े, चाहे झगड़ा, किंतु इससे कम मत लाना।''

सैरंध्री ने पात्र पकड़ लिया और बाहर की ओर चल पड़ी। वह समझ रही थी कि कीचक के सम्मुख वह पूर्णतः असुरक्षित और असहाय थी। पता नहीं रानी इस बात को समझ नहीं रही हैं अथवा समझना चाहती नहीं हैं।...कहीं वे अपने भाई की इच्छापूर्ति में उसकी सहायक तो नहीं हो रहीं?

सैरंध्री को जैसे काठ मार गया। वस्तुतः यही बात है। अन्यथा, न तो किसी से कीचक की लंपटता छिपी है, और न ही यह कोई रहस्य की बात है कि सैरंध्री के प्रति कीचक का आग्रह निरंतर बढ़ रहा है।...सैरंध्री ने अब तक तो यही माना था कि रानी उसकी रक्षा करेंगी, किंतु लगता है, कि रानी भी इस षड्यंत्र में कीचक की सहायिका हो गई हैं।...तो सैरंध्री की रक्षा कौन करेगा?...क्या वह इसी समय सीधी बल्लव के पास चली जाए और जाकर सारी बात कह दे?...पर नहीं! कीचक के प्रासाद में गए बिना, कीचक के किसी दुष्प्रयत्न का प्रमाण पाए बिना, बल्लव से कैसे कह सकती है कि कीचक ने उसे अपमानित किया है?...वह तो फिर अभी विचार ही कर रही है; किंतु बात बल्लव के पास पहुँच गई तो वह कुछ सोचेगा भी नहीं। अपने क्रोध में वह अभी ही कोई अनर्थ कर बैठेगा। परिणामस्वरूप कीचक के हाथों उनका कोई अहित हो या न हो, सैरंध्री और बल्लव ही, इस अज्ञातवास के सारे श्रम और कष्टों पर पानी फेर देंगे। अब जब अज्ञातवास का वर्ष पूरा होने को आया है, तो उसकी तनिक सी आशंका से सब नष्ट हो सकता है।...तो क्या वह बृहन्नला के पास चली जाए? उसे बताए? वह तो आवेश में कोई काम नहीं करता है। और कुछ नहीं तो वह उत्तरा के माध्यम से रानी पर दबाव डलवाए कि वे सैरंध्री को कीचक के प्रासाद में न भेजें? किंतु यदि रानी और बुरा मान गईं? उत्तरा उनकी पुत्री ही तो है। यदि वे उसका आग्रह न मानें तो? और फिर रानी तो केकय प्रदेश की माधवी की प्रतीक्षा कर रही होंगी। सैरंध्री का अपनी आशंका मात्र के आधार पर रानी की आज्ञा का पालन न करना और इधर-उधर भटकना, रानी को रुष्ट ही करेगा।...

अभी कुछ भी ऐसा नहीं हुआ है, जिसके आधार पर वह किसी से अपने लिए न्याय अथवा रक्षा की माँग कर सके।...बहुत संभव है कि ऐसा कुछ न ही हो। यह सब उसके भयभीत मन की दुष्कल्पनाएँ मात्र ही हों।...इससे तो अच्छा है कि वह

सावधानी से जाए। कीचक को किसी प्रकार का कोई अवसर ही न दे और रानी के लिए माधवी लेकर तत्काल लौट आए।...और फिर बृहन्नला ने भी तो कहा था कि संकट की स्थिति में वह कीचक को लुभाने का अभिनय कर, कुछ हाव-भाव दिखा उसे बहका भी तो सकती है।...

सैरंध्री का विचलित मन अपने सखा कृष्ण को स्मरण कर रहा था। यदि कहीं कृष्ण तुम यहाँ आस-पास होते! किंतु इस बार तो तुम यह भी नहीं जानते कि तुम्हारी सखी कहाँ है। तुम्हारे मित्र और भाई कहाँ हैं। तुम उन्हें स्वयं खोज कर उनकी सहायता भी करना चाहोगे, तो कैसे करोगे? तुम जानते ही नहीं कि वे लोग कहाँ हैं।...

सहसा सैरंध्री को लगा कि उसके भीतर एक आश्वासन जन्म ले रहा है।...कृष्ण क्या नहीं जानता? कृष्ण क्या जान नहीं सकता? कृष्ण के लिए क्या अज्ञात है? क्यों भयभीत हो कृष्णे! अर्जुन ने कहा था न कि तुम्हारे जैसी सती नारी के तेज के सम्मुख कौन-सा आततायी ठहर सकता है? कौन-सा परस्त्रीगामी लंपट तुम्हारी दृष्टि की अग्नि को सहन कर सकता है। तुम निर्भय हो कर जाओ सैरंध्री। तुम्हारा वेश बदला है, किंतु तुम अब भी द्रुपदपुत्री कृष्णा ही हो, जो अग्निकुंड में से जन्मी थी। तुम्हारा तेज अद्वितीय है। तुम कृष्ण की सखी हो कृष्णे। तुम निर्भय होकर जाओ।...

सैरंध्री कीचक के प्रासाद के द्वार पर ही रुक गई।...उसे भीतर जाने की आवश्यकता ही क्या थी। वह द्वारपाल के निकट जाकर खड़ी हो गई। उसने वह पात्र उसकी ओर बढ़ा दिया, "महारानी ने मुझे भेजा है। यह पात्र लो और किसी को भेज कर महारानी के लिए केकय की माधवी मँगा दो।"

"आओ!" द्वारपाल उसे मार्ग दिखाता हुआ चल पड़ा।

अब सैरंध्री के पास कोई विकल्प नहीं था।

द्वारपाल उसे जिस कक्ष में लाया, वहाँ सामने ही कीचक बैठा था। इसी बात से तो सैरंध्री डर रही थी। अब यह संभव नहीं था कि वह किसी दासी अथवा परिचारिका से माधवी लेकर लौट जाती।

"आओ सैरंध्री!" कीचक लहराता-सा अपने स्थान से उठा, "तुमने बहुत अच्छा किया कि तुम आ गईं। बड़ी समझदार है सुदेष्णा, कि उसने तुम्हें भेज दिया।"

सैरंध्री के सम्मुख, अब सब कुछ स्पष्ट था...क्यों सुदेष्णा ने उसे भेजने की हठ की। क्यों उसे किसी परिचारिका अथवा रसोइए के पास न भेजकर, सीधे उस कक्ष में पहुँचाया गया, जहाँ कीचक बैठा उसकी प्रतीक्षा कर रहा था। उसके विरुद्ध षड्यंत्र रचा है, सुदेष्णा और कीचक ने...

"आओ, यहाँ मेरे साथ बैठो। माधवी का पान करो। आओ, मेरी स्वामिनी बनकर मेरा प्रिय कार्य करो।" उसने सैरंध्री के उत्तर की प्रतीक्षा नहीं की, स्वयं ही

बोला, "मैं अभी दासियों को आज्ञा देता हूँ। वे तुम्हारे लिए सोने का हार लाएँ, शंख की चूड़ियाँ लाएँ, स्वर्णमय कर्णफूलों के जोड़े लाएँ, मणि, रत्नों के आभूषण लाएँ, रेशमी साड़ियाँ लाएँ..."

"सेनापति! मुझे महारानी सुदेष्णा ने भेजा है। उन्हें प्यास लगी है। मैं उनके लिए केकय प्रदेश की माधवी लेने के लिए आई हूँ।" सैरंध्री बोली, "वे मेरी प्रतीक्षा कर रही होंगी। मैं शीघ्र न पहुँची तो वे क्रुद्ध होंगी।..."

"तो ठीक है। किसी दासी को भेज देता हूँ, वह सुदेष्णा को माधवी पहुँचा देगी। लाओ, यह पात्र मुझे दो।" वह सैरंध्री के एकदम निकट आ गया था।

सैरंध्री का मस्तिष्क बड़े वेग से दौड़ रहा था। यदि वह स्वर्णपात्र उसको पकड़ा देती है और कीचक वह किसी दासी को देने के लिए इधर-उधर होता है, तो वही समय होगा, जब उसे यहाँ से निकल भागना चाहिए।...यह तो निश्चित ही है कि वह उसे माधवी नहीं देगा। उसे तो अंततः खाली हाथ ही जाना है। तो वह अपने अपमान की प्रतीक्षा क्यों करे? शीघ्रातिशीघ्र यहाँ से निकल जाए और रानी को स्पष्ट कह दे कि वह उनकी इस प्रकार की आज्ञाओं का पालन नहीं कर सकती। वे प्रसन्न हों अथवा अप्रसन्न। वह व्यभिचारिणी होकर उनकी चाकरी नहीं करेगी।

सैरंध्री ने पात्र, कीचक की ओर बढ़ा दिया। कीचक ने अपना हाथ बढ़ाया और पात्र के स्थान पर सैरंध्री की भुजा थाम ली, "मैंने यह दिव्य शैया पहले से ही बिछा रखी है। मैं सोच रहा था कि जिस प्रकार तुम मेरे मन में बैठी हो, वैसे ही मेरी शैया पर क्यों नहीं आती हो। आज मेरी मनोकामना पूर्ण करो सुंदरी!"

सैरंध्री ने झटके से स्वयं को छुड़ाया, "नीच! सत्ता का दुरुपयोग मत कर; और स्वयं को इतना शक्तिशाली भी मत समझ। मुझे हाथ लगाएगा तो मेरे रक्षक गंधर्वों द्वारा आज रात्रि को ही मारा जाएगा।"

कीचक कुछ लड़खड़ाया और फिर उसने सैरंध्री का उत्तरीय पकड़ लिया, "गंधर्व जब आएँगे तो उनको भी देख लूँगा। इस समय तो तुम आई हो, तुम्हें देख लूँ।"

सैरंध्री समझ रही थी कि इस समय कहने-सुनने का कोई लाभ नहीं था। कीचक इस स्थिति में ही नहीं था कि उसे कुछ समझाया जा सकता। इस समय तो उसे अपने ही भरोसे अपनी रक्षा करनी थी।

कीचक ने उसे पकड़ लिया था और वह उसकी पकड़ से छूटने के लिए सामर्थ्य भर प्रयत्न कर रही थी। उसके मन में यह पूर्णतः स्पष्ट था कि सैरंध्री के किसी सहायक के इस समय यहाँ आने की कोई संभावना नहीं थी। पर यह भी उतना ही स्पष्ट था कि कीचक अपनी सहायता के लिए भी किसी को नहीं बुलाएगा। शारीरिक बल में सैरंध्री कीचक के समकक्ष नहीं हो सकती थी; किंतु वह इस समय माधवी के प्रभाव में था। अतः असावधान था। यदि सैरंध्री अपनी रक्षा करने का प्रयत्न करती रहेगी, तो कुछ भी नहीं हो पाएगा; किंतु यदि वह आक्रामक हो जाए, तो संभव है कि

वह उसकी पकड़ से छूट जाए। यदि प्रभु की इच्छा होगी, तो वे इसी रूप में उसकी रक्षा कर लेंगे।

सैरंध्री ने अपना सारा बल एकत्रित करके कीचक को एक जोर का धक्का दिया। कीचक न केवल लड़खड़ा कर पीछे हट गया, वरन् सँभलने के प्रयत्न में उसने जिस आसन का सहारा लेना चाहा था, उसको लिए दिए ही गिर पड़ा। सैरंध्री के लिए यही एक अवसर था कि वह बचकर भाग सकती थी। यदि वह क्षण भर भी रुकी और कीचक उठकर खड़ा हो गया, तो दूसरी बार ऐसा अवसर सैरंध्री को नहीं मिलेगा।

उसने भूमि पर गिरा हुआ स्वर्णपात्र उठाया और बाहर की ओर भागी। अब यदि कीचक उसके निकट आया तो वह यही स्वर्णपात्र उसके सिर पर दे मारेगी. फिर जो होना हो, हो ले।

वह अपनी पूरी क्षमता से भाग रही थी। दो एक दासियों-परिचारिकाओं ने उसे आश्चर्य से देखा भी; किंतु कुछ कहा नहीं। द्वारपाल ने अवश्य पूछा, "अरे भाग क्यों रही हो सैरंध्री!"

"महारानी माधवी की प्रतीक्षा में हैं। विलंब से उन्हें असुविधा होगी।"

द्वारपाल अपने स्थान पर बैठा रहा और सैरंध्री भागती चली गई। कहाँ जाए? इस समय कहाँ जाए कि वह कीचक से बच जाए? स्पष्ट था कि सुदेष्णा के निकट वह सुरक्षित नहीं थी। कीचक वहाँ पहुँच जाएगा और सुदेष्णा उसे रोकना भी चाहेंगी, तो रोक नहीं पाएँगी; और पता नहीं वे उसे रोकना भी चाहेंगी अथवा नहीं। उन्होंने उसे ही हठपूर्वक कीचक के घर माधवी लाने के लिए भेजा, इसी से स्पष्ट था कि वे कीचक की सहायता कर रही थीं। तो फिर सैरंध्री कहाँ जाए? बल्लव के पास? बृहन्नला के पास? कंक के पास? ग्रंथिक और तंतिपाल, दोनों ही यहाँ से दूर थे। उनके पास पहुँचना संभव नहीं था।

सहसा उसकी दृष्टि पीछे की ओर गई...अपने वस्त्र सँभालता हुआ कीचक उसके पीछे दौड़ा आ रहा था।

तो कीचक ने उसका पीछा करने का विचार नहीं छोड़ा था। उसे न किसी से भय था, न किसी से लज्जा। उसने अपने सैनिकों से नहीं कहा था कि वे उसका पीछा कर उसे पकड़ लाएँ। वह स्वयं ही भागा आ रहा था। संभवतः यह माधवी के प्रभाव के ही कारण होगा; अन्यथा उसके पास सैरंध्री को पकड़ मँगवाने के लिए साधनों की कमी तो नहीं हो सकती।

अधिक विचार करने का समय नहीं था।...इस समय सबसे निकट तो राजा की सभा ही थी। वहाँ इस समय राजा भी होंगे और कंक भी। संभव है, अन्य सभासद भी हों। कीचक निरंतर उसके निकट आता जा रहा था। सैरंध्री का राजसभा तक पहुँच पाना भी कठिन ही था। यदि कीचक ने उससे पहले ही उसे पकड़ लिया, तो भारी दुर्दशा होगी।

सैरंध्री प्राणपण से दौड़ती जा रही थी।

सभा के द्वार पर से ही सैरंध्री उच्च स्वर में बोली, "दुहाई महाराज! अपनी प्रजा की रक्षा कीजिए।"

द्वारपाल ने असाधारण-सी स्थिति देखकर सैरंध्री को नहीं रोका। वह उसे पहचानता था। इस समय उसके हाथ में स्वर्णपात्र भी था। संभव था कि वह महाराज के ही लिए कोई पेय पदार्थ लेकर आई हो। वह दौड़ती हुई आई थी, उससे तो यही माना जा सकता था कि वह शीघ्रता में थी। संभवतः द्वारपाल उसे टोकता कि वह राजसभा में शालीनता से जाए, किंतु उसके ठीक पीछे कीचक को आते देख, वह कुछ-कुछ अनुमान लगा सकता था। सैरंध्री ने महाराज को पुकारा भी था। ऐसे में द्वारपाल तटस्थ हो गया। वह सैरंध्री और कीचक के मध्य क्यों आए। राजा स्वयं ही न्याय करें।

सैरंध्री ने निमिष भर में ही देख लिया कि राजा के साथ कंक बैठे थे और उनसे कुछ ही पीछे बल्लव भी बैठा था। संभवतः वह किसी प्रकार का कोई आदेश लेने के लिए राजा के पास आया हो। यहाँ वह पूर्णतः सुरक्षित थी। राजा, कंक तथा बल्लव—इन तीनों की उपस्थिति में कीचक उसका क्या बिगाड़ सकता था।

राजा के साथ-साथ कंक तथा बल्लव ने ही नहीं, सारी सभा ने देखा कि पूर्णतः अंव्यवस्थित, स्वेद से नहाई तथा हाँफती हुई सैरंध्री राजसभा के सारे शिष्टाचारों का उल्लंघन करती हुई सभा में आई है और महाराज की दुहाई दे रही है। इससे पहले कि कोई कुछ समझता, कीचक भी लगभग उसी स्थिति में सभा के भीतर घुस आया।

कीचक को और कुछ भी दिखाई नहीं दे रहा था। उसे तो बस यही ज्ञान था कि वह पिछले कई दिनों से सैरंध्री को अपनी शैया पर लाने के सपने देख रहा था। कितने प्रयत्न के पश्चात् आज सैरंध्री उसके प्रासाद में ही नहीं, उसके कक्ष में आई थी। उसने उसे थाम भी लिया था। वह उसे धन, संपत्ति, पद, मान, मर्यादा—सब कुछ देने को तैयार था, और तब भी यह सैरंध्री, उसे धक्का दे, भूमि पर गिरा कर भाग आई थी। उसका काम बाधित हुआ था; उसका अहंकार आहत हुआ था; और उसका क्रोध चांडाल का रूप धारण कर जाग्रत हुआ था। उसे और कुछ दिखाई नहीं दे रहा था। उसे तो बस अपने सामने खड़ी सैरंध्री दिखाई दे रही थी, जिसने उसके उद्दीप्त काम को इस प्रकार बाधित किया था कि उसका हृदय अपनी पीड़ा सहन करने में असमर्थ हो रहा था। ऐसे में वह केवल विनाश कर सकता था। जो कुछ उसके सम्मुख आएगा, उसके क्रोध की ज्वाला में जल कर क्षार हो जाएगा। आज यहाँ कुछ भी सुरक्षित नहीं रहेगा।...

उसने अपनी ओर पीठ किए खड़ी सैरंध्री के खुले केश अपनी मुट्ठी में भींच कर, उसे अपनी ओ‹ खींचा और ज़ोर का एक धक्का दिया। पीछे की ओर से असावधान खड़ी सैरंध्री लड़खड़ाई और औंधे मुँह गिर पड़ी।

कंक और बल्लव अकस्मात् उठ खड़े हुए। कंक अभी अपने स्थान पर ही थे कि बल्लव सैरंध्री की ओर दो पग आगे बढ़ गया।

कीचक ने देखा कि सैरंध्री भूमि पर गिर पड़ी है। वह उसके सम्मुख पड़ी थी; और उसका सारा काम अब क्रोध में परिवर्तित हो उसे सुख देने के स्थान पर कष्ट देने के लिए मचल रहा था। उसने खींच कर एक लात उसे दे मारी।

तब तक बल्लव उसके निकट पहुँच चुका था। उसने कीचक को अपनी भुजाओं में उठाया और दूर फेंक दिया। कंक ने देखा सैरंध्री का अपमान हुआ है; किंतु वह अब सुरक्षित है। बल्लव ने कीचक को उठाकर दूर फेंक दिया है। कीचक अपने स्थान पर सिर टेके पड़ा था। उसकी उठने और पुनः सैरंध्री पर प्रहार करने की इच्छा का कोई लक्षण दिखाई नहीं दे रहा था।...उनकी दृष्टि बल्लव की ओर गई : वह अब भी वहीं खड़ा था। उसकी मुट्ठियाँ भिंची हुई थीं, वह क्रोध से दाँत पीस रहा था। उसके नेत्र क्रोध से रक्तिम हो रहे थे। उनमें धुआँ सा आ गया था। वह अपने माथे का पसीना पोंछ रहा था। उन्हें लगा कि बल्लव को तत्काल न रोका गया तो संभवतः वह अगले ही क्षण कीचक की हत्या कर डालेगा।

कंक ने बल्लव के पैर का अंगूठा दबाया, ''बल्लव! तुम क्या पाकशाला के ईंधन के लिए उस वृक्ष को देख रहे हो? बाहर जाकर उस सूखे वृक्ष को देखो। जिस वृक्ष से छाया मिल सकती है, उसके एक पत्ते को भी नष्ट नहीं किया जाता। उससे वृक्ष की ही नहीं, अपनी भी हानि होती है।''

बल्लव समझ गया कि कंक का संकेत किस ओर है। यदि वह कीचक की यहीं हत्या कर देगा, तो अवश्य ही यह प्रश्न उठेगा कि मत्स्यदेश के बलवान सेनापति का वध कर देनेवाला व्यक्ति कौन है? वह साधारण रसोइया नहीं हो सकता। जब चारों ओर यह प्रश्न गूँजेगा, तो उनका अज्ञात रहना संभव नहीं होगा। यहाँ किसी को संदेह हो या न हो, हस्तिनापुर में यह समाचार अवश्य पहुँचेगा; और तब दुर्योधन निष्क्रिय नहीं बैठेगा।...तो क्या अपने को छुपाए रखने का मूल्य यह चुकाना पड़ेगा कि सैरंध्री को उसकी आँखों के सम्मुख कोई इस सीमा तक अपमानित करे और वह खड़ा देखता रहे? पांडव के रूप में उसका एक धर्म है, तो मानव के रूप में भी उसका एक धर्म है। पुरुष के रूप में भी एक धर्म है; और पति के रूप में भी उसका एक धर्म है।...नहीं! वह यह सब मौन मूक रहकर नहीं देख सकता। वह तो शायद कंक भी न करें। पर सैरंध्री अब सुरक्षित थी। कीचक ने तो तब से सिर भी नहीं उठाया था। संभवतः वह अचेत हो गया था। अब जो कुछ भी करना था, वह सैरंध्री की रक्षा के लिए नहीं, उसके अपमान का प्रतिशोध लेने के लिए करना था।...उसकी कोई तात्कालिक आवश्यकता तो थी नहीं। तो राजा की सभा में इतने सारे लोगों के सम्मुख कीचक का वध कर, अपने पहचाने जाने का संकट क्यों उठाया जाए।...

उसने कंक की ओर देखा : कंक जाकर राजा के निकट अपने स्थान पर बैठ गए थे। बल्लव भी मन मार कर जाकर कंक के निकट ही बैठ गया। शायद कंक चाहते थे कि वह पाकशाला में चला जाए; किंतु वह कीचक के रहते, यहाँ से हटना नहीं चाहता था।

राजा ने सब कुछ देखा। निश्चित रूप से सभा के सम्मुख राजा की उपस्थिति में, बिना कोई कारण बताए हुए, एक स्त्री को इस प्रकार अपमानित करना, उद्दंडता की पराकाष्ठा थी। राजा के मन में भी आक्रोश जागा था। वह कितना सैरंध्री के अपमान के कारण था, कितना अपने अपमान के कारण—वे समझ नहीं पा रहे थे।...उनका मन आक्रोश से जल रहा था; किंतु न तो तब से शरीर हिला था और न ही उनकी जिह्वा से कुछ उच्चरित हुआ था।...वे देख रहे थे कि इस समय कीचक माधवी के प्रभाव में था। उन्होंने उसे कई बार केकय की माधवी के प्रभाव में देखा था। और उसके प्रभाव में वह कुछ भी कर सकता था। यदि इस समय राजा चाहें तो उसे कशा से पीट सकते थे। चाहें तो उसे बंदी बना सकते थे। चाहें तो उसे उसकी सारी संपत्ति से वंचित कर सकते थे। किंतु वह सदा ही तो माधवी के प्रभाव में नहीं रहेगा। जिस समय वह प्रकृतस्थ होगा, उस समय वह इतना निरीह नहीं होगा। तब वह खड्ग खींच कर राजा को चुनौती देगा; और राजा उसकी उस चुनौती का सामना नहीं कर पाएँगे।...पर यदि वे उसे इसी अवस्था में कारागार में डाल देते हैं, तो वह खड्ग कैसे खींचेगा? पर उस अकेले को कारागार में डाल देने से तो काम नहीं चलेगा। उनके अपने प्रासाद में उसकी बहन बैठी है। वे प्रासाद में पहुँचेंगे तो वह प्रश्न करेगी। नगर में उसके भाई और अनुयायी उपकीचक हैं। वे लोग विराटनगर की सेना की रीढ़ की हड्डी हैं। सारी की सारी सेना उसके प्रभाव में है। सेना विद्रोह कर सकती है।...

राजा को लगा, उनके मन के किसी कोने में, चाहे कितने भी छद्म रूप में क्यों न हो, और कितनी भी न्यून मात्रा में क्यों न हो, सैरंध्री को इस प्रकार अपमानित देखकर प्रसन्नता जन्मी है। उसने उनके प्रेम निवेदन की ओर ध्यान नहीं दिया था।...पर तत्काल ही उनके मन में आया कि उन्होंने उससे तो प्रेम निवेदन किया ही नहीं था। वह तो रानी ने ही भूचाल मचा दिया था। रानी ने कहा था कि सैरंध्री से इतने लोग प्रेम करते हैं कि राजा ने उस पर दृष्टि डाली तो सैंरध्री का कोई न कोई प्रेमी उनकी हत्या कर देगा। राजा ने तो अपने मन को उस ओर से हटा लिया था। यह भी सत्य है कि उसने कीचक का प्रेम भी स्वीकार नहीं किया था। इसीलिए तो वह भागती हुई शरण पाने के लिए यहाँ आई थी; और कीचक उसके पीछे-पीछे आ गया था। अब उन्हें देखना था कि सैरंध्री का कौन-सा प्रेमी, कीचक से इसका प्रतिशोध लेता है।...यहाँ तो बल्लव ने ही उसे उठाकर फेंक दिया था।...किंतु बल्लव सैरंध्री का प्रेमी नहीं हो सकता। राजा को इस प्रकार की कोई सूचना नहीं मिली थी। उसने तो अपने सामने अपमानित होती हुई एक नारी की रक्षा मात्र की थी। उसकी स्थिति में कोई भी पुरुष यही करेगा।

राजा को लगा कि उनके मन में एक प्रकार की गुदगुदी-सी हो रही थी...तो क्या बल्लव कीचक से भी बलशाली था? इतना बलशाली कि वह कीचक को अपनी भुजाओं में उठाकर दूर फेंक दे, जैसे कोई हल्के से खिलौने को फेंकता है?...नहीं! शायद ऐसा नहीं है। कीचक इस समय माधवी के प्रभाव में था।...पर यदि बल्लव, कीचक से अधिक शक्तिशाली है, तो क्या वह कीचक से उनकी रक्षा भी कर सकता है? किंतु वह अधिक से अधिक एक मल्ल हो सकता है। वह सेनापति तो नहीं है। वह न सेना का सामना कर सकता है, न सैन्य-संचालन! संभवतः वह शस्त्रों के विषय में कुछ भी न जानता हो। तो वह कीचक से उनकी रक्षा कैसे कर सकता है?...

राजा की समझ में नहीं आ रहा था कि वे क्या चाहते हैं। सैरंध्री के अज्ञात प्रेमी यदि कीचक का वध कर दें और विराट को उसके आतंक से मुक्त कर दें, तो? पर तब विराटनगर की सेनाओं का संचालन कौन करेगा?...वे कीचक से तो मुक्त होना चाहते हैं, किंतु कीचक के समान एक सेनापति की आवश्यकता तो उन्हें रहेगी ही। तो वे कीचक का वध चाहते हैं अथवा नहीं?...राजा के मन में कुछ भी स्पष्ट नहीं था।

सभासदों ने देखा : सैरंध्री का अपमान हुआ है। बल्लव ने बलवान कीचक को उठाकर दूर फेंक दिया है। राजा ने बल्लव का विरोध नहीं किया है और कीचक का उठने का साहस ही नहीं हो रहा है।

उनमें से कई समवेत स्वर में चिल्लाए, ''यह अन्याय है महाराज! यह भारी अन्याय है। दुष्ट कीचक को इसका दंड मिलना चाहिए।''

सैरंध्री कीचक के धक्के और पाद-प्रहार से जैसे स्तंभित हो गई थी। उसकी आँखों के सम्मुख जो कुछ भी घटा, उसे जैसे उसने संवेदनाशून्य दृष्टि से देखा।...किंतु क्रमशः जैसे उसकी भी संज्ञा जागी। संवेदना लौटी। उसने देखा कि कंक तथा बल्लव उसकी सहायता को आए हैं, बल्लव ने कीचक को उठाकर दूर फेंक दिया है; किंतु उसके पश्चात् कंक ने बल्लव को जैसे सावधान ही नहीं किया, कर्म से निरत कर दिया है। राजा ने भी सब कुछ देखा है; किंतु वह अब तक किंकर्त्तव्यविमूढ़ सा बैठा है। बल्लव के बल को देखकर सभासदों ने भी एक प्रकार का शाब्दिक विरोध प्रकट करने का साहस किया है; किंतु ऐसा कुछ नहीं हुआ, अथवा हो रहा, जिसे कीचक को उसके अपराध का दंड देने का उपक्रम जैसा कुछ कहा जाए।

सैरंध्री का अपमान-पीड़ित मन चीत्कार कर उठा, ''राजन्! धर्मप्राण राजा अपनी प्रजा का उसी प्रकार पालन करता है, जैसे कोई ममतामयी माँ अपने अबोध शिशु की रक्षा करती है। मैं आपकी प्रजा हूँ। अबला स्त्री हूँ। मेरे पति यहाँ नहीं हैं, इसलिए वर्तमान के लिए अनाथ हूँ। आपके सम्मुख इस पापी कीचक ने मेरे केश खींचे हैं। मुझे धक्का दिया है। लात मारी है। क्या उसे दंडित करना आपका धर्म नहीं है?''

राजा अब तक मौन थे; किंतु सैरंध्री द्वारा इस प्रकार सीधे संबोधित किए जाने पर उन्हें कुछ तो कहना था। उनकी दृष्टि कीचक पर पड़ी। कीचक अपने स्थान पर

उठकर खड़ा हो गया था और उनकी ओर देख रहा था। उसके मस्तिष्क पर से माधवी का प्रभाव पूर्णतः समाप्त हो चुका था। उसकी आँखों के भाव को देखकर मत्स्यराज को अपनी रीढ़ की हड्डी में एक कँपकँपी का सा अनुभव हुआ।

"सैरंध्री!" राजा बोले, "तुम दोनों में जो कलह हुई है, वह हमारे सामने नहीं हुई है। उस सारी बात को जाने बिना कोई राजा न्याय नहीं कर सकता। इसके लिए आवश्यक है कि पहले हम उस सारी बात का पता करें कि तुमने सेनापति कीचक को अपने किस कृत्य से क्रोधित कर दिया था। सेनापति का अपराध तो सब ने देखा है, किंतु हमें तुम्हारे अपराध को भी तो जानना होगा। हम उसका शोध करेंगे; और उसी के अनुसार उपयुक्त समय पर तुम्हारा न्याय करेंगे।" राजा ने रुककर कीचक को देखा, "सेनापति कीचक! तुम्हें स्मरण रखना चाहिए कि राजसभा की अपनी मर्यादा होती है। माधवी के प्रभाव में राजसभा में प्रवेश कर उत्पात् करना तनिक भी शोभनीय नहीं है। जाओ, और स्मरण रहे कि भविष्य में इस प्रकार का व्यवहार न हो।"

कीचक ने एक क्रुद्ध दृष्टि सैरंध्री पर डाली और सभा से बाहर चला गया।

सैरंध्री के लिए यह सब असह्य था। वह जैसे भूल गई कि वह अपने पतियों के साथ विराटनगर में अज्ञातवास कर रही है। वह भूल गई कि वह राजसभा में स्वयं राजा के सम्मुख खड़ी है। उसे स्मरण केवल इतना रहा कि रानी की आज्ञा पर माधवी लेने गई सैरंध्री का कीचक ने अपमान करने का प्रयत्न किया। वह स्वयं को बचा कर भागी तो राजसभा में सबके सामने कीचक ने उसके केश खींचे, उसे धक्का दिया और लात मारी। उसके केश अभी भी बिखरे हुए थे। उसके वस्त्र धूलधूसरित थे। आघात के कारण उसके मुख से जो रक्त निकला था, वह अब भी पोंछा नहीं गया था। उसका अपमानित हृदय प्रतिशोध के लिए चीत्कार कर रहा था।

"राजन्!" वह बोली, "जो राजा अपने और पराये में भेद करता है, वह न धर्मप्राण है न न्यायी। मैं आप पर अभियोग लगाती हूँ कि अपना परिजन होने के कारण आपने कीचक का अपराध अनदेखा किया।"

"यह तुम्हारी भूल है सैरंध्री!" राजा ने उत्तर दिया, "केवल तुम्हारे आरोप लगाने मात्र से मैं मत्स्यदेश के सेनापति को कारावास में तो नहीं डाल सकता, न ही उसे कशाघात का दंड दे सकता हूँ। उसे चेतावनी दे दी गई है। अब इस समय इससे अधिक क्या हो सकता है। तुम अधिक हठ करोगी तो हम कोटपाल को आदेश दे देंगे कि वह शोध करे कि तुम्हारे किन कृत्यों के कारण सेनापति को इतना क्रोध आया कि वे आपे से बाहर हो गए और उन्होंने सभा में अभद्र व्यवहार किया।"

सैरंध्री की आँखों में क्रोध उतर आया, "न्याय के सम्मुख छोटे और बड़े सब बराबर हैं। उसमें यह नहीं देखा जा सकता कि मालिनी एक सैरंध्री है; और कीचक मत्स्यदेश का सेनापति। जो लोग ऊँचे पदों पर बैठे हैं, वे धर्म और न्याय के विधान से मुक्त हैं क्या? पद उन्हें प्रजा की रक्षा का दायित्व देता है अथवा प्रजा पर अत्याचार

करने का अधिकार? इस पर विचार किया जाना चाहिए महाराज! नहीं तो मत्स्यदेश की सारी दासियाँ और निर्धन स्त्रियाँ मत्स्यदेश के राजपुरुषों के बलात्कार की पात्राएँ बनकर रह जाएँगी।''

''सैरंध्री ठीक कह रही है महाराज!'' सहसा सभासद चतुरानन बोला, ''उच्च पद, धन अथवा बल के कारण किसी व्यक्ति को यह अधिकार तो नहीं है कि धर्म की मर्यादा का उल्लंघन करे। राजा के विधान को भंग करे।''

राजा के उत्तर से पहले ही सैरंध्री बोली, ''आप कोटपाल को कहें अथवा अपने किसी सभासद को कि वह यह शोध करे कि सैरंध्री का दोष क्या था, जिसके कारण कीचक ने उसके साथ यह व्यवहार किया। किंतु कीचक ने जो कुछ किया, वह आपके सम्मुख किया। उसके लिए आपको किस प्रमाण की आवश्यकता है?'' उसने रुककर सारे सभासदों को देखा, ''आपका संकट यह है कि जो अपराधी है, वह राज्य का सेनापति और राजा का श्यालक है; और जो पीड़ित है, वह प्रासाद में कार्य करनेवाली एक साधारण सैरंध्री है। सेनापति तो सैरंध्री को लात मार सकता है; किंतु सैरंध्री को कैसे अनुमति दी जा सकती है कि वह सेनापति को अपने पादप्रहार से भूमि पर इस प्रकार गिरा दे कि सेनापति मुख से रक्तवमन करने लगे।''

राजा समझ रहे थे कि सैरंध्री सत्य कह रही थी; सत्य ही वे सेनापति को कोई कठोर दंड नहीं दे सकते थे। वे सिर नीचा किए चुपचाप बैठे रहे।

''कीचक को धर्म का ज्ञान नहीं है।'' सैरंध्री पुनः बोली, ''मत्स्यराज भी किसी प्रकार धर्मज्ञ नहीं हैं। जो अधर्मी राजा के पास बैठते हैं, वे सभासद भी धर्म के ज्ञाता नहीं हैं।''

कंक को लग रहा था कि स्थिति बिगड़ती जा रही है। राजा कीचक को दंडित करने में असमर्थ थे, यह सत्य था। ऐसे में यदि सैरंध्री हठपूर्वक बोलती जाएगी, तो वह राजा का अपमान भी कर सकती है। राजा को यह जानने को भी प्रेरित कर सकती है कि ऐसी तेजस्विनी नारी कौन है। एक साधारण सैरंध्री का तो ऐसा साहस हो नहीं सकता कि वह राजा से इस प्रकार की बातें कहे।

''सैरंध्री! कीचक ने धर्म की मर्यादा का उल्लंघन किया है, यह हम सब ने देखा है।'' कंक ने कहा, ''महाराज ने उसे चेतावनी दे दी है। सारे सभासद समझ रहे हैं कि दंड का जो एक लक्ष्य, पीड़ित की पीड़ा का शमन है, वह पूरा नहीं हुआ है। पर अब तुम भी धर्म की मर्यादा का उल्लंघन मत करो। राजा, प्रजा का पिता होता है; किंतु पिता भी तो अपनी संतान की सारी इच्छाएँ तत्काल पूरी नहीं कर सकता। तुम ही धर्म का विचार करो। क्षमाशीले! क्षमा मनुष्य का सबसे उत्तम धर्म है। क्षमा सत्य है, क्षमा दान है, क्षमा धर्म है। क्षमा के बारह अंग हैं और तीन सौ साठ अरे हैं। उस काल चक्र के पूरा होने में, तीस अरों की ही तो कमी है। कालचक्र पूरा होते ही सबको उनका मनभावन मिल जाएगा। कालचक्र पूर्ण होने तक तुम भी क्षमा का दान करो।''

सैरंध्री समझ रही थी कि कंक का संदेश क्या था। उनके अज्ञातवास को पूर्ण होने में केवल एक मास शेष था। एक मास पूरा होते ही, उनकी प्रतिज्ञा पूरी हो जाएगी। उन्हें अज्ञात रहने की कोई बाध्यता नहीं रहेगी; और उसे उसका मन भावन मिल जाएगा।...किंतु इस अपमान को पूरा एक महीना सहते रहना...

"जाओ सैरंध्री! रानी सुदेष्णा के महल में जाओ। तुम वहाँ सुरक्षित हो। वहाँ कोई तुम्हारा अपमान भी नहीं करेगा।" कंक बोले, "मन न माने तो कुछ समय बृहन्नला के साथ नृत्य संगीत का आनन्द उठाने में व्यतीत कर लो। महाराज की द्यूतक्रीड़ा में क्यों व्यवधान उपस्थित कर रही हो।"

सैरंध्री, कंक के सारे संकेत समझ रही थी; किंतु उसका क्षोभ तनिक भी कम नहीं हो रहा था। वह जानती थी कि क्षमा उत्तम धर्म है; किंतु वह कंक के समान क्षमाशीला नहीं हो सकती थी। जब तक वह अपने इन्हीं पैरों से कीचक के शव को न ठुकरा ले, तब तक उसके हृदय की ज्वाला शांत नहीं हो सकती थी, उसका क्षोभ कम नहीं हो सकता था।

वह उठी। उसने कंक को कुछ इस प्रकार प्रणाम किया, जैसे वह राजा को प्रणाम कर रही हो। धीरे-धीरे वह राजसभा से बाहर निकल गई।

कंक अपने स्थान पर बैठे तो राजा ने बहुत धीरे से कहा, "कंक आज तुमने कीचक से मेरी रक्षा कर ली। सैरंध्री कीचक को दंड दिलवाए बिना मानती नहीं, और मैं कीचक को दंड देने का साहस कर नहीं सकता। सैरंध्री को समझाकर तुमने मेरा बड़ा उपकार किया है कंक।"

9

कीचक सभा से बाहर निकला तो उसे लगा, जैसे वह किसी स्वप्न से जागा हो। इस समय वह पूर्णतः सजग था, किंतु इससे पूर्व जो कुछ उसने देखा और समझा था, वह सब बहुत धुँधला सा था।...जैसे जो कुछ घटित हो रहा था, उस पर धुंध छाई हो अथवा उन घटनाओं तथा दृश्यों को देखने वाले उसके नेत्रों पर किसी प्रकार का कोई झीना-सा आवरण डाल दिया गया हो। उसने वह सब देखा तो था; किंतु वह सब स्पष्ट नहीं था, प्रच्छन्न-सा था।...

...उसे स्मरण आ रहा था कि प्रातः वह भारी मन और अलस शरीर से अपने प्रासाद के संगीत-मंडप में जा बैठा था। यह संगीत-मंडप उसने पर्याप्त खुले स्थान में बनवाया था। उस पर छत तो थी; किंतु उसके चारों ओर दीवारें नहीं थीं। वृक्ष थे किंतु मंडप से दूर थे। मंडप में बैठने से उनकी हरीतिमा का सुख तो आँखों को मिलता था; किंतु वे प्रकाश तथा पवन के मार्ग की बाधा नहीं थे। उसी मंडप में बैठे-बैठे उसने देखा था कि बाहर वर्षा हो रही थी। पवन-झकोरे वृक्षों से जैसे लिपट-लिपट जा रहे

थे। कितने प्रसन्न थे वे वृक्ष और उनसे बरजोरी करता वह पवन।...कीचक का मन जैसे ऐंठने लगा था।...इतना प्रसन्न था सारा वातावरण और वह कैसा उदास-सा बैठा था। वह क्या करता, सुदेष्णा ने सैरंध्री को उसके पास भेजा ही नहीं था। क्यों भेज देगी वह उसे। उसने सैरंध्री को कोई मूर्खतापूर्ण वचन जो दे रखा था। सेनापति कीचक की इच्छा कोई महत्त्व नहीं रखती सुदेष्णा के लिए। उस सैरंध्री की इच्छा अधिक महत्त्वपूर्ण थी।...

इस समय वह सुदेष्णा और सैरंध्री—दोनों को ही भूल जाना चाहता था। इस सुंदर प्रकृति में खो जाना चाहता था। जब आकाश से ऐसी वर्षा होती थी, पवन मस्ती से चलता था, वृक्ष झूमते थे, लताएँ इठलाती थीं, तो कीचक इसी मंडप में बैठकर उनके साथ झूमना चाहता था। सैरंध्री को स्मरण कर तड़पते रहने से तो वह सुख संभव नहीं था।...उसको भूल कर ही संभव था। सैरंध्री को भूलना तो तभी संभव था, जब कुछ ऐसा कीचक के हाथ लग जाए, जो सैरंध्री से भी अधिक आकर्षक और मादक हो। और सैरंध्री से अधिक मादक तो माधवी ही हो सकती थी।...सैरंध्री ने उसे सारा संसार भुला रखा था। माधवी, सैरंध्री को भी भुला सकती है। केकय से शांगलू उसकी प्रिय माधवी लाया था। तो इस समय माधवी के सेवन से अधिक आनन्ददायक और क्या हो सकता था?...

उसने मंडप में ही माधवी मँगवा ली थी।....एक बार उसके मन में आया भी कि इस समय राजसभा में जाने की तैयारी भी करनी है; किंतु वह विचार अधिक देर तक टिका नहीं। चला जाएगा राजसभा में। अभी बहुत समय था। और एक दिन सभा में नहीं जाएगा, तो कौन-सा आकाश गिर पड़ेगा। वह दस मास विराटनगर से बाहर था, तो भी तो राजसभा चलती ही रही थी। बंद तो नहीं हो गई थी।...अब इस समय, मंडप में बैठ माधवी का सेवन करने के स्थान पर सभा में राजा तथा सभासदों के कुतर्क सुनना किसको प्रिय लग सकता है। जब से यह कंक आया है, तब से तो सभा में धर्म-चर्चा कुछ अधिक ही होने लगी है। राजा द्यूत में मन लगाना चाहते हैं और वह धर्मशास्त्र की कोई समस्या लेकर बैठ जाता है, जैसे वही धर्मराज युधिष्ठिर हो।...

और सहसा कीचक का मन ठिठक गया। कहीं युधिष्ठिर ही तो यहाँ कंक के रूप में अज्ञातवास नहीं कर रहा?...पर नहीं। युधिष्ठिर को द्यूत का ज्ञान नहीं है; और कंक द्यूत में ही दक्ष है।...

कीचक को अपने ही ऊपर क्रोध आने लगा।...इतनी सुंदर और मादक प्रकृति के बीच बैठ वह सैरंध्री को भुलाने के लिए कंक को स्मरण कर रहा है? मूर्ख! महा मूर्ख!! सैरंध्री को भुलाने की क्या आवश्यकता है?, उसे तो बुलाने की आवश्यकता है। नहीं आती तो मँगवाने की आवश्यकता है। तब भी नहीं मानती, तो उसे पकड़ मँगवाने की आवश्यकता है।

अब तक इतनी माधवी उसके कंठ के नीचे जा चुकी थी कि उसके स्थान पर स्वयं माधवी सोचने लगी थी।...वह उठ खड़ा हुआ।...यहाँ बैठे रहने से काम नहीं चलेगा। वह स्वयं जाएगा और सुदेष्णा के प्रासाद से सैंरध्री को पकड़ लाएगा।...वह सुदेष्णा के पास गया था और सुदेष्णा ने यह कहकर उसे लौटा दिया था कि वह सैरंध्री को केकय की माधवी लाने के बहाने उसके प्रासाद में भेज रही है। सैरंध्री आई भी थी। पर जाने यह सैरंध्री कैसी दासी थी? न उसे सेनापति का भय था, न राजा के श्यालक का। न उसे स्वर्ण लुभाता था, न कीचक का यौवन। वह उसे धक्का मार कर चली गई।...

पर क्या यह सब संभव था? या यह भी माधवी का ही छल था? ऐसा तो नहीं कि सैरंध्री आई ही न हो और वह माधवी की माया में किसी और ही दासी को सैरंध्री समझता रहा हो?...पर नहीं। उसे स्मरण है कि वह सैरंध्री के पीछे-पीछे भागता हुआ राजसभा में जा पहुँचा था। उसने क्रोध में सैरंध्री के केश खींचे थे, उसे धक्का दिया था, और लात से उसे मारा था।...पर क्या यह सब कुछ सचमुच घटित हुआ था? जो सैरंध्री उसे इतनी कमनीय लगती थी, उसे उसने अपने पैर से मारा था? हाँ! शायद ऐसा ही हुआ था। वह तो उसे अपनी अवज्ञा का और भी कठोर दंड देना चाहता था; पर तब किसी ने उसे अपनी भुजाओं में उठाकर, बहुत दूर फेंक दिया था।...

कीचक उन क्षणों को स्मरण करने का प्रयत्न करता है, तो उसे यही लगता है कि उसका मस्तिष्क कुछ इतना धुँधला गया था कि उसे कुछ भी वास्तविक नहीं लग रहा था। क्रोध का ऐसा झंझावात था उसके मस्तिष्क में कि उसे अपना परिवेश जैसे दिखाई ही नहीं दे रहा था। माधवी अपना बल दिखा रही थी और उसकी आँखें बंद होती जा रही थीं। फिर सहसा ही किसी ने उसे उठाकर बहुत दूर फेंक दिया था और उसकी आँखों के समक्ष अंधकार छा गया था।...कभी उसे लगता था कि उसके क्रोध ने ही उसे उठाकर दूर फेंक दिया था। कभी लगता था कि सामने खड़े उस रसोइए बल्लव ने ही उसे उठाकर फेंक दिया था। पर बल्लव ऐसा साहस कैसे कर सकता था?...यह तो कदाचित् सैरंध्री के उन अज्ञात रक्षक गंधर्वों का ही काम था। पर उसे वहाँ और कोई दिखाई तो दिया ही नहीं था। संभवतः वे लोग अदृश्य रहकर ही सैरंध्री की रक्षा कर रहे थे।...यह भी तो संभव है कि उन्होंने बल्लव का रूप धारण कर लिया हो। कामरूप गंधर्वों के लिए क्या संभव नहीं था।

...वैसे भी कीचक इस स्थिति में ही कहाँ था कि वह देख सकता कि वहाँ कौन था, कौन नहीं था। यह तो अच्छा ही है कि उसे लगा कि बल्लव ने उसे उठाकर फेंका है, कहीं उसे लगता कि राजा ने उसे उठाकर फेंका है, अथवा...स्वयं सैरंध्री ने ही उसे उठाकर फेंक दिया है, तो वह अपनी माधवी का क्या कर सकता था। केकय की माधवी में यह गुण न होता तो वह इतनी दूर से यह माधवी मँगवाता ही क्यों?...

सहसा कीचक कुछ चिंतित हो गया।...उस समय वह माधवी के मद में था, इसलिए वह ठीक से देख नहीं पाया कि वहाँ क्या हुआ था, अथवा वह अपने बाधित काम, आहत अहंकार तथा अनियंत्रित क्रोध के साथ-साथ माधवी के मद के प्रभाव के कारण इस समय उसका चिंतन इतना अस्पष्ट और भ्रमित हो गया है कि वह सोच ही नहीं पा रहा कि उसके साथ क्या हुआ था?...और यदि कहीं सैरंध्री के उन अदृश्य रक्षक गंधर्वों की बात सत्य है और उनमें से ही किसी ने उसे उठाकर फेंका है, तो उसे बहुत सावधान रहने की आवश्यकता है। क्या वे आज रात को उसकी हत्या का प्रयत्न भी कर सकते हैं?...

कीचक स्वयं चकित था कि उसका मन अपनी हत्या की बात सोच कर ही कैसा भयभीत-सा हो गया था।...उसने अपना आत्मबल जगाने के लिए अपनी वीरता को स्मरण किया। उन युद्धों को याद किया, जो उसने अपने भुजबल से जीते थे।...किंतु उसके मन के किसी कोने में दुबका भय था कि हिलने का नाम ही नहीं ले रहा था।...युद्ध तो वह उससे कर सकता था, जो उसके सामने आए। वह अपनी शैया पर सोया हो और अदृश्य गंधर्व उसके कक्ष में घुस आएँ।...क्यों? उसके द्वारपाल उन्हें रोकेंगे नहीं?...द्वारपाल तो उसे रोकेंगे, जो दिखाई दे। अदृश्य गंधर्वों को उसके द्वारपाल कैसे रोक सकते हैं।...वह शैया पर सोया रहे और वे आकर उसका वध कर जाएँ तो वीर सेनापति कीचक क्या कर सकता है, और उसकी सेनाएँ क्या कर सकती हैं?...

कीचक को लगा कि उसके मन में, एक प्रकार से रात का भय समा गया है। उसे सचमुच रात को बहुत सावधान रहना पड़ेगा।...

रात को कक्ष में बहुत उमस थी। आषाढ़ का शुक्ल पक्ष चल रहा था। आकाश पर मेघ-संभार था; किंतु पवन-संचार बंद हो गया था।...कक्ष में सोना कठिन था; किंतु कीचक का कक्ष के बाहर, खुले में, अथवा किसी खुले मंडप में सोने का साहस नहीं हो रहा था। जान-बूझ कर असुरक्षित स्थान पर सोने से क्या लाभ? गंधर्व लोग उसे चेतावनी दे कर अथवा नींद से उठाकर तो उसका वध करेंगे नहीं। सोए का ही मस्तक काट कर वे अपने साथ ले जाएँगे...तो क्या वह प्रासाद के दूसरे तल के वरांडे में सो जाए?...पर नहीं! आवश्यक तो नहीं कि ये अदृश्य गंधर्व भूमि पर चल कर ऊपर आएँ। वे तो आकाश से भी उतर सकते हैं। ऊपर वरांडे में सोने से तो उन्हें और भी सुविधा हो जाएगी।...

सोने से पहले उसने सारे प्रासाद में घूम कर रक्षा-व्यवस्था देखी और स्थान-स्थान पर अंग-रक्षक बढ़ा दिए। प्रहरियों की संख्या में भी वृद्धि कर दी गई। नायकों को कठोर आदेश दिए गए कि कोई अनधिकृत व्यक्ति भीतर प्रवेश न कर पाए। इतने पर भी उसे संतोष नहीं हुआ तो उसने अपने कक्ष के द्वार पर भी रात को सशस्त्र प्रहरी नियुक्त करने का आदेश दिया; और स्वयं भी अपने निकट, शैया पर अपना खड्ग

रख लिया।...पर नींद तब भी नहीं आई। एक विचित्र प्रकार की व्याकुलता उसे घेरे हुए थी। वह स्वयं ही नहीं समझ पा रहा था कि वह भयभीत था अथवा उत्तेजित; अथवा मस्तिष्क में विचारों का जो उफान था, वही उसे सोने नहीं दे रहा था। उसे लग रहा था कि अनेक बार रजोगुण का आधिक्य भी उसकी निद्रा का वैरी हो जाता था। संभव था कि यह उसके मन का भय न हो, उसकी विचारशीलता ही हो, जो उसे सोने न दे रही हो।...वह एक से एक नई स्थिति की कल्पना कर रहा था, जिसमें वे अज्ञात और अदृश्य गंधर्व उसकी हत्या कर सकते थे।...और जैसे ही उसके मन में एक कल्पना आती, वैसे ही वह उसका प्रतिकार सोचने लगता था। उसने उन गंधर्वों से अपनी रक्षा के लिए इतने व्यूह सोच कर अपनी कल्पना में ही रच डाले थे, जितने एक बड़े युद्ध में भी नहीं रचे जाते।...

प्रहरियों द्वारा अर्द्धरात्रि की घोषणा उसने सुनी थी। उसके पश्चात् ही किसी समय वह सोया था। कितनी देर सोया, यह भी वह नहीं जान पाया। हाँ! प्रातः ब्रह्ममुहूर्त से भी पूर्व जब उसकी आँख खुली तो पहला विचार उसके मन में यही आया कि वह किसी समय सो गया था। यद्यपि अभी उसकी नींद पूरी नहीं हुई थी; किंतु उसे लग रहा था कि अब वह और सो नहीं पाएगा।...उसी क्षण उसके मन में दूसरा विचार आया कि रात्रि प्रायः व्यतीत हो चुकी थी, और जिन गंधर्वों के आने की संभावनाओं से वह इतना व्याकुल और विचलित हो गया था, वे नहीं आए थे। किसी ने उसके वध का प्रयत्न नहीं किया था और वह पूर्णतः सुरक्षित था....इसका क्या अर्थ है?

क्या उन गंधर्वों को सैरंध्री से उसके झगड़े की सूचना नहीं मिली?...पर ऐसा कैसे संभव है। जो गंधर्व सदा अदृश्य रहकर सैरंध्री की रक्षा करते हैं उन्हें सूचना न मिलने का क्या अर्थ? सूचना तो मिली ही होगी। सदा साथ रहते हैं, तो सूचना मिलने न मिलने का क्या प्रश्न। उन्होंने सब कुछ अपनी आँखों से देखा होगा।...और फिर जब वे अदृश्य ही रहते हैं, तो उनके लिए दिन और रात का क्या अंतर? वे तो वहाँ, उस राजसभा में ही कीचक का वध कर सकते थे।...यदि यह मान भी लिया जाए कि वे ऐसा काम सार्वजनिक रूप से नहीं करना चाहते, तो रात को उन्हें कीचक के वध का प्रयत्न अवश्य करना चाहिए था। यदि वे रात को भी उसका वध करने नहीं आए, अथवा वध करने का साहस नहीं कर पाए, तो इसका क्या अर्थ? क्या वे कीचक से डरते हैं? या उनका कोई अस्तित्व ही नहीं है? कहीं ऐसा तो नहीं कि गंधर्वों की यह कथा सैरंध्री का पाखंड मात्र हो? वह अपना महत्त्व बढ़ाने के लिए अथवा अपनी रक्षा के लिए, ऐसी कथाएँ गढ़ कर उन्हें प्रचारित करती रहती हो?

और सहसा कीचक को विश्वास हो गया कि यह कथा मात्र ही है।...उसे स्वयं पर आश्चर्य हुआ कि वह किस बात से इतना भयभीत हो गया था। यदि कोई व्यक्ति होगा, तो वह दिखाई कैसे नहीं पड़ेगा? हिमालय के कुछ उत्तरी क्षेत्रों में गंधर्व जातियाँ

निवास करती हैं। कीचक ने उन्हें देखा है। साधारण मनुष्य हैं वे भी विराटनगर की साधारण प्रजा के समान। तो फिर उन लोगों में ऐसी शक्तियाँ कैसे हो सकती हैं, जो साधारण लोगों में नहीं हैं? जाने वह माधवी के अतिरिक्त मद के उतार का प्रभाव था, अथवा काम के उद्वेग की असफलता की हताशा का कि वह उन गंधर्वों की कथा पर विश्वास कर बैठा और उनसे डर गया।...विराटनगर के वीर सेनापति को इस प्रकार भयभीत होने की क्या आवश्यकता है। उसे मत्स्यराज विराट स्वयं कुछ कहने का साहस नहीं कर सकते तो फिर इस सैरंध्री से संबद्ध कोई व्यक्ति क्या कर सकता है?

...पर राजसभा में किसी ने तो उसे शारीरिक रूप से उठाकर कुछ दूर फेंक ही दिया था। क्या वह भी माधवी के मद का भ्रम ही था? यदि ऐसा था, तो वह भूमि पर गिर कैसे पड़ा था? कुछ क्षणों के लिए अचेत जैसा कैसे हो गया था?...बहुत स्पष्ट तो स्मरण नहीं है उसे, किंतु उसे लगा था कि वह मोटा बल्लव उसकी ओर बढ़ा था और उसने उसे छुआ भी था। तो क्या बल्लव ने ही उसे उठाकर फेंक दिया था? क्या बल्लव उसे उठाकर फेंक सकता है?...

कीचक को पहले दिन से ही बल्लव एक आपत्तिजनक व्यक्ति लगा था। राजा ने उसकी नियुक्ति ही क्यों की थी। उनकी पाकशाला का काम चतुरसेन की अध्यक्षता में सुचारु रूप से चल रहा था, तो फिर इस हाथी को पालने की क्या आवश्यकता थी? कीचक के सैनिक भी उससे प्रसन्न नहीं थे। वह किसी की बात नहीं सुनता था और अपनी मनमानी करता था। इस हाथी को तो पाकशाला के खूँटे से खोल कर वन में छोड़ आना ही होगा; और यदि नहीं जाएगा तो इसका आखेट करना होगा।...मनमानी करने वाला हाथी, महावत का अंकुश न मानने वाला हाथी, नगर में कैसे रह सकता है? राजा को अधिकार ही क्या था कि वे कीचक से पूछे बिना इस प्रकार के व्यक्ति की नियुक्ति करें। कल को उसके कारण नगर और प्रजा की शांति भंग होगी, तो उसे सँभालने का दायित्व तो कीचक का ही होगा। राजा को तब क्या करना है? दायित्व कीचक के और अधिकार राजा के। कैसा विचित्र विभाजन है।...

कीचक हँस पड़ा।...बल्लव उसकी ओर बढ़ा अथवा नहीं बढ़ा। बल्लव ने उसे उठाकर फेंका अथवा नहीं फेंका। अब बल्लव विराटनगर में नहीं रह सकता। उसे जाना ही होगा। राजा सुविधा से नहीं मानेंगे। न मानें। राजा का सहमत होना कोई आवश्यक नहीं है। कीचक की इच्छा पूर्ण होगी। राजा को अच्छा न लगे तो सिंहासन छोड़ दें। होगा तो वही, जो कीचक चाहेगा।...बल्लव ही क्यों, कीचक को वह कंक भी एक आँख नहीं भाता। सदा ही राजा से चिपका रहता है। राजा को देखो, तो वे भी हर समय 'कंक यह कहता है, कंक वह कहता है' की रट लगाए रहते हैं। कंक को भी विदा करना होगा। पर...

पर सबसे पहले तो सैरंध्री को प्राप्त करना है। बल्लव और कंक से कीचक बाद में निबटता रहेगा।...कल जो हुआ, सो हुआ, आज सैरंध्री को उसकी आज्ञा का पालन

करना ही होगा।...कौन है इस विराटनगर में, जो उसकी आज्ञा का पालन न करे। सैरंध्री ने अपनी आँखों से देख लिया है कि कीचक यदि राजा के सम्मुख उस पर पादप्रहार करता है, तो भी राजा में कीचक को दंडित करने का साहस नहीं है। विराटनगर में कीचक की प्रभुसत्ता को कोई चुनौती नहीं दे सकता, तो सैरंध्री कैसे अपनी मनमानी कर सकती है।

वह उठ बैठा, जैसे किसी अभियान के लिए जाने के लिए उठा हो।

''शोभने! मेरे स्नान का प्रबंध करो।''

द्वार पर बैठी शोभना उनींदी-सी भीतर आई, ''स्वामी! अभी तो रात्रि का अंतिम प्रहर है। अभी स्नान का समय नहीं हुआ है।''

कीचक के शरीर का सारा रक्त उसके मस्तिष्क की ओर दौड़ पड़ा। उसका सारा आत्मनियंत्रण समाप्त हो गया। उसने आगे बढ़कर परिचारिका को एक लात जमाई, ''दुष्टे! स्वामी मैं हूँ अथवा तू?''

शोभना उसके व्यवहार से ठगी-सी रह गई। वह जानती थी कि कीचक भयंकर क्रोधी था। वह कभी भी किसी बात पर रुष्ट होकर किसी को भी पीट सकता था, किंतु शोभना के साथ ऐसा व्यवहार उसने कभी नहीं किया था। रात्रि को कीचक के द्वार पर शोभना उसकी इच्छा से ही उपस्थित रहती थी, ताकि आवश्यकता होने पर रात को किसी भी समय, अथवा प्रातः किसी के भी जागने से पहले, वह द्वार से उसकी शैया तक की यात्रा निर्विघ्न कर सके। उसने आज तक शोभना से प्रेम जताने और शरीर सुख प्राप्त करने के और कोई विशेष कार्य नहीं करवाया था। और आज...चांडाल का प्रेम भी तो चांडाल सरीखा ही होगा।...शोभना ने सोचा...वह उससे साधु का-सा व्यवहार कैसे पा सकती है।...

''स्वामी आप हैं सेनापति!''

''तो फिर इसका निर्णय करने वाली तू कौन होती है कि स्नान का समय अभी नहीं हुआ है?'' उसने उत्तर की प्रतीक्षा नहीं की, ''स्मरण रख। विराटनगर में राजा भी कीचक की इच्छा का उल्लंघन नहीं कर सकता, तो फिर एक परिचारिका, इस प्रकार का वाक्य कैसे बोल सकती है। जा! जाकर मेरे स्नान का प्रबंध कर।''

शोभना एक भी शब्द कहे बिना, स्नान का प्रबंध करने चली गई।

10

कंक की आज्ञा का पालन सा करती हुई सैरंध्री राजसभा से बाहर निकल आई; किंतु उसका मन तनिक भी शांत नहीं था। वह जानती थी कि कंक ने जो कुछ कहा था, वह सब सत्य था। उचित भी यही था। किंतु वह अपने उस मन का क्या करती, जो

निरंतर झुलस रहा था। आँच थी कि धीमी ही नहीं हो रही थी और ताप था कि घट ही नहीं रहा था। उसकी आँखों में अश्रु थे, वक्ष में रह-रहकर आवेश का आवेग एक सिरे से दूसरे सिरे तक दौड़ जाता था। उसके दाँत जैसे निरंतर एक-दूसरे को पीसने का प्रयत्न कर रहे थे।...ठीक है कि वह कीचक के हाथों और अपमानित होने से बच गई। उसकी रक्षा हो गई। किंतु क्या इतना पर्याप्त था? उस दुष्ट कीचक को तो कोई दंड नहीं मिला न!...उसने सैरंध्री का इतना अपमान किया, उसे इतनी पीड़ा दी, और उसे किसी ने कोई दंड नहीं दिया। वह अहंकार से अपना सिर उठाए निश्िचत भाव से चला गया। ऐसी स्थिति में सैरंध्री का मन शांत कैसे हो सकता है।...पर वह राजसभा में अपनी रक्षा के लिए ही तो गई थी, कीचक को दंडित करवाने के लिए नहीं। क्या वह पहले नहीं जानती थी कि प्रत्येक राजसभा धर्मराज युधिष्ठिर की राजसभा नहीं होती, जहाँ धर्म और न्याय के लिए व्यक्ति का पद, बल, धन और संबंधों पर कोई ध्यान नहीं दिया जाता। उसने कौरवों की वह सभा नहीं देखी, जिसमें उसे सार्वजनिक रूप से निर्वस्त्र करने का प्रयत्न किया गया और कहीं से विरोध का एक स्वर नहीं उठा, क्योंकि अपराध करने वाला स्वयं राजा का पुत्र था, युवराज था? न्याय तो तब होता, जब राजा उसी समय उसकी त्वचा खिंचवा लेते। पर नहीं! शासक का न्याय तो साधारण जन के लिए होता है, अपने संबंधियों तथा समर्थ लोगों को दंडित करने के लिए नहीं। तो वह यह अपेक्षा कैसे कर रही है कि राजा विराट अपने श्यालक को उसके अपराध का दंड देगा। उस सभा में सैरंध्री की रक्षा हो गई, यही बड़ी बात है। वहाँ कीचक को दंड देने वाला कोई नहीं था।...तो क्या आवश्यकता थी सैरंध्री को वहाँ जाने की। वस्तुतः उसे तो कीचक के कक्ष से भागना ही नहीं चाहिए था। उसे वहीं रहना चाहिए था। अपनी रक्षा के लिए नहीं, कीचक को दंडित करने के लिए लड़ना चाहिए था। उसे भागना नहीं चाहिए था, कीचक पर प्रहार करना चाहिए था। जो कुछ मिलता, उससे उसका सिर फोड़ देना चाहिए था। माधवी पी कर जिस प्रकार वह लड़खड़ा रहा था, उसमें सैरंध्री के लिए यह तनिक भी कठिन नहीं होता। इतना शस्त्र परिचालन तो उसे भी आता है कि वह उस मद्यप से अपनी रक्षा कर सकती। वह भागी ही क्यों? क्यों गई वह राजा के पास?...उसने सोचा था कि वहाँ कंक होंगे। तो वह यह भी जानती है कि कंक कभी भी प्रतिशोध और प्रतिहिंसा के समर्थक नहीं रहे। वे अपनी रक्षा के लिए प्रतिकार को तो उचित ठहराते हैं, प्रतिशोध को नहीं। प्रतिशोध तो उसके लिए है, जो क्षमा न कर सके। और कंक किसी का भी अपने प्रति किया गया बड़े से बड़ा अपराध क्षमा कर सकते हैं। वैसी ही क्षमा की अपेक्षा वे अपनी पत्नी और अपने भाइयों से करते हैं। इसीलिए उन्होंने उसे भी क्षमा का ही उपदेश दिया था...''क्षमा दान है, क्षमा सत्य है, क्षमा धर्म है।'' किंतु सैरंध्री कीचक को कभी क्षमा नहीं कर सकती। उसे दंड मिलना ही चाहिए। पर राजा उसे दंड नहीं देंगे, तो?...उसके पति? कंक ने कहा है कि एक मास शेष है। एक मास

में उनके अज्ञातवास का काल पूर्ण हो जाएगा। तब उन्हें किसी प्रकार की चिंता नहीं होगी। तब वे कीचक से प्रतिशोध ले सकेंगे।...किंतु सैरंध्री का मन बार-बार पूछता है कि क्या कंक कभी भी कीचक को दंडित करेंगे?...सैरंध्री को अपना प्रतिशोध चाहिए। वह कंक के समान उदार नहीं हो सकती। कीचक ने जिस प्रकार उसे पीड़ित और अपमानित किया है, उसका प्रतिशोध तो कीचक की मृत्यु से ही पूरा हो सकता है। किंतु राजा विराट एक सैरंध्री के अपमान के लिए अपने सेनापति को मृत्युदंड देने का सामर्थ्य नहीं रखते।...

सैरंध्री के मन में आया कि वह अपने कक्ष में चली जाए और एक बार एकांत में मन भर कर रोए।...पर अगले ही क्षण एक आशंका उसके मन में जागी।...यदि कीचक उसके कक्ष में आ गया, तो? वह तो काम के मद में उन्मत्त है। वह कहीं भी जा सकता है। कौन रोक सकता है उसे सैरंध्री के कक्ष में आने से?...आशंका के साथ ही उसका आक्रोश भी जागा।...आए कीचक। अब की बार आए कीचक। अब वह उसके सामने से भागेगी नहीं। अब की बार, वह उसके वक्ष पर चढ़ जाएगी। भीम ने तो युद्ध में दुःशासन के वक्ष का रक्त पान करने की प्रतिज्ञा ही की है। वह सचमुच ही कीचक का रक्त पी जाएगी।...उसे कीचक का भय नहीं है। वह जान गई है कि उसके रक्षक तो हैं; किंतु उसका प्रतिशोध लेने वाला कोई नहीं है। अपना प्रतिशोध तो उसे स्वयं अपने बल पर ही लेना होगा। अच्छा है कि कीचक से उसका सामना हो जाए। उसने सैरंध्री के केश पकड़कर उसे धक्का दिया था। वह उसके केश नोच लेगी। उसका मस्तक भूमि पर पटककर उसका रक्त न बहाए, तो उसके इस क्रोध का क्या लाभ?

तो फिर वह अपना मुँह छिपाकर अपने कक्ष में क्यों चली जाए? वह सुदेष्णा के मंडप में ही क्यों न जाए, जिसने उसे कीचक के प्रासाद में भेजा था। उसे भी तो पता चले कि नारी अपमानित होती है, तो उसे कैसी पीड़ा होती है। सैरंध्री ने तो सुदेष्णा से अपेक्षा की थी कि वह उसकी रक्षा करेगी। सुदेष्णा ने क्या किया। स्वयं ही उसे अपमान और पाप के घृणित जीवन की ओर धकेल दिया।

जड़ और संवेदनशून्य-सी सैरंध्री जैसे अपने पैर घसीटती हुई सुदेष्णा के मंडप में आई। जिसकी भी दृष्टि उस पर पड़ी, उसका मुख आश्चर्य से खुल गया। सैरंध्री के केश बिखरे हुए थे; नयनों से निरंतर अश्रु बह रहे थे; वस्त्र मलिन हो गए थे और उसके मुख से बहा हुआ रक्त भी पोंछा नहीं गया था।

"यह क्या सैरंध्री! कहाँ गई थीं तुम? यह क्या हुआ है तुम्हें?" सुदेष्णा ने उससे पूछा। सुदेष्णा के स्वर में जिज्ञासा भी थी; किंतु उसके साथ ही एक प्रकार का भय भी था। सैरंध्री को भेजते समय ही वह जानती थी, कि वह सुरक्षित नहीं लौटेगी। किंतु लौटती हुई सैरंध्री का यह रूप होगा, यह भी उसने नहीं सोचा था।...सामान्यतया जो दासियाँ इस प्रकार कीचक के पास जाती थीं, वे लौटती थीं, तो कुछ पीड़ित अवश्य होती थीं,

किंतु उनके अश्रु स्वर्णाभूषणों से पोंछ दिए गए होते थे। वे कुछ लजाई शरमाई भी होती थीं। कुछ तो ऐसा अवसर पा कर प्रसन्न भी होती थीं।...किंतु यह सैरंध्री...

सुदेष्णा के प्रश्नों के उत्तर में सैरंध्री की जो दृष्टि सुदेष्णा की ओर उठी, उसे सह पाना सुदेष्णा के लिए भी भारी था। उसमें कहीं यह भाव नहीं था कि वह एक सैरंध्री की दृष्टि थी, जो रानी की ओर उठी थी। उसमें जितना धिक्कार और भर्त्सना का भाव था, उससे सुदेष्णा बहुत छोटी हो गई लगती थी।

"आप नहीं जानतीं कि मैं कहाँ गई थी?" सैरंध्री बोली, "मैं आपके लिए कीचक के प्रासाद से केकय प्रदेश की माधवी लेने गई थी। आपका स्वर्णपात्र इस समय राजसभा में पड़ा है।..."

"राजसभा में क्यों?" सुदेष्णा ने कुछ चकित होकर पूछा।

"क्योंकि कीचक द्वारा अपमानित होने से बचने के लिए मैं राजसभा में राजा से न्याय माँगने चली गई थी।" सैरंध्री बोली, "वहाँ कीचक ने मुझे दंडित करने के लिए मेरे केश खींचे। मुझे लात से मारा।"

"ओह!" रानी मौन रह गई। उसने तो यह समझा था कि यह प्रसंग उसके और कीचक के प्रासाद के मध्य ही रहेगा; किंतु यह सैरंध्री तो उसे सीधे राजसभा में ही ले गई।

"राजा ने सेनापति को दंडित नहीं किया?" सुदेष्णा ने पूछा।

"हाँ! दंडित किया। राजा ने कहा कि भविष्य में ऐसा नहीं होना चाहिए।"

"अच्छा मैं उनसे कहूँगी कि वे सेनापति को दंडित करें।" रानी ने अभिनय किया।

"आप रहने ही दें।" सैरंध्री का स्वर भयंकर कटुता और घृणा लिए हुए था, "दंड देनेवाला एक राजा ही तो नहीं है। सृष्टि में मूल दंडविधान तो ईश्वर का बनाया हुआ है, व्यक्ति के लिए भी, समाज के लिए भी; और देश के लिए भी। कीचक को दंडित करने वाले का क्या रूप होगा, यह कौन जानता है। उसे दंडित करने के लिए, ईश्वर अपनी इच्छा से, अपनी माया की सहायता से, जाने किस रूप में प्रकट हो जाएँ।" सैरंध्री का स्वर बहुत रहस्यमय हो गया था, जैसे वह सैरंध्री के कंठ से नहीं, प्रकृति के हृदय से उद्भूत हो रहा हो।

सैरंध्री की बात को सुदेष्णा हँसकर उड़ा नहीं सकी। उसे लगा कि सैरंध्री की बात से वह अपने भीतर, कहीं बहुत गहरे तक थरथरा गई है, पर उसने अपना भय प्रकट नहीं होने दिया, "फिर तो ठीक ही है। उसे अपने किए का दंड मिल ही जाएगा। तुम अब उठो। स्नान कर वस्त्र बदलो।"

सैरंध्री कुछ नहीं बोली। वह वहीं बैठी पथराई आँखों से रानी को देखती रही। रानी के लिए वे आँखें, बड़ी भयंकर थीं। अपनी जिह्वा से तो सैरंध्री ने बहुत कम कहा था, उसके नयन उससे कहीं अधिक कह रहे थे और उनका धिक्कार, रानी के लिए कहीं अधिक मर्मांतक था। उसने वहाँ से हट जाना ही उचित समझा।

सैरंध्री वहीं बैठी रही। वह जैसे जड़ हो गई थी। न हिलती थी, न डुलती थी। उसने न मुँह धोया, न स्नान किया, न कुछ खाया।

रानी वहाँ से हट गई थी, किंतु उसे निरंतर सूचना मिल रही थी कि सैरंध्री क्या कर रही है। और सैरंध्री थी कि अपनी आँखों से बहने वाले अश्रु भी नहीं पोंछ रही थी।...रानी को उससे सचमुच भय लगने लगा था। वह कहीं सचमुच ही प्रायोपवेशन कर अपने प्राण त्यागने पर तुली हुई तो नहीं है? उसने दंड देने वाले ईश्वरीय विधान की बात कही थी। कहीं वह अपने प्राण त्याग, प्रेत बनकर तो कीचक के प्राण लेना नहीं चाहती।...सुदेष्णा को लग रहा था कि कीचक ने कदाचित् इस बार अपना आखेट चुनने में भूल कर दी है। सैरंध्री का यह अपमान उसे कहीं बहुत महँगा ही न पड़े।...उसके मन में अनेक बार आया कि वह सैरंध्री के पास जाकर उससे बात करे। उसे समझाए। थोड़ी मनुहार करे। उसे किसी प्रकार मना कर कुछ खिला-पिला दे। किसी प्रकार उसके अपने मन पर से सैरंध्री के इस अनशन का आतंक कम हो।... किंतु प्रायोपवेशन करती सी बैठी सैरंध्री के निकट जाने का उसका साहस ही नहीं हुआ।

देर तक सैरंध्री पत्थर-सी बनी बैठी रही। उसके मन में चलते झंझावात थम ही नहीं रहे थे कि वह कुछ और सोचती, अथवा कुछ और करती। उसकी इच्छा हो रही थी कि अभी वह उठकर खड़ी हो जाए और चिल्ला-चिल्लाकर अपना और अपने पतियों का परिचय दे दे। फिर वह देखे कि उसके पति उसके अपमान का प्रतिशोध लेते हैं या नहीं। तब भी कीचक उसके चरणों में गिर कर उससे क्षमा माँगता है या नहीं। तब भी विराट उसकी इसी प्रकार उपेक्षा करने का साहस करता है क्या?...किंतु आहत अभिमान और क्रोध की उस चरम स्थिति में भी उसका विवेक उसे बार-बार सावधान कर रहा था कि वह ऐसी कोई मूर्खता न कर बैठे, जिससे उन सबको पुनः बारह वर्षों के लिए वनवास करना पड़े और इंद्रप्रस्थ लौटना एक स्वप्न बनकर ही रह जाए। उन्हें कभी अपना राज्य न मिले और उसके पति तथा पुत्र कभी उस राज्य का भोग न कर सकें...

सैरंध्री का मन जैसे कोई युद्ध-क्षेत्र बन गया था और उसके अपने ही विचार कई-कई दलों में बँटकर एक-दूसरे के विरुद्ध व्यूहबद्ध हो रहे थे।...उसका एक मन कह रहा था, यह सब कुछ करने की कोई आवश्यकता नहीं थी। उसे चाहिए कि वह उठकर जाए और अभी इस सुदेष्णा का कंठ दबाकर उसके प्राण ले ले। सैरंध्री के रूप में उसके पास सहस्रों बहाने हैं, रानी के साथ एकांत में रहने के, जब उसके पास न कोई परिचारिका होगी और न कोई अंगरक्षक।...कीचक से भी बड़ी अपराधी तो सुदेष्णा है, जिसने उसे कीचक के प्रासाद में भेजने का षड्यंत्र किया। यदि वह उससे

माधवी मँगवाने की योजना बनाकर उसे कीचक के प्रासाद में न भेजती, तो कीचक उसका अपमान कैसे कर सकता था?...

दूसरे ही क्षण सैरंध्री को लगता कि सुदेष्णा ने कीचक की सहायता तो की है, किंतु वास्तविक अपराधी कीचक ही है। उसका ऐसा अपमान करके भी कीचक जीवित बच गया, तो द्रौपदी के अग्निकुंड में से जन्म लेने का क्या लाभ हुआ? आज वह सैरंध्री है तो क्या, है तो वह द्रुपदकुमारी कृष्णा, जिसका जन्म अग्निकुंड में से हुआ था।...

सहसा, उसे लगा कि वह भूखी-प्यासी यहाँ बैठी रहेगी, अपने आपको तपाती रहेगी, तो क्या कीचक उसके तप से मर जाएगा? सूक्ष्म शक्तियाँ, इतने स्थूल रूप में काम नहीं करती हैं। उसके लिए तो कोई भौतिक सहारा ही लेना पड़ेगा।...उसने सुदेष्णा से कहा था कि ईश्वर जाने किस रूप में प्रकट होकर कीचक का वध करेंगे।...तो अब उसे उस रूप को भी खोजना होगा, जो ईश्वर का प्रतिनिधि बनकर कीचक का वध करे।...उसका ध्यान बार-बार बृहन्नला और बल्लव की ओर जा रहा था। कंक से ऐसी अपेक्षा नहीं की जा सकती। वे पहले ही उसे क्षमा करने के लिए कह चुके हैं। और यदि कीचक को दंड देना ही है, तो उसके लिए एक मास तक रुकने का संकेत भी दे चुके हैं। उन्हें क्रोध नहीं आता, वे कभी आवेश में नहीं आते। उन्हें धर्म का त्याग करने के लिए सहमत नहीं किया जा सकता। तो फिर उनसे यह अपेक्षा कैसे की जा सकती है कि वे कीचक का वध कर देंगे, अथवा अपने किसी भाई को इस कार्य के लिए नियुक्त कर देंगे।...बल्लव ने भी प्रातः कंक की बात मान कर कीचक को जीवित छोड़ दिया था, किंतु सैरंध्री उसके क्रोध को भड़का सकती है। वह उसे प्रतिशोध के लिए उद्यत कर सकती है। प्रत्यक्ष नहीं, तो अप्रत्यक्ष रूप से सही, किंतु बल्लव कीचक का वध करने को प्रस्तुत हो सकता है।...कीचक का वध तो बृहन्नला भी कर सकता है; किंतु वह धर्मराज की आज्ञा के विरुद्ध नहीं जाएगा। उसके पास जाने में तो स्वयं सैरंध्री को भी भय लगता है। ऐसा न हो कि वह सैरंध्री को ही समझा दे कि उसे प्रतिशोध की भावना अपने मन से निकाल देनी चाहिए।...ग्रंथिक और तंतिपाल के साथ तो इन परिस्थितियों में संपर्क करना ही कठिन है।...

संध्या के समय सैरंध्री अपने स्थान से उठी और किसी से बिना कुछ कहे-सुने अपने कक्ष में आ गई। उसने भीतर से कपाट लगा लिए, ताकि न कोई आए-जाए, न किसी से कोई बात करनी पड़े। न किसी को पता चले कि वह अपने कक्ष में क्या कर रही है। सब लोग अपने आप ही मान लें कि वह अपनी शैया पर पड़ी अश्रु बहा रही है।...

अंधकार हो गया। प्रासाद की सारी गतिविधि शिथिल हो गई। सब ओर से निश्चिंत होकर सैरंध्री उठी। उसने स्वयं को एक बार दर्पण में देखा। उसके अधरों पर एक क्रूर मुस्कान उभरी; और वह अपनी योजना को सफल बनाने में लग गई।

बहुत दिनों के पश्चात् आज उसने मन लगाकर स्नान किया। शरीर को इस प्रकार मल-मल कर धोया, जैसे उस पर से वह सैरंध्री की केंचुल उतार रही हो और उस शरीर में सोई हुई द्रौपदी को जाग्रत कर रही हो। नहाने के पश्चात् बिखरे केशों को ऐसा रूप दिया जो किसी भी केश-विन्यास से अधिक आकर्षक हो। उपलब्ध वस्त्रों में सबसे आकर्षक साड़ी धारण की। मुखमंडल पर अंगराग लगाया। चंदन की गंध से महकती हुई वह उठी। कक्ष के कपाट धीरे से खोले और सावधानी से निरीक्षण किया। कहीं कोई नहीं था। दूर से बाहरी प्रहरियों का स्वर आ रहा था।

उसने मुख पर अवगुंठन डाल लिया था। यदि मार्ग में कोई मिल गया और उसने जिज्ञासा कर ही ली, तो उसे उत्तर देने में कोई कठिनाई नहीं होनी चाहिए। अवगुंठनवती सैरंध्री से सब ही परिचित थे। उसका सारा शृंगार अवगुंठन की ओट में था।...यदि किसी ने पूछ लिया कि वह इस समय कहाँ जा रही है, तो?...वह कह तो सकती है कि वह रानी के खाने के लिए कुछ लेने के लिए बल्लव के पास जा रही है।...किंतु कदाचित् यह बहुत उपयुक्त उत्तर न हो। रात अधिक हो गई थी। वह इस समय बल्लव के पास जा रही है अथवा गई है—यह सूचना संदेह उत्पन्न कर सकती है, विशेषकर जबकि प्रातः सभासदों ने उसकी रक्षा के लिए, बल्लव द्वारा कीचक को उठाकर परे फेंके जाते हुए देखा था। वैसे भी पाकशाला में इस समय तक कोई खाद्य पदार्थ नहीं बचता, और इस समय वह बल्लव से फिर से कुछ पकाने के लिए तो कह नहीं सकती। रानी तक बात जा सकती है। सैरंध्री की बात के सत्यापन के लिए रानी से पूछा जा सकता है कि क्या उन्होंने सैरंध्री को भेजा था?...उससे तो अच्छा है कि वह कोई ऐसा बहाना बनाए, जिसका सत्यापन सिवाय उसके और कोई भी न कर सके।...वह कह सकती है कि वह कोई ऐसी वनस्पति खोज रही है जो केवल पूर्णिमा की अर्द्धरात्रि को ही प्रकट होती है और उसके चूर्ण को लगाने से कोई भी स्त्री अपनी अवस्था से कई वर्ष छोटी दिखने लगती है।...इस बहाने का तो कोई प्रतिकार नहीं है।...यह तो उसी का क्षेत्र था। सैरंध्री के रूप में उसे ही इस प्रकार की वनस्पतियों का ज्ञान था। इस तथ्य का सत्यापन न तो रानी कर सकती है, न कोई और।...

पर बल्लव के कक्ष तक आने के लिए सैरंध्री ने जो मार्ग चुना था, उसमें उसे कोई नहीं मिला। किसी ने जिज्ञासा नहीं की। वह बिना किसी विशेष कठिनाई के बल्लव के द्वार पर पहुँच गई थी।

बल्लव के कक्ष के कपाट खुले हुए थे। वह उनके मध्य अपनी शैया बिछाए हुए गहरी नींद में सो रहा था। सैरंध्री चाहती थी कि वह कक्ष में प्रवेश कर जाए और ये कपाट किसी प्रकार बंद हो जाएँ।...किंतु बल्लव को जगाए बिना वह कक्ष में प्रवेश

नहीं कर सकती थी और खुले कपाटों के सम्मुख सोए बल्लव को जगाने का प्रयत्न संकटपूर्ण हो सकता था।

उसने घूमकर उस सारे स्थान को देखा। बल्लव के कक्ष का वातायन खुला हुआ था। वह थोड़ा साहस करे तो वातायन में से कक्ष में प्रवेश कर सकती है। साहस तो उसे वैसे भी करना ही पड़ेगा; अन्यथा यहाँ खड़ी-खड़ी भी किसी के द्वारा देख ली गई तो सारा श्रम तो व्यर्थ जाएगा ही, साथ ही उनके संबंध का रहस्य भी खुल जाएगा।

वह उचककर वातायन की चौखट में बैठ गई और फिर पैर लटकाकर भीतर कूद गई। बल्लव अब भी उसी प्रकार सोया हुआ था। वह जानती थी बल्लव गहरी नींद सोता था, और सुविधा से जगाया नहीं जा सकता।

उसने बल्लव को हिलाया; किंतु बल्लव पर कोई विशेष प्रभाव नहीं पड़ा। दो-तीन बार झकझोरने पर उसकी नींद कुछ टूटी।

"कौन है?" उसने अलसाए से स्वर में पूछा।

"मैं हूँ सैरंध्री! बल्लव उठो। आँखें खोलो।"

बल्लव की आँखें खुल गईं। वह उठकर बैठ गया।

"कुशल तो है?" उसने पूछा।

"पहले द्वार और वातायन के कपाट बंद करो।" सैरंध्री बोली, "फिर बताती हूँ।"

बल्लव ने वैसा ही किया।

वह आकर शैया पर बैठा, तो सैरंध्री उससे लिपट गई। बल्लव ने उसे अपनी भुजाओं में भर लिया, "बहुत दुखी हो?"

सैरंध्री ने उसके वक्ष पर अपना सिर रख दिया, "तुम्हारा सहारा न होता, तो अब तक प्राण दे चुकी होती।"

बल्लव ने उसके मुखमंडल को अपनी हथेलियों में ले लिया, "ऐसा मत कहो। अब मात्र एक मास रह गया है, इस अज्ञातवास का। उसके पश्चात मैं कीचक क्या दुर्योधन को भी उसके कृत्यों के लिए दंडित करूँगा। तुम्हारे ये केश इस प्रकार बिखरे नहीं रहेंगे। तुम्हें दुःशासन के वक्ष का रक्त लाकर दूँगा, इनको धोने के लिए। तुम सम्राज्ञी हो, सम्राज्ञी बनकर रहोगी।"

"वह सब ठीक है प्रिय! किंतु राज्य से भी बढ़कर सम्मान है। मैं कब तक इस प्रकार अपमानित होती रहूँगी; और वह भी तुम्हारी उपस्थिति में, तुम्हारी आँखों के सम्मुख?" सैरंध्री के नयनों में अश्रु भर आए, "जिसकी इच्छा हो वह तुम्हारी प्रिया के केश पकड़कर उसे घसीटता रहे? जिसकी इच्छा हो वह उसे अपशब्द कहे? जिसकी इच्छा हो उसे घसीटकर अपने रथ में डाल ले; और जिसकी इच्छा हो उसे लात जमा दे?"

बल्लव का हृदय एक ऐसी पीड़ा का अनुभव कर रहा था, जिसे सहना उसके वश का नहीं था। उसे लग रहा था कि यदि वह इस समय अपनी प्रिया के अश्रु नहीं

पोंछ सका तो उसका वक्ष फट जाएगा। वह सैरंध्री को इस प्रकार दुखी नहीं देख सकता था। वह उसका दुख दूर करने के लिए कुछ भी कर सकता था।

"नहीं! ऐसा नहीं हो सकता।" उसने सैरंध्री को अपने वक्ष से लगा लिया, "मैं ऐसा होने नहीं दूँगा।"

"तो क्या करोगे तुम?" सैरंध्री तड़पकर उससे पृथक् हो गई, "जब कोई मेरे केश खींचेगा, तुम पाकशाला के ईंधन के लिए सूखे वृक्ष खोजने लगोगे?"

"नहीं प्रिये नहीं। ऐसा नहीं होगा।" वह बोला, "मैं तो आज प्रातः ही उस कीचक का वक्ष फाड़कर उसे चील कौवों को खिला देता, किंतु मुझे कंक ने रोक दिया।"

"कंक को तुम नहीं जानते क्या?" सैरंध्री आवेश में बोली, "उन्होंने क्रोध को जीत लिया है। उन्हें क्रोध नहीं आता। इसलिए उन्हें कोई भी घटना विचलित नहीं करती। वे आवेश में नहीं आते। वे धर्म को कभी नहीं भूलते। इतना ही नहीं, वे तो किसी को भी क्षमा कर सकते हैं। और मुझे जानते हो तुम! मैं किसी को क्षमा नहीं कर सकती। यदि तुमने इस कीचक से आज रात ही मेरे इस अपमान का प्रतिशोध नहीं लिया तो मैं तुम्हें भी कभी क्षमा नहीं करूँगी।"

"मैं तुम्हारी क्षमा नहीं चाहता, तुम्हारा प्रेम चाहता हूँ; और उससे भी अधिक मैं तुम्हारी प्रसन्नता चाहता हूँ।" बल्लव बोला, "तुम्हारी प्रसन्नता से अधिक तुम्हारा सुख चाहता हूँ। तुम्हें कष्ट में देखकर मैं स्वयं सुखी नहीं रह सकता। मेरा सारा सुख तुम्हारे सुख का आश्रित है।"

"तो फिर मेरे सुख के लिए, अपने सुख के लिए, आज रात उस दुष्ट कीचक की हत्या कर दो। मैं चाहती हूँ कि रानी ने मेरे विषय में जो यह प्रचार किया है कि मेरे पति के पाँच गंधर्व मित्र अदृश्य रहकर मेरी रक्षा कर रहे हैं, सत्य प्रमाणित हो जाए। कल प्रातः लोग कीचक का शव देखें और अपने आप ही कहें कि यह सैरंध्री के अपमान का प्रतिशोध है।"

बल्लव ने कुछ नहीं कहा। चुपचाप उसकी ओर देखता रहा।

"तुमने कोई उत्तर नहीं दिया।" सैरंध्री बोली, "तुम भी कंक के समान कहना चाहते हो कि तुम्हारे हाथ धर्म की रज्जू से बँधे हैं?"

"वे तो बँधे ही हैं...।"

"तो उसी रज्जू से मेरा कंठ बाँध कर मुझे किसी वृक्ष की ऊँची शाखा से लटका दो, ताकि मैं इस बार-बार के अपमान से मुक्त हो जाऊँ। जिसके पति युद्धवीर न होकर धर्मवीर हो गए हों, उस पत्नी का जीवित रहना, बस अपमान सहना ही है।" सैरंध्री की आँखों से निरंतर अश्रु बह रहे थे।

"नहीं। नहीं। यह सब मत कहो।" बल्लव का स्वर रुदन के बहुत निकट पहुँच गया था, "मैं कंक नहीं हूँ। मुझे धर्म और तुम्हारी प्रसन्नता में से केवल एक का चयन

ही करना होगा, तो मैं तुम्हारी प्रसन्नता को ही चुनूँगा। तुम्हें दुखी कर मुझे धर्म को जय नहीं करना है। पर..."

"पर क्या?" सैरंध्री प्रखर स्वर में बोली।

"कीचक के प्रासाद में घुसकर आज रात उसका वध करने का अर्थ है कि प्रकट और प्रत्यक्ष युद्ध। उसमें अज्ञातवास की प्रतिज्ञा का पालन नहीं हो सकता।"

"तो न हो अज्ञातवास की प्रतिज्ञा का पालन।" सैरंध्री तड़पकर बोली, "मुझे अपना अपमान करवाकर किसी प्रतिज्ञा का पालन नहीं करना है। क्या होगा, यदि हम पहचाने गए। दुर्योधन इंद्रप्रस्थ का राज्य नहीं देगा? वह तो सारी प्रतिज्ञाओं को पूर्ण करने पर भी नहीं देगा। मैं पूर्णतः आश्वस्त हूँ कि सफल अज्ञातवास करने के पश्चात् भी यदि तुम लोगों को राज्य चाहिए तो उसके लिए दुर्योधन से युद्ध करना ही पड़ेगा।" सहसा सैरंध्री का स्वर और कटु हो गया, "मेरी समझ में तो तुम पाँचों भाइयों की बुद्धि नहीं आती। तुम लोग राज्य भी करना चाहते हो और युद्ध भी नहीं करना चाहते। अरे युद्ध के बिना भी कभी राज्य हुआ है। मैं तुम्हारे स्थान पर होती तो कीचक को मार कर दुर्योधन को मारने के लिए चल पड़ती।"

"शांत हो जाओ सैरंध्री! तुम इस समय अपनी पीड़ा के कारण आवेश में हो, नहीं तो ऐसी बात नहीं कहती।" बल्लव ने धैर्यपूर्वक कहा, "यह सत्य है कि मेरे भाइयों को राज्य नहीं चाहिए, धर्म चाहिए। वे राज्य अर्जित करने के लिए नहीं, धर्म अर्जित करने के लिए जन्मे हैं। वे राज्य के माध्यम से भी धर्म ही अर्जित करना चाहते हैं। किंतु मैं उनसे थोड़ा भिन्न हूँ। मैं भी धर्म पर ही चलना चाहता हूँ; किंतु उन सबकी तुलना में मुझमें रजोगुण कुछ अधिक ही है। मैं अपने विपक्षी को अधर्म करते देख, धर्म पर टिका नहीं रह सकता। इसलिए मैं तो प्रस्तुत हूँ। चलो मेरे साथ। मैं अभी कीचक के कक्ष में घुसकर उसका वध कर दूँगा। उसके जितने भी सैनिक और अंगरक्षक आएँगे, उन सबका वध कर दूँगा। कहो तो राजा को उसके अन्याय का दंड भी आज की रात ही दे दूँ।..."

सैरंध्री मौन रहकर उसकी ओर देखती रही।

"किंतु उसका परिणाम होगा कि मेरे भाइयों को पुनः बारह वर्षों के लिए वनवास करना पड़ेगा। मैं भी उनके साथ ही जाऊँगा। उनको छोड़कर, उनसे पृथक् रहकर राज्य नहीं कर सकूँगा मैं। मैं यह भी जानता हूँ कि तुम्हारा मन शांत होगा तो तुम भी कंक के धर्म से सहमत हो जाओगी। उनको वन भेज कर स्वयं सिंहासन पर नहीं बैठ सकोगी। ऐसा कर सकतीं तो तुम हमें वनवास के लिए भेज कर स्वयं कांपिल्य चली गई होतीं।"

"मुझे अपने वाग्जाल में बाँध रहे हो?" सैरंध्री ने कठोर स्वर में निर्मोही होकर पूछा, "क्षत्रिय धर्म भुलाकर मुझे संन्यासी का धर्म सिखा रहे हो?"

"नहीं! उसके विपरीत मैं कूटनीति की बात कह रहा हूँ।" बल्लव हँसकर बोला, "जो योद्धा आवेश में युद्ध करता है, उसके पराजित होने की संभावना अधिक रहती है। जीतता वही है, जो योजना बनाकर शांत मन से लड़ता है।"

सैरंध्री ने उसकी ओर प्रश्नवाचक दृष्टि से देखा।

"कीचक का वध उसके प्रासाद में न हो। उसे किसी ऐसे स्थल पर बुलाया जाए, जहाँ मैं अज्ञात रूप से जा सकूँ और उससे युद्ध कर उसका वध कर सकूँ। कोई हमें युद्ध करता न देखे। और दूसरे दिन अपने आप प्रचारित हो जाए कि किसी शक्तिशाली गंधर्व ने उसका वध कर दिया है।"

"यह कैसे संभव है?" सैरंध्री ने पूछा।

"क्या यह संभव है कि तुम उसे कल रात को किसी ऐसे स्थान पर अभिसार के लिए आमंत्रित करो, जहाँ रात को पूर्ण एकांत और गोपनीयता हो। वह वहाँ आएगा और तुम्हारे स्थान पर मैं वहाँ चला जाऊँगा। शेष मैं देख लूँगा।"

"तुम चाहते हो कि आज का सारा अपमान और पीड़ा भूल कर मैं स्वयं उसके पास जाऊँ, उससे प्रेम जताऊँ, उसे अभिसार के लिए बुलाऊँ? और इस सारी प्रक्रिया में वह मेरा जो अपमान करना चाहे, करे।" सैरंध्री अब भी उतने ही क्रोध में थी।

"अपने मन को तनिक शांत करो प्रिये!" बल्लव ने मुस्कराकर उसकी ओर देखा, "कल के व्यवहार के कारण कीचक को कोई दंड तो मिला नहीं है। ऐसे में वह तुम्हारा पीछा नहीं छोड़ेगा। वह फिर तुम्हारे पास आएगा। इस बार वह अधिक आश्वस्त होगा। वह अपना अधिकार मान कर तुम्हारे पास आएगा और संभवतः बल प्रयोग का प्रयत्न भी करेगा। तुम प्रयास यह करना कि उस स्थिति से पहले ही तुम उसको अपनी मोहनी में बाँध लो। उसे समझाओ कि तुम उससे गुप्त प्रेम तो कर सकती हो, किंतु प्रकट प्रेम तुम्हारे लिए न संभव है, न हितकर। तब वह पूछेगा कि तुम कहाँ मिलना चाहती हो। तुम उसे रात्रि को एक दीपक भर तेल जलने के पश्चात् बृहन्नला की नृत्यशाला में बुला लो। वहाँ रात को कोई नहीं होता। कोई दीपक जलाकर प्रकाश भी नहीं करता। वहाँ एक पर्यंक है। मैं उसी पर उत्तरीय तान कर लेटा रहूँगा। वह वहाँ आ जाए, तो मैं उसे मार डालूँगा। दोनों में मुष्टिका युद्ध होगा, मल्ल युद्ध होगा, कोलाहल भी होगा। किंतु मैं जानता हूँ कि रात्रि को वहाँ कोई नहीं आता। यदि संयोग से कोई उधर आ भी गया और उसने वह कोलाहल सुना भी तो वह उसे प्रेत बाधा मान कर भाग जाएगा। मैं कीचक का वध कर दूँगा और किसी को तनिक सा संदेह भी नहीं होगा।" बल्लव ने रुककर उसकी ओर देखा, "बस अंतर इतना ही है कि वह आज रात्रि को नहीं मरेगा, कल रात्रि को मरेगा। किसी कारण से वह कल तुम्हारे पास नहीं आया और कल रात का अभिसार निश्चित न हो सका, तो परसों मरेगा। और परिणाम यह होगा कि कोई न हमें पहचानेगा, न अज्ञातवास की प्रतिज्ञा भंग होगी और न मेरे भाइयों को, मुझे और तुम्हें पुनः बारह वर्षों के लिए वनवास करना पड़ेगा।"

सैरंध्री ने मन ही मन विचार किया : बल्लव ठीक ही तो कह रहा था। वह उससे कीचक के लिए क्षमा तो नहीं माँग रहा था, और न वह प्रतिशोध का विरोध कर रहा था।

"मैं जानता हूँ कि आज का सारा दिन तुम्हारे लिए असह्य यातना का दिन रहा है। संभव है कि तुम्हारा आहत अपमान तुम्हें आज रात्रि को भी सोने न दे। कल का सारा दिन भी तुम्हारे लिए कष्ट का दिन ही होगा। पर प्राणवल्लभे! सोचो यदि तुम इतना कष्ट और सहन कर लोगी तो मैं तुम्हारी इच्छा पूरी कर दूँगा। तुम्हारी इच्छा पूर्ण हो जाएगी और हम न अधर्म के भागी होंगे, न अपने आत्मीय जनों को कष्ट देंगे। तुम्हारा यह त्याग तुम्हें और तुम्हारे पतियों को एक दीर्घकालीन यातना से बचा लेगा और तुम्हारा आखेट कल गिद्धों द्वारा खाया जाएगा।" बल्लव ने रुककर उसकी ओर देखा, "क्या कहती हो शुभानने?"

सैरंध्री के अधरों पर एक हल्की-सी मुस्कान उभरी और उसने जैसे विह्वलता की सी स्थिति में बल्लव का आवेगपूर्ण प्रगाढ़ आलिंगन किया, "तुम तो अंतर्यामी हो। मेरे मन की प्रत्येक बात ठीक उसी रूप में समझते हो, जैसी वह मेरे मन में है। मेरे प्रियतम!"

11

प्रतिदिन के समान सहज भाव से प्रातः ही सैरंध्री रानी के मंडप में उपस्थित हो गई, तो रानी को कुछ आश्चर्य हुआ। कल तो उसे देखकर लग रहा था कि वह या तो स्वयं नहीं रहेगी अथवा अपने अपराधियों को जीवित नहीं रहने देगी।...पर आज तो वह पूर्णतः सहज लग रही थी, जैसे कुछ हुआ ही न हो। रानी के मन में आया कि कल की घटना की कुछ चर्चा चलाएँ; और अपना पक्ष स्पष्ट करें।...पर तभी मन ने कहा, कहीं ऐसा न हो कि जो सैरंध्री सहज भाव से काम पर आ गई है, वह उस प्रसंग को सुनकर बिदक जाए।...इससे अच्छा है कि यह मानकर चलें कि कल कुछ असाधारण घटित ही नहीं हुआ।

वे बिना एक भी शब्द कहे, सहज भाव से शृंगार करवाने के लिए बैठ गईं।...सैरंध्री की भी जिह्वा नहीं हिली और अंगुलियाँ चलने लगीं।...

सैरंध्री ने अभी रानी सुदेष्णा की केश-सज्जा ही निपटाई थी कि उसने कीचक का स्वर सुना। वह बाहर द्वार पर खड़ी परिचारिका को आदेश दे रहा था कि वह रानी को उसके आने की सूचना दे।

सैरंध्री जानती थी कि कीचक, रानी की अनुमति की प्रतीक्षा नहीं करेगा। वह भीतर आ जाएगा और उसकी खोज आरंभ कर देगा। रानी भी किसी बहाने से इधर-उधर खिसक जाएँगी। तब वह होगी और कीचक होगा। उसे उसकी बातें सुननी

पड़ेंगी। क्या भरोसा, वह फिर कल के समान बल-प्रयोग करे। आज सैरंध्री को वह स्थिति नहीं आने देनी थी। आज वह उससे भागेगी भी नहीं और वार्तालाप को उस दिशा में भटकने भी नहीं देगी कि कीचक अपना हाथ उसकी ओर बढ़ा सके।...

सब कुछ प्रायः उसकी अपेक्षा के ही अनुकूल हुआ। परिचारिका ने रानी को कीचक के आने की सूचना दी। रानी ने एक दृष्टि अपने निकट खड़ी सैरंध्री पर डाली और कीचक को लिवा लाने की अनुमति दे दी।

सैरंध्री ने भी ऐसा कुछ नहीं किया, जिससे यह लगे कि वह असहज हो गई है, अथवा उसके आस-पास कुछ असाधारण घटित होने वाला है। वह सहज भाव से उस मंडप से लगे उद्यान की ओर चल पड़ी। कोई भी देख सकता था कि न तो उसने छुपने का प्रयत्न किया था, और न भागने का। सबके देखते-देखते वह उद्यान की ओर गई थी।...

कीचक आकर रानी सुदेष्णा के सम्मुख खड़ा हो गया। उसने अपनी दृष्टि इधर-उधर घुमाई और नेत्रों तथा हाथों के संकेत से पूछा, "वह कहाँ है?"

"लगता है, आपको उसके विरह में रात भर नींद नहीं आई भैया।"

"अब नींद कहाँ सुदेष्णे।" कीचक बोला, "उसका मुखमंडल मेरे नेत्रों के सम्मुख घूमता रहता है। निद्रा आ जाए तो स्वप्नों में भी वही होती है। जब तक उससे समागम नहीं हो पाएगा, मेरे जीवन में कोई रस नहीं रहेगा।...वह है कहाँ?"

सुदेष्णा ने उद्यान की ओर संकेत कर दिया। कीचक की दृष्टि उस ओर उठी : सैरंध्री मंथर गति से चली जा रही थी।

"यह मुझसे भागने का तो प्रयत्न नहीं कर रही।" कीचक ने मन ही मन सोचा, "यह तो जैसे अपनी मयूरी की-सी चाल से मुझे मुग्ध करती हुई अपने पीछे आने का निमंत्रण दे रही है।"

"जाओ, एकांत में लुभा लो उसे।"

कीचक की समझ में नहीं आया कि यह सुदेष्णा का प्रोत्साहन था अथवा उपालंभ। किंतु यह सब समझने की उसने प्रतीक्षा नहीं की। वह वेगपूर्वक उसी ओर चल पड़ा।

सैरंध्री की उसकी ओर पीठ थी, फिर भी ध्वनियों तथा अपने अनुमान से वह समझ रही थी कि वह उसके पीछे आ रहा है। किंतु इससे पहले कि वह आकर पीछे से उसे पकड़ने का प्रयत्न करे, वह पलटकर खड़ी हो गई। अब वे दोनों आमने-सामने थे।

सैरंध्री ने उसे देखा और इस प्रकार अपना मार्ग बदल लिया, जैसे वह उससे बचकर निकल जाना चाहती हो।

कीचक लपककर उसके सम्मुख खड़ा हो गया।

सैरंध्री ने उसकी ओर देखा।

"तुम भाग कर राजा के पास जाकर भी गुहार कर आईं, किंतु कुछ नहीं हुआ।" कीचक बोला, "इसका अर्थ समझती हो?"

सैरंध्री ने पुनः उस पर एक दृष्टिपात किया, किंतु न वह मुख से कुछ बोली और न ही उसने वहाँ से भागने का प्रयत्न किया।

"समझने का प्रयत्न करो सैरंध्री!" कीचक आदेशात्मक स्वर में बोला, "मेरा बल और रण-कौशल ऐसा है कि यहाँ कोई मेरा विरोध कर जीवित नहीं रह सकता। राजा भी।" वह हँसा, "तुम राजा के पास गई थीं। क्या हुआ। मैं विराटनगर का सेनापति हूँ। सारा सैनिक बल मेरे अधीन है। राजा मुझसे विरोध पालना नहीं चाहेगा। वह तो नाम मात्र का राजा है। सत्ता तो सारी मेरे पास है। तुम अब मेरा भाग्य हो। मैं तुम्हें प्राप्त किए बिना मानूँगा नहीं; और मुझसे तुम्हें कोई बचा नहीं सकता। अच्छा है कि तुम मेरा अनुरोध स्वीकार कर लो। सुखी रहोगी।"

सैरंध्री कुछ नहीं बोली।

"तुम मेरा महत्त्व समझतीं क्यों नहीं?" कीचक ने कुछ खीझकर कहा।

"तुम मेरा महत्त्व समझते हो?" सैरंध्री ने पहला वाक्य कहा। उसके स्वर में आक्रोश था। न भय था, न समर्पण।

पहले तो कीचक उस विस्फोट को सुनकर जैसे भौचक रह गया; किंतु इतनी बात तो उसकी भी समझ में आ गई कि सैरंध्री का रूप कुछ बदला हुआ है। आज उसमें विरोध नहीं था, उपालंभ था।...और उपालंभ तो किसी न किसी संबंध के आधार पर ही होता है। उसके मन में बैठा हिंस्र पशु कुछ शांत हुआ।

"क्यों नहीं समझता तुम्हारा महत्त्व! दासों के समान तुम्हारे पीछे-पीछे घूम रहा हूँ। तुम्हारी चाटुकारिता में लगा हूँ। तुम्हें लुभा रहा हूँ। तुम्हें मना रहा हूँ। वचन दे रहा हूँ कि जो आदेश दोगी, उसे मानूँगा। जो कामना प्रगट करोगी, उसे पूर्ण करूँगा। तुम्हारी प्रतीक्षा कर रहा हूँ। तुम्हारे लिए मारा-मारा ही नहीं फिर रहा हूँ, तुम्हारे लिए मर रहा हूँ। तुम्हारे लिए अपनी पत्नियों को छोड़ने को तैयार हूँ। उन्हें तुम्हारी दासियाँ बनाने को प्रस्तुत हूँ। और अब भी, तुम कहती हो कि मैं तुम्हारा महत्त्व नहीं समझता।"

"मेरा महत्त्व यह है कि मुझे तुम्हारी आज्ञाओं का पालन करना होगा, क्योंकि मैं रानी की सैरंध्री हूँ और तुम राजा के श्यालक हो, सेनापति हो, सत्तावान हो, शक्तिशाली हो, धनवान हो। मेरा महत्त्व यह है कि मैं यहाँ दासी-कर्म करती हूँ, इसलिए तुम्हारी वासनापूर्ति का साधन बनना होगा मुझे, और वह भी अपनी इच्छा से नहीं, तुम्हारे आदेश से? क्रीतदासी से बढ़कर कभी कुछ समझा है तुमने मुझे? यही है मेरा महत्त्व तुम्हारी दृष्टि में?"

"नहीं!" सैरंध्री के इस आकस्मिक आक्रमण से कीचक जैसे हतप्रभ रह गया था। कुछ सँभलकर बोला, "तुम मेरे हृदय की स्वामिनी हो। हृदयेश्वरी हो, मेरी प्रेयसी हो। तुम मेरी प्राणेश्वरी हो।"

"तभी तो तुम दिन-दहाड़े मेरा पीछा करते हो। राजा की सभा में घुस कर, मुझे धक्का मारकर, मेरे केश खींचकर, मुझे पैरों से ठुकराकर, तुम मेरा सम्मान करते हो। प्रेयसी से ऐसा व्यवहार करते हो, तो दासी से कैसा व्यवहार करोगे? ऐसा तो कोई क्रीतदासी से भी नहीं करता। गणिका भी ऐसे व्यवहार से स्वयं को अपमानित अनुभव करेगी। परकीया को प्राप्त करना चाहते हो, प्रेमी बनकर नहीं, चांडाल बनकर।"

कीचक ने सैरंध्री को देखा। उसके क्रोध को समझा। उसकी पीड़ा का अनुभव किया। और उसे लगा कि सैरंध्री उसका प्रेम-निवेदन स्वीकार तो कर सकती है किंतु उसका व्यवहार उसे अपमानजनक लगा है। वह तो कदाचित् प्रेम पाना ही नहीं चाहती, प्रेम करना भी चाहती है; किंतु प्रेम की तो सबकी अपनी-अपनी विधि होती है, अपनी-अपनी शैली होती है।...उसे दिन के उजाले में, सार्वजनिक मार्गों पर सैरंध्री के पीछे इस प्रकार भागना नहीं चाहिए था। निश्चित रूप से उससे वह कलंकित और अपमानित होती है। उसे क्रीड़ा करनी चाहिए थी; किंतु कीचक की क्रीड़ा तो जैसे सैनिक आक्रमण बन गई थी।...कोई अपनी प्रिया का, अपनी अनुरागिनी का इस प्रकार पीछा नहीं कर सकता, उसे इस प्रकार अपमानित नहीं कर सकता। कोई पत्नी भी इस प्रकार अपने पति की कामेच्छा पूरी नहीं करेगी।...कीचक से निश्चय ही भूल हुई है। उसने तो सैरंध्री का इस प्रकार अपमान किया है, जैसे कोई अपनी क्रीतदासी को उसके किसी अपराध का दंड देता है। वह प्रेम का निवेदन नहीं था। प्रेम की याचना भी वैसे नहीं होती। वह प्रेम प्रदर्शन भी नहीं था। वह तो निश्चित रूप से मात्र दंडविधान था। अपमानजनक दंडविधान। राजा की सभा में घुसकर किसी को सार्वजनिक रूप से पदप्रहार कर अपमानित करना, न्याय नहीं था, वह उसका क्रोध मात्र था। उसका चांडाल क्रोध...ठीक कह रही है सैरंध्री...वह चांडाल ही तो बन गया था।

"मुझे क्षमा करना सैरंध्री!..." कीचक ने कहा।

"मेरा नाम मालिनी है।" सैरंध्री पहली बार बहुत हल्के से मुस्कराई, "अपने हृदय की स्वामिनी भी कहोगे और यह भी स्मरण कराते रहोगे कि मैं एक सैरंध्री मात्र हूँ। कोई दासी प्रेमिका नहीं हो सकती महावीर कीचक! और जो प्रेमिका हो जाती है, वह फिर दासी नहीं रह जाती, चाहे वह दासी कर्म ही क्यों न करती हो। तुम पहले अपने हृदय में यह तो निश्चित कर लो कि मैं तुम्हारी हूँ कौन।"

"नहीं मालिनी! तुम मेरी सर्वस्व हो। मैं जानता हूँ कि मनुष्य के जीवन में प्रिया का क्या स्थान होता है। पर तुम्हारे प्रति मेरी आकांक्षा इतनी प्रबल है कि मेरा विवेक जाने क्यों बौरा जाता है। तुम्हें पाने के मार्ग में जब भी कोई बाधा आती है, मैं उन्मत्त हो उठता हूँ। पूर्णतः विक्षिप्त। तब मेरी बुद्धि कुछ भी काम नहीं करती। तुम भी समझ लो मालिनी! उस दिन मैंने जो कुछ भी किया, वह एक उन्मादी के विक्षिप्त मन का ही कृत्य था।..."

"नहीं! वह तुम्हारा अहंकार था सेनापति!...और यह स्मरण रखो कि प्रेम में अहंकार के लिए कोई स्थान नहीं होता। या तो प्रेम ही कर लो, या फिर अपने अहंकार की ही तुष्टि कर लो।"

"समझ गया मेरी सर्वस्वामिनी! मुझे बताओ कि मेरी कामना कब पूर्ण होगी।"

"जब तक मैं तुम पर पूर्ण अधिकार न पा लूँ, तब तक तुम मुझ पर अधिकार कैसे पा सकते हो।" सैरंध्री मुस्करा रही थी, "जब तक मैं तुम्हें जय न कर लूँ, तब तक तुम मुझ पर आधिपत्य कैसे पा सकते हो। नारी तो आत्मसमर्पण उसी के सम्मुख करती है, जिस पर वह अपना आधिपत्य पूर्णतः स्थापित कर चुकी होती है।"

"इसका क्या अर्थ हुआ?"

"इसका अर्थ अपनी उस बुद्धि से पूछो, जिसने अभी थोड़ी ही देर पहले मुझे अपनी सर्वस्वामिनी कहा है। जब मैं तुम्हारी सर्वस्वामिनी हूँ, तो तुम पर मेरा पूर्ण आधिपत्य हुआ या नहीं?"

"हाँ हुआ।" कीचक कुछ अकबकाकर बोला, "तो बताओ, मेरी कामना कब पूरी होगी?"

"प्रेमी को धैर्य छोड़ने का अधिकार नहीं है।" सैरंध्री बोली, "प्रिया प्रेमी को तौलती है। उसे अपनी कल्पना के अनुकूल ढालती है। समर्पण से पूर्व अपना मूल्य आँकती है।..."

"यही तो एक गणिका भी करती है।" कीचक के क्षोभ ने पुनः सिर उठाया।

"गणिका भी तो प्रेमिका ही बनने का प्रयत्न कर रही होती है। वह प्रेम को उद्दीप्त करती है। प्रेम को पुष्ट करती है।" सैरंध्री बोली, "प्रत्येक क्रीड़ा के कुछ नियम होते हैं सेनापति! उस क्रीड़ा का सुख पाना हो तो, उसके नियमों को भी मानना पड़ता है।"

"मानूँगा।" कीचक बोला, "बोलो क्या करना है।"

"पहले तो अपने सैनिकों के समान, मुझे आदेश देना बंद करो।"

"लो इसी क्षण से बंद कर दिया।"

"तो अब मेरे आदेश की प्रतीक्षा करो।"

"तुम आदेश करो तो।"

"आदेश मानोगे?"

"मानूँगा।"

"जहाँ बुलाऊँगी, आओगे?"

"आऊँगा।"

"जिस समय बुलाऊँगी, आओगे?"

"आऊँगा।"

"हाँ! अब कुछ-कुछ ठीक लग रहा है।" सैरंध्री शांत स्वर में बोली, "तुम्हारे स्वर में प्रेमी का सा रंग आ रहा है।..." और सहसा उसकी मुद्रा बदल गई, "मेरी तो समझ में नहीं आता कीचक! तुम इतने मूर्ख क्यों हो कि समझते हो कि कोई भी स्त्री किसी बलात्कारी से प्रेम करने लगेगी और उसके सम्मुख आत्मसमर्पण कर देगी?"

सैरंध्री ने उसकी ओर देखा : उसकी भंगिमा बिगड़ी हुई सी थी, जैसे सहसा कोई कड़वा पदार्थ चबा गया हो; और अब न उसे निगलने में रुचि हो, और न उगलने का साहस।

"मेरा मूर्ख कहना बुरा लगा?" सैरंध्री ने पूछा।

"नहीं।" कीचक हकलाया, "वह थी ही मेरी मूर्खता।"

"अच्छा है, समझ गए कि प्रेम में अहंकार नहीं होता, ऊँच-नीच नहीं होती, बड़ा-छोटा नहीं होता, इच्छा और स्वार्थ नहीं होता। प्रेम में अपनी इच्छा आरोपित नहीं की जाती, दूसरे की अघोषित इच्छाओं की पूर्ति में ही अपना जीवन दान कर दिया जाता है। प्रेमी तो वही है, जो अपना अहंकार, अपना स्वार्थ, अपना मानापमान, अपना सर्वस्व अपनी प्रिया की झोली में डाल दे। उसके एक संकेत पर अपने प्राण दे दे।" सैरंध्री ने उसे अपांग से देखा, "प्रेमी युगल एक-दूसरे को प्राप्त करने के लिए आजीवन प्रतीक्षा करते हैं। तत्काल शरीर भोग का बलात् प्रयत्न, प्रेम के क्षेत्र में मूर्खता ही तो है। उससे तो नारी के मन में अंकुरित प्रेम, तत्काल नष्ट हो जाता है। और नारी के मन में प्रेम न हो, तो प्रेम क्रीड़ा में पुरुष को क्या सुख मिल सकता है।..."

कीचक को लगा कि सैरंध्री के इन सिद्धांत बोझिल शब्दों के पीछे कुछ बहुत मधुर, बहुत कोमल ध्वनित हो रहा था। उन शब्दों में एक प्रकार की स्वीकारोक्ति थी।

"तो क्या तुम्हारे मन में भी मेरे प्रति आकर्षण उत्पन्न हुआ था।?" उसने बहुत धीरे से पूछा।

"किसके मन में नहीं होगा?" सैरंध्री ने उत्तर दिया, "पर मैं तो अभी अपने उस भाव को समझने का ही प्रयत्न कर रही थी कि तुमने मुझे मेरी इच्छा के विरुद्ध, बलात् प्राप्त करना चाहा और नहीं कर सके तो सार्वजनिक रूप से मुझे ठोकर मार कर चले आए।"

"अब उस लज्जाजनक प्रसंग को बार-बार स्मरण मत कराओ मालिनी!" कीचक ने अपने स्वर में प्रयत्नपूर्वक वेदना के घंट उँड़ेले, "मेरी लज्जा की कोई सीमा नहीं है। अपनी जिस अनुरागिनी की मुझे दुष्टों से रक्षा करनी चाहिए थी, मैं उसी का अपमान कर बैठा।"

"यही तो।..." सैरंध्री बोली, "अपने उन्माद में तुमने यह नहीं देखा कि मेरे पति इस समय यहाँ उपस्थित नहीं हैं, तो क्या हुआ; हूँ तो मैं किसी की विवाहिता ही। गणिका नहीं हूँ कि किसी भी पुरुष के प्रेम को घोषित रूप से स्वीकार करती रहूँ और

समाज में सिर ऊँचा उठाकर चल सकूँ।...और फिर वह भी ऐसी स्थिति में, जब कि स्वयं राजा भी मुझ पर अपनी दृष्टि गड़ाए बैठे हों।...''

''राजा भी?'' कीचक को जैसे अकस्मात् ही किसी भयंकर बिच्छू ने काट लिया।

''तुम्हें नहीं मालूम?'' सैरंध्री ने बहुत रस लेकर सुनाया, ''राजा और रानी में तो मुझे लेकर झगड़ा हुआ। यहाँ तक कि रानी ने राजा को धमकी दी कि वे अपने भाई से कहकर उनका वध करा देंगी। राजा बहुत बोले। उठकर कक्ष से बाहर चले गए।...पर डर तो वे गए ही। फिर मेरी ओर उन्होंने हाथ नहीं बढ़ाया। मेरे मन में तो उसी दिन से उस महावीर के प्रति आकर्षण अंकुरित हो उठा था, जिससे स्वयं राजा भी भयभीत थे।''

कीचक को सैरंध्री के शब्द, अमृत के समान स्फूर्तिदायक लग रहे थे।...कहीं उसने वह मूर्खता न की होती तो...

''कीचक! तुमने कदाचित् ध्यान नहीं दिया।....''

''किस बात की ओर?'' उसे सैरंध्री का इस प्रकार कीचक पुकारना बहुत आत्मीय और मधुर लग रहा था। उसका मन इतना विह्वल हो चुका था कि इस समय सैरंध्री उसके प्राण माँगती तो वह एक क्षण के लिए भी नहीं सोचता....उसने तो आज ही जाना था कि उसका नाम कितना मधुर था।

''जब तुम मुझे पकड़ने के लिए मेरे पीछे आ रहे थे और मैं राजा की सभा में घुस गई थी, तुमने मुझे धक्का दिया... ।''

''उसे अब भूल भी जाओ मालिनी!'' कीचक का स्वर याचनापूर्ण था।

''नहीं! मैं वह नहीं कह रही।'' सैरंध्री बोली, ''तुमने देखा नहीं। उसके लिए राजा ने न तुम्हें रोका और न दंडित करने का प्रयत्न किया।''

''हाँ। तो?''

''राजा वस्तुतः हम दोनों से ही अपना प्रतिशोध ले रहे हैं।''

''कैसा प्रतिशोध?'' कीचक ने पूछा।

''यदि मैं अपमानित हुई, तो भी उनकी इच्छा पूर्ण हुई, क्योंकि मैंने उनका प्रेम निवेदन स्वीकार नहीं किया था; और यदि मेरा अपमान करने के कारण मेरे पति के अदृश्य गंधर्व मित्रों ने तुम्हारा वध कर दिया, तो राजा का तुमसे प्रतिशोध लेने का लक्ष्य पूरा हुआ।''

''मुझसे किस बात का प्रतिशोध?'' कीचक कुछ चकित था।

''रानी ने तुम्हारे बल की धमकी देकर ही तो उन्हें मेरी ओर आगे बढ़ने से रोक दिया था।...और शायद मेरे मन में तुम्हारे प्रति अंकुरित होने वाले अनुराग की सूचना भी उन्हें हो ही गई थी।''

कुछ क्षणों तक कीचक मन ही मन, विराटराज के प्रति क्रूर भावों का पोषण करता रहा। फिर बोला, ''राजा और रानी के मध्य होने वाली बातें तुम्हें कैसे ज्ञात हो जाती हैं? क्या स्वयं रानी ने तुम्हें बताया?''

''नहीं।'' सैरंध्री बोली, ''रात्रि के समय राजपरिवार के शयन कक्षों की रक्षा तथा परिचर्या करने वाली दासियों से क्या गुप्त रह सकता है। वे ही सब कुछ बताती रहती हैं।''

''ओह!'' कीचक बोला, ''तो उनसे सावधान रहना चाहिए।''

''क्यों? तुम्हें उनका क्या भय है।'' सैरंध्री का स्वर एक बार फिर से व्यंग्यात्मक हो गया, ''तुम तो किसी भी स्त्री को मार्ग पर पकड़कर सार्वजनिक रूप से प्रेम निवेदन कर सकते हो, जैसे नाटक में कोई अभिनेता दर्शकों के सम्मुख अपना प्रेम निवेदन करता है...।''

''ओह मालिनी! अब भूल भी जाओ उन बातों को।''

''मैं तो भूल भी जाऊँ;'' सैरंध्री बोली, ''किंतु मेरे पति भूल जाएँगे इन बातों को? मेरे पति के वे पाँच-पाँच गंधर्व मित्र, जो अज्ञात रहकर मेरी रक्षा कर रहे हैं, वे भूल जाएँगे इस बात को?''

''मैं उनसे डरता हूँ क्या?'' कीचक बोला, ''आने दो उनको। उनके मस्तक काटकर उनके हाथों में न दे दिए तो मेरा नाम कीचक नहीं।''

''और उन्होंने मेरा मस्तक काट कर, तुम्हारे हाथों में दे दिया तो?''

कीचक गंभीर हो गया।...इस विषय में तो उसने कुछ सोचा ही नहीं था। वह अपनी रक्षा तो कर सकता था, किंतु मालिनी की रक्षा? क्या वह मालिनी से विवाह कर ले? किंतु मालिनी विवाहिता है। वह दूसरे की पत्नी से विवाह कैसे कर सकता है? कौन स्वीकार करेगा, उसके इस प्रकार के विवाह को?...ठीक ही तो कह रही थी मालिनी—वह परकीया से प्रेम कर रहा है, किंतु उसकी विधि नहीं जानता था। व्यर्थ ही अपने अहंकार में वह प्रकट रूप में मालिनी की कामना करता रहा है। जो काम, गुप्त रूप से अदृश्य रहकर, बिना किसी झंझट के हो सकता है, उसे इस प्रकार घोषणा कर करके करने का क्या लाभ?...

''तो आज रात्रि के अंधकार में मेरे प्रासाद में आ जाओ। वहाँ कोई हमें देखने वाला नहीं होगा।'' कीचक की वाणी में से मद छलक रहा था।

''क्यों तुम्हारे प्रासाद में रात को परिचारिकाएँ नहीं होतीं अथवा प्रहरी नहीं होते?''

''ओह!''

''तुम्हें कोई ऐसा स्थान नहीं सूझता रसिकराज! जहाँ प्रहरी, सेवक और रक्षक न हों? मेरे पति के अदृश्य मित्रों से भयभीत हो?''

''नहीं! भयभीत तो नहीं हूँ; किंतु...''

"सुनो! रात्रि के समय जहाँ-जहाँ राजपरिवार का कोई भी सदस्य होगा, वहाँ प्रहरी भी होंगे और परिचारिकाएँ भी। इसलिए कोई ऐसा स्थान खोजो, जहाँ रात को कोई उपस्थित ही न होता हो।" सैरंध्री ने कहा।

"ऐसा कौन-सा स्थान हो सकता है?"

"वह नृत्यशाला देखी है तुमने," सैरंध्री बोली, "जहाँ दिन के समय बृहन्नला राजकुमारियों को नृत्य का अभ्यास करवाता है?"

"हाँ! हाँ! देखी है।" कीचक उत्साह से बोला, "तुम उससे कहीं अधिक चतुर हो सैरंध्री! जितनी मैं तुम्हें समझता था।"

सैरंध्री मौन रही।

"क्या बात है, तुम कुछ बोल नहीं रहीं। मैं तुम्हारी प्रशंसा कर रहा हूँ।"

"सुन रही हूँ अपनी प्रशंसा।" सैरंध्री बोली, "तुम मुझे सैरंध्री कह रहे हो और समझ रहे हो कि मेरी प्रशंसा कर रहे हो?"

"ओह! फिर भूल हो गई।"

"ध्यान रहे कि अब इस भूल की पुनरावृत्ति न हो।" सैरंध्री का स्वर कुछ कठोर हो गया, "नहीं तो रात को संकेत स्थल पर नहीं आऊँगी और फिर रात भर अपनी पत्नी के ही चरण दबाते रह जाओगे, चाहे वह जैसी भी है।"

"नहीं! नहीं!! अब ऐसी भूल नहीं होगी मालिनी!" वह बोला, "तो तुम रात को उस नाट्यशाला में आओगी?"

"हाँ! वह नाट्यशाला रात्रि के समय सर्वथा निर्जन होती है। वहाँ न कोई प्रहरी होता है और न ही कोई दीपक जलता है।" सैरंध्री बोली, "रात्रि के समय जब तुम्हारे कक्ष में दीपक भर तेल एक बार जल ले, तो चुपके से वहाँ चले आना। ध्यान रहे कि किसी को मालूम न हो कि तुम वहाँ जा रहे हो। न वहाँ जाकर मुझे पुकारना।"

"तो तुम्हें कहाँ खोजूँगा वहाँ?" कीचक के मन में मद के प्रपात झर रहे थे। उसने आज तक संभोग-सुख बहुत पाया था, किंतु इस प्रकार की कामक्रीड़ा का अवसर कभी नहीं आया था। वह सोच रहा था कि चतुर स्त्री का संग कितना असाधारण होता है।

"पुकारना मत!" सैरंध्री ने उसे डपट दिया।

"नहीं पुकारूँगा।" कीचक सहम गया।

"नहीं! मुझे यह सब सोच लेना चाहिए।" सैरंध्री बोली, "तुम्हारा क्या है। वहाँ आकर पुकारने लगोगे, 'मालिनी मैं आ गया। मालिनी! मैं आ गया।' और फिर अगले दिन वे गंधर्व यदि तुम्हारा कुछ न बिगाड़ सके तो मेरा मस्तक काट कर तुम्हारे प्रासाद के द्वार पर लटका आएँगे।"

"नहीं पुकारूँगा।" कीचक बोला, "माँ भवानी की शपथ। नहीं पुकारूँगा।"

“नृत्यशाला के पीछे के कक्ष में एक पलंग बिछा है। उस पर अनेक बार बृहन्नला विश्राम करती है। मैं अंधकार में उसी पलंग पर लेट जाऊँगी। यदि कोई आया भी तो अंधकार में उसे कुछ दिखाई नहीं देगा। यदि किसी ने मुझे देख भी लिया तो कोई बहाना बना लूँगी कि रात्रि में नींद नहीं आ रही थी। घूमने निकली थी। थोड़ी देर के विश्राम के लिए यहाँ लेट गई तो ठंडी बयार के कारण नींद आ गई। तुम आकर, बिना एक भी शब्द कहे, मुझे अपने स्पर्श से जगा लेना।...पर हाँ! न तो किसी को साथ लाना और न ही किसी को बता कर आना। कहीं ऐसा न हो स्वयं को स्त्री-मन का विजेता घोषित करने के लिए अपने मित्रों में यह घोषणा कर आओ कि तुम मालिनी के साथ अभिसार करने के लिए नृत्यशाला में जा रहे हो। यदि ऐसा कुछ किया, तो स्मरण रखना, मालिनी अपने गंधर्व रक्षकों की प्रतीक्षा नहीं करेगी। या तो तुम्हारे प्राण ले लेगी अथवा अपने प्राण दे देगी।”

विचार मात्र से कीचक की शिराओं में अग्नि प्रवाहित होने लगी थी। मालिनी स्वयं अपने मुख से कह रही है, कि वह वहाँ अंधकार में पलंग पर लेटकर उसकी प्रतीक्षा करेगी...

“नहीं! नहीं!! ऐसा कुछ नहीं होगा।” कीचक शीघ्रता से बोला, “मैं ऐसी मूर्खता अब कभी नहीं करूँगा। प्रेम गुप्त व्यापार है। वह गुप्त ही रहेगा।”

“ठीक है। अब जाओ।” सैरंध्री बोली, “रात्रि के समय मिलेंगे। नृत्यशाला में। जब तुम्हारे प्रासाद में एक दीपक भर तेल जल लेगा।”

“मालिनी! विदा होने से पूर्व एक परिरंभण प्रिये!”

“फिर वही मूर्खता!” सैरंध्री ने दाँत पीस कर कहा, “तुम सबके सामने मेरे पीछे आए हो। सब जानते हैं, क्यों आए हो। अब परिरंभण के पश्चात् तुम जितने प्रफुल्लित होकर लौटोगे, उससे सबको ज्ञात हो जाएगा कि तुम मालिनी का मन जीतने में सफल हो गए हो। तो फिर हमारा प्रेम गुप्त कैसे रह पाएगा। यहाँ से जाओ। दाँत पीसते हुए जाओ। मुझे बुरा भला बकते हुए जाओ। मैं भी तुम्हारी निंदा करती हुई ही जाऊँगी। सबको इसी भ्रम में रखना होगा कि हममें झगड़ा चल रहा है।”

“बड़ी कठिन परीक्षा ले रही हो मालिनी।” कीचक बोला। उसके स्वर में तनिक भी विरोध नहीं था।

“परीक्षा तो कठिन होगी ही। कल तुमने मुझे मारा। मेरे मुख से रक्त निकल आया, जो दो प्रहर तक मेरे मुख पर जमा रहा। आज उसी मुख से तुम्हारे प्रेम की सुगंध आएगी तो कुछ गोपनीयता रह पाएगी?”

कीचक ने अत्यंत आतुर प्रेमी के समान सैरंध्री को देखा; किंतु कुछ बोला नहीं।

“अब जाओ।” वह बोली।

सैरंध्री ने उसके जाने की प्रतीक्षा नहीं की। वह वेगपूर्वक मंडप की ओर लौट गई। वह बहुत भयभीत दिखाई पड़ रही थी, जैसे किसी से बचकर भाग आई हो।

अन्य परिचारिकाओं ने उसे देखा, “बेचारी सैरंध्री!”

12

कीचक ने सुदेष्णा से मिलना भी आवश्यक नहीं समझा। क्या होगा मिलकर। जब उसे बताना ही नहीं है कि सैरंध्री ने स्वयं उसे मिलने के लिए एकांत स्थान पर बुलाया है, अपने प्रेम को स्वीकार भी किया है, और समागम का वचन भी दिया है, तो सुदेष्णा से मिलकर क्या होगा। यदि वह उसके सामने भी पड़ा तो वह उसके मुख के भावों को देखकर ही समझ जाएगी कि सैरंध्री से उसकी क्या बात हुई है। सैरंध्री को यदि संदेह भी हो गया कि सुदेष्णा को उसके और कीचक के संबंध के विषय में कुछ भी ज्ञात है, तो उसे अच्छा नहीं लगेगा। और कीचक किसी भी मूल्य पर सैरंध्री को प्रसन्न रखना चाहता था। बड़ी कठिनाई से हाथ आई है यह सैरंध्री। ऐसी स्त्रियों के प्रेम का रस ही कुछ और होता है।...

कीचक एक प्रकार के असाधारण सुख का अनुभव कर रहा था, जो स्वयं उसके लिए भी सर्वथा नया था। उसने आज तक नारी संग कर, शरीर-भोग का सुख पाया था; किंतु इस प्रकार का गोपनीय व्यवहार और प्रेम की अभिव्यक्ति उसके लिए सर्वथा नवीन अनुभव था। अब तक के समागम में वह जानता था कि वह स्त्री उससे क्या चाहती है। वह जो सुख उससे प्राप्त कर रहा था, उसका मूल्य वह धन से चुका रहा था, अर्थात् उसे शरीर सुख देकर वह स्त्री स्वयं वस्त्राभूषण तथा धन-संपत्ति का सुख प्राप्त कर रही थी। वह तो एक प्रकार का व्यवसाय था। उसमें किसी को यह कष्ट तो हो सकता था कि उसको उसके पदार्थ का पूरा मूल्य नहीं मिला, किंतु उसमें किसी प्रकार के प्रेम अथवा भावनात्मक संबंध की कोई चर्चा नहीं थी। सब कुछ अत्यंत स्पष्ट, स्थूल तथा पार्थिव था। कुछ भी सूक्ष्म तथा अज्ञात नहीं था। शरीर चाहे उसकी किसी रानी का हो अथवा किसी दासी और परिचारिका का।...उस व्यवहार में यदि प्रेम इत्यादि शब्दों का प्रयोग होता भी था, तो कीचक जानता था कि वह सब पाखंड था। उसके पास वह धन न होता अथवा वह उतना धन न दे रहा होता तो वह स्त्री प्रेम शब्द का उच्चारण करना भी न जानती।...और कीचक ने तो आज तक किसी से यह कहा ही नहीं कि वह उससे प्रेम करता है। प्रेम क्या होता है, वह नहीं जानता। वह तो केवल कामदेव से परिचित था। काम के आवेग से परिचित था। उसे अपने शरीर के ताप तथा मन के झंझावातों से मुक्त होने तथा कोमल स्पर्श के सुख का अनुभव करने के लिए नारी शरीर की आवश्यकता होती थी; अपने आधिपत्य तथा अहंकार भाव के पोषण के लिए नारी और नारी शरीर की आवश्यकता होती थी। और उसका मूल्य वह सदा ही धन से चुकाता था।...पर सैरंध्री के साथ वह बात नहीं थी।...

सहसा वह ठिठक गया : वह कैसे जानता है कि इस बार वही बात नहीं थी, अथवा सैरंध्री वैसी स्त्री नहीं थी?

सैरंध्री ने उसके धन के प्रति आज तक कभी लोभ नहीं दिखाया था। उसे धन का लाभ होता तो आज तक कितनी ही बार वह अपना शरीर कीचक को समर्पित कर चुकी होती। कीचक ने जब भी उसे धन का लोभ दिया, उसने कीचक का तिरस्कार किया। आज भी तो उसने अपने सम्मांन की चर्चा की है, अपने सुख की नहीं। अपने मूल्य की नहीं। कीचक को सुख देने के प्रतिदान की नहीं।...नहीं! यह स्त्री निश्चित रूप से भिन्न थी। उसके सहवास का सुख कुछ नया ही होगा। वह न उसे अपने एकांत कक्ष में बुला रही थी और न ही उसके प्रासाद में आने को प्रस्तुत थी। वह नहीं चाहती कि कोई उन दोनों के संबंध को जाने।...इसी के स्थान पर कोई और दासी अथवा परिचारिका होती तो वह कीचक के साथ अपने संबंधों का प्रचार करती और उससे स्वयं को महत्त्वपूर्ण बनाकर सहस्रों प्रकार के लाभ की कामना करती। मत्स्यदेश में कीचक की प्रेमिका होने का क्या अर्थ है, यह वे सब समझती रही हैं।...पर सैरंध्री तो इस सारे संबंध को अपने हृदय में ही छुपाकर रखना चाहती है। वह किसी के सम्मुख कुछ भी प्रकट करना नहीं चाहती। वह इससे अपना कोई भी सांसारिक हित साधना नहीं चाहती....

आह्लादित कीचक भूतल से जैसे एक हाथ ऊपर ही चल रहा था। एक ओर उसका मन चाहता था कि वह सारे विराटनगर में ही नहीं, सारे मत्स्यप्रदेश में यह घोषणा कर दे कि सैरंध्री उससे प्रेम करती है, और दूसरी ओर वह उसके विषय में एक शब्द भी बाहर निकलने देना नहीं चाहता था। वह मन ही मन, गुपचुप उस रहस्य का रसपान कर रहा था।...लोग समझते होंगे कि सैरंध्री उसको अपने निकट भी फटकने नहीं दे रही, और वह आज रात, उसके निमंत्रण पर अभिसार के लिए जा रहा था। कीचक को कुछ वैसा ही आनंद आ रहा था, जैसा कोई राजा साधारण सैनिक के रूप में अपनी राजधानी में भ्रमण करे और कोई भी उसे पहचान न सके।...

कीचक आज भी राजसभा में नहीं गया। अपनी इस आनंदमयी मनःस्थिति में वह राजा और उसके सभासदों की बकवाद सुनना सहन नहीं कर सकता था।...वह अपने संगीत मंडप में आ बैठा। आज वर्षा नहीं हो रही थी; किंतु आकाश पर मेघ मँडरा रहे थे। ऐसा आकाश देखकर कीचक को या तो माधवी की इच्छा होती थी, या फिर किसी अति आकर्षक नारी शरीर की।...

आज उसे माधवी की तनिक भी इच्छा नहीं हो रही थी। वह तो पहले से ही एक अलौकिक मद में उन्मत्त था। इस मद का अनुभव उसने पहले कभी नहीं किया था।...

आकाश पर मेघ विचित्र लीलाएँ कर रहे थे। वे एक स्थान पर स्थिर नहीं थे। कभी कोई टुकड़ा कहीं से पृथक हो जाता था और कभी कोई टुकड़ा किसी से मिल जाता था। वे क्षण-क्षण में नई से नई आकृतियाँ बना रहे थे।...और कीचक यह

देखकर चकित रह गया कि वे सारी की सारी आकृतियाँ सैरंध्री की ही थीं।...उसके मन में विचित्र प्रकार की उत्कंठा जन्म ले रही थी। कीचक के ही समान ये मेघ भी सैरंध्री पर मुग्ध हो गए लगते थे।...प्रतिस्पर्धी भी मिले तो कैसे, जिनका न कुछ बनाया जा सकता था, न बिगाड़ा जा सकता था।...पर कीचक उनको अपना प्रतिस्पर्धी क्यों माने? वे तो उसके सेवक चित्रकार थे, जो अपने स्वामी के लिए उसकी प्रेमिका के चित्र बना रहे थे।...कीचक बैठा, बहुत देर तक सैरंध्री की विभिन्न मुद्राओं के चित्र देखता रहा; और मन में उठती मीठी टीस का रसपान करता रहा।...

सहसा उसे ध्यान आया कि वह बहुत देर से बैठा सैरंध्री के रूप को देख रहा है, किंतु उसने यह नहीं सोचा है कि रात को जब वह सैरंध्री के सम्मुख पहुँचेगा तो सैरंध्री भी उसके रूप को निहारेगी। वह भी देखेगी कि उसका प्रेमी कितना आकर्षक है।...वैसे तो साधारण से साधारण नारी की दृष्टि रूप पर टिकती है, वह वस्त्रों को भी देखती है और आभूषणों को भी। वह केशविन्यास को भी निहारती है और चंदनलेप के प्रकार को भी।...और फिर मालिनी तो व्यवसाय से ही सैरंध्री है। उसकी दृष्टि से क्या चूक सकता है।...

सहसा कीचक को लगा कि उसे भी साधारण परिचारिकाओं की नहीं, किसी दक्ष सैरंध्री की आवश्यकता है, जो उसके रूप को ऐसा निखार दे, जैसा मालिनी ने इन दिनों सुदेष्णा के रूप को निखार दिया है।...

संगीतमंडप से उठकर कीचक अपने विश्रामकक्ष में आ गया। दर्पण के सम्मुख बैठकर उसने अपने रूप को निहारा।...पहले तो वह बड़ी देर तक अपने रूप पर मुग्ध होता रहा; किंतु उसकी अपनी दृष्टि से ही, कानों के निकट तथा श्मश्रुओं में आ गई सफेदी छुपी नहीं रह सकी।...हाँ! एक बार इस ओर ध्यान चला जाए, तो वह उतना युवा भी नहीं दिखता। इन केशों का कुछ करना होगा।...मेहंदी लग सकती है, किंतु वह मालिनी की दृष्टि से छिपी नहीं रहेगी। कोई ऐसा लेप मिल जाता, जो इन केशों को सर्वथा काला कर देता, तो उत्तम था।...कीचक को पहली बार लगा कि उसकी अवस्था कुछ अधिक हो गई है, जो युवा नारियों को आकृष्ट करने में बाधा हो सकती है।...इस कालचक्र से तो युद्ध नहीं किया जा सकता; न ही उसको टाला जा सकता है।...पर ऐसा प्रबंध तो अवश्य ही किया जा सकता है कि सामने वाले की दृष्टि धोखा खा जाए। वह उसकी वास्तविक अवस्था का पता न लगा सके, और उसे युवा ही मानता रहे।...

वह दर्पण छोड़कर उठ खड़ा हुआ।...उसे अभिसार की तैयारी कर लेनी चाहिए। सबसे पहले तो उसे मालिनी के उन नेत्रों को चौंधियाने का प्रबंध कर लेना चाहिए, जो कीचक के रूप रंग में दोष देख सकते हैं।...नारी के नेत्र स्वर्णाभूषणों से चौंधिया सकते हैं।...वे आभूषण चाहे, कीचक के शरीर पर हों, अथवा वह मालिनी को भेंट

किए जाएँ। यह ठीक है कि मालिनी दूसरी स्त्रियों से भिन्न है। उसने कभी कीचक के धन को महत्त्व नहीं दिया। न ही उसने कीचक से कोई अनुरोध किया है, जिससे यह अनुमान लगाया जा सके कि उसे कीचक से किसी प्रकार की कोई अपेक्षा है।...कीचक मालिनी का मूल्य नहीं चुका रहा, किंतु वह उसे उपहार तो दे सकता है। उपहार किसको अच्छा नहीं लगता। मालिनी माँग नहीं रही; किंतु कीचक अपनी ओर से उसे उपहार दे कर अपनी सदाशयता की धाक उसके मन पर जमा सकता है।...

उसने परिचारिका को नहीं बुलाया, न ही किसी दासी को सहायता के लिए पुकारा। अपनी किसी पत्नी को तो वह भनक भी नहीं लगने देना चाहता था कि उसकी मालिनी से किसी प्रकार की कोई बात भी हुई है, अथवा वह आज रात अभिसार के लिए जाने वाला है।...वह स्वयं ही अपनी आभूषण पेटिका को उलटता-पलटता रहा। एक लंबा समय लगा कर उसने अपने धारण करने तथा मालिनी को भेंट करने के लिए अलग-अलग आभूषण छाँटे।...

अब वस्त्रों की बारी थी।...वह अपने पिछले सैनिक अभियान में ही अपने लिए अनेक कौषेय लाया था, जिन पर स्वर्ण का सुंदर सूचीकार्य किया गया था। उसे आज भी स्मरण है कि काशी के निकट उसके एक सैनिक ने जब एक बुनकर से कौशेयी दुकूलों की एक गाँठ छीन ली थी, तो वह बुनकर कैसे रोया था। कह रहा था कि इसमें उसकी सारी पूँजी ही नहीं, राजा का धन भी लगा हुआ है। यदि उसने वे दुकूल राजा तक नहीं पहुँचाए तो राजा उसके प्राण ले लेगा।...परंतु वे दुकूल कीचक को बहुत प्रिय लगे थे। उसने कहा था कि वह तो राजा के पास से भी वे दुकूल छीन ही लेता, ऐसे में राजा तक वे पहुँचे अथवा नहीं पहुँचे, उससे क्या अंतर पड़ता है।...उस तंतुवाय के रोने पर वह पसीज जाता तो वह किसी का भी धन नहीं छीन सकता था।...और यदि वह दूसरों का ध्यान न छीनता तो उसका निर्वाह कैसे होता। राजा से मिले वेतन से तो उसके चाकरों का भी निर्वाह नहीं होता।...अब कल को कोई उसे कहे कि वह हाथ आई, उसकी सुंदर स्त्री को मुक्त कर दे तो कीचक के लिए यह कैसे संभव था?

उसने स्वर्णखचित कौशेयी साड़ी निकालकर मालिनी के उपहार के रूप में रख दी। सुदेष्णा ने इतनी सुंदर सैरंध्री तो रख ली है, किंतु उसका मूल्य नहीं समझा। कभी भी उसे उसके रूप के योग्य वस्त्र नहीं दिए। इस साड़ी में मालिनी का रूप निखरकर आएगा।...अपने लिए भी उसने कौशेय के ही उत्तरीय और अधोवस्त्र चुने। सुंदर दुकूल भी निकाल लिए।

अपने केशों की ओर उसका विशेष ध्यान था। मालिनी केशसज्जा में तो संसार भर में अद्वितीय थी। जाने वह अपने केशों की ओर से इतनी असावधान क्यों थी। यह भी संभव है, कि उसकी दृष्टि में उसके उन्मुक्त केश ही उसका सौंदर्य बढ़ाते थे। यह तो कीचक अपने ही अनुभव से जानता था कि जब मालिनी अपने हाथों से माथे तथा चेहरे पर आ गई केशों की लटों को हटाती थी तो देखने वालों के वक्ष में उनचास पवन ही नहीं चलने लगते थे, सहस्रों झंझावातों की सृष्टि भी होती थी।

पर आज उसे केशों का श्रृंगार करने के स्थान पर, मस्तक पर किरीट धारण करके जाना चाहिए था। किरीट की तो शोभा ही और होती है। मालिनी को देखना चाहिए कि विराटनगर में राजा तथा राजकुमार के अतिरिक्त कीचक भी किरीट धारण करने की क्षमता रखता है।...वह किरीटविहीन प्रशासक मात्र ही नहीं है, किरीट का अधिकारी सेनापति है।...उससे केशसज्जा की समस्या भी सुलझ जाएगी।...

उसने अपनी सुगंधिद्रव्य की पेटिका खोली...

द्वार पर खड़ी दासी भीतर आई, "सेनापति मेरा प्रणाम स्वीकार करें।"

"क्या है?" कीचक ने कुछ रुष्ट स्वर में कहा।

"राजसभा का एक संदेशवाहक आया है श्रीमन्!" दासी बोली, "वह दर्शन की अनुमति चाहता है।"

"उसे लौटा दो। राजसभा का कार्य राजसभा में होना चाहिए, मेरे आवास के विश्रामकक्ष में नहीं। मैं राजा का दास नहीं हूँ कि कभी भी, कहीं से भी संदेशवाहक भेजकर मुझे बुला लें।"

"जो आज्ञा।" दासी लौट गई।

"मैं अभिसार की तैयारी कर रहा हूँ और यह राजा मुझे अपने दर्शनों के लिए बुला रहा है।...मूर्ख कहीं का।...क्या समझता है, अपने आपको—मालिनी सैरंध्री?" और कीचक को हँसी आ गई। उसके मन में राजा विराट की एक छवि उभर रही थी, जिसमें उन्होंने सैरंध्री की वेशभूषा धारण कर रखी थी।

कीचक ने एक सुरभिद्रव्य हाथ में लिया। यह अलभ्य है। केकय में भी बड़ी कठिनाई से मिलता है, किंतु प्रयत्न करने पर मिल जाता है। यदि इससे सुवासित होकर वह मालिनी के पास पहुँचेगा, तो निश्चित रूप से वह कहेगी कि उसने ऐसी सुरभि तो अपने जीवन में कभी नहीं सूँघी। वह अपनी नासिका उसके शरीर से लगाकर, अपनी आँखें बंद कर, उसका आनंद लेगी और कीचक शेष सारी सुरभि उस पर उँड़ेल देगा।

वह कहेगा, "इस बार मैं केकय से यह सुरभि इतनी मात्रा में मँगाऊँगा कि मेरी मालिनी उसमें स्नान कर सके।"

"यह तुमने क्या किया? इतनी अनमोल सुरभि इस प्रकार मुझ पर उँड़ेल दी।" वह कहेगी।

"धन्य हो गई यह सुरभि, तुम्हारे शरीर का स्पर्श करके।" वह कहेगा, "इसका इससे उत्तम उपयोग और कोई नहीं हो सकता था।"

"मुझे एक वचन दो।" वह उसका हाथ पकड़, उसके अत्यंत निकट हो उसके नेत्रों में झाँकेगी।

"क्या?"

वह अपना कपोल उसके वक्ष पर रख देगी और अपने नेत्र बंद कर लेगी, "वचन दो कि तुम अपनी मूल्यवान वस्तुएँ तथा अपना धन मुझ पर इस प्रकार नहीं लुटाओगे। मुझे यह सब नहीं चाहिए। मुझे तो बस तुम्हारा प्रेम चाहिए। हृदय में छिपा प्रगाढ़ प्रेम, जिसकी सूचना मेरे सिवाय किसी को भी न हो।"

और कीचक की समझ में भी नहीं आएगा कि वह क्या कहे। किस प्रकार अपने प्राण निकालकर मालिनी के चरणों पर धर दे। अंततः वह कहेगा, 'मेरी तो यह कामना है मालिनी कि मुझे ऐसी सुरभि ही नहीं धन का हिमालय बार-बार मिले और वह सारा धन मैं लाकर तुम्हारे चरणों पर डाल दूँ।'

मालिनी उसके अधरों पर अपना कोमल हाथ रखकर उसे चुप करा देगी, 'ऐसे मत कहो। मुझे तो तुम्हारे चरणों की सेवा करने का अवसर मिल गया, तो समझो कि मेरा जीवन सार्थक हो गया।'

कीचक के मन में अनेक विचार आते रहे। कितने ही दृश्य बनते और बिगड़ते रहे। वह कल्पना करता रहा कि उसकी किस बात का उत्तर मालिनी क्या देगी और वह उसे क्या कहेगा। वह विभिन्न प्रकार के वस्त्रों में अपनी कल्पना करता रहा; और उतने ही रूपों में मालिनी को भी देखता रहा और फिर सूर्य पर खीझता रहा, जो अस्त ही नहीं हो रहा था। सूर्यास्त हो, पृथ्वी पर अंधकार उतरे, एक दीपक तेल जले, तो वह मालिनी से मिलने जाए।...बीच-बीच में उसके मन में मालिनी के प्रति भी विरोध जागता रहा, उसने उसे उन्मुक्त रूप से मिलने से क्यों रोका? क्यों तड़पा रही है वह उसे? अब तक तो कीचक के साथ ऐसा कभी नहीं हुआ। वह तो किसी के भी कक्ष में किसी भी समय जा सकता था और किसी को भी घसीट कर अपनी शैया पर ला सकता था।...पर नहीं! वह मालिनी के साथ वैसा व्यवहार नहीं कर सकता। यह तो संबंध ही और प्रकार का है। वह चाहता है कि वह नहीं, मालिनी उससे प्रेम करे। अपने मन से करे। अपनी इच्छा से करे। वह मालिनी को न बुलाए, मालिनी उसे आमंत्रित करे। वह न जाए, तो मालिनी उसे उपालंभ दे। उससे झगड़ा करे।

संध्या हो गई और पृथ्वी पर अंधकार उतर आया। कीचक उठ खड़ा हुआ। अब उसे चलना चाहिए। अपने सर्वश्रेष्ठ वस्त्रों में, मस्तक पर किरीट धारण कर उसने स्वयं को दर्पण में देखा तो उसका अपना ही दर्प जाग उठा।...ऐसा सुदर्शन पुरुष कौन है संसार में। अवस्था कुछ अधिक अवश्य हो गई है, किंतु वह युवाओं से भी अधिक आकर्षक है। बल में उससे बढ़कर कौन है। वह वीर पुरुष है। धन का उसके पास अभाव नहीं है।...तो फिर मालिनी जैसी विश्वसुंदरी किसी और पुरुष का वरण कैसे कर सकती है?

वह द्वार पर आया। परिचारिका ने आगे बढ़कर हाथ जोड़ प्रणाम किया, "क्या आज्ञा है स्वामी?"

"कुछ नहीं। तुम यहीं ठहरो। मैं थोड़े समय के लिए बाहर जा रहा हूँ।"

"क्या सारथि को रथ लाने का संदेश भिजवा दिया जाए स्वामी?"

कीचक को क्रोध आ गया। वह चुपचाप निकल जाना चाहता है; और यह मूर्खा व्यर्थ ही कोलाहल कर रही है।

"तुम्हें जब तक आदेश न दिया जाए, तब तक तुम्हें कुछ भी करने की आवश्यकता नहीं है।" वह कुछ रोषपूर्वक बोला।

"तो क्या स्वामी पदातिक ही जाएँगे?"

इस बार कीचक स्वयं को संयत नहीं कर पाया। डपटकर बोला, "क्या तुम शांति से अपने स्थान पर बैठी नहीं रह सकतीं?"

इससे पहले कि परिचारिका कुछ समझ पाती, वह आगे बढ़ गया।...कैसी-कैसी मूर्खाओं को उसकी सेवा में नियुक्त कर दिया जाता है। और यह परिचारिका तो न सुंदर है, न युवा...

वह भवन के बाहर निकला तो उसके अंगरक्षकों का नायक सामने आ गया, "कितने अंगरक्षक साथ चलेंगे स्वामी?"

कीचक को लगा, उसके ये सेवक यदि उसके साथ यही व्यवहार करते रहे, तो वह उनको पीट बैठेगा; किंतु नायक पर उसको उतना क्रोध नहीं आया, जितना उस परिचारिका पर आया था।

"नायक! मैं एक गोपनीय कार्य से जा रहा हूँ। अंगरक्षकों की आवश्यकता नहीं है। तुम मेरे साथ नहीं आओगे; किंतु तुम अपने सैनिकों के साथ यहीं रुककर मेरा एक कार्य करोगे।"

"स्वामी आज्ञा दें।"

"मेरे भवन की ही नहीं, मेरे कक्ष की भी रक्षा इस प्रकार होनी चाहिए, जैसे मैं अपनी शैया पर विश्राम कर रहा हूँ। किसी को यह सूचना नहीं होनी चाहिए कि मैं अपनी शैया पर नहीं हूँ।" वह बोला, "कोई जिज्ञासा करे तो उसे यही बताया जाएगा कि मैं अपने विश्राम कक्ष में अपनी शैया पर सो रहा हूँ। जिज्ञासा करने वाले चाहे राजा हों, अथवा मेरी पत्नियाँ। सबको यही सूचना दी जाएगी। कोई भेंट करना चाहे, कक्ष के भीतर आना चाहे, उसे यही कहा जाएगा कि अनुमति नहीं है। कोई कक्ष में प्रवेश करना चाहे तो उसे बलात् रोका जाएगा। प्रातः मैं गुप्त रूप से लौटूँगा और तब इस प्रकार गतिविधि आरंभ होगी, जैसे मैं रात्रि भर की निद्रा के पश्चात् उठा हूँ। समझ गए?"

"स्वामी की आज्ञा का अक्षरशः पालन होगा।" नायक ने उत्तर दिया।

कीचक आगे बढ़ गया। वह अंधकार का लाभ उठा रहा था; अन्यथा इस सारे क्षेत्र को पार कर जाना और किसी को ज्ञात न होने देना, संभव नहीं था।

नृत्यशाला में पहुँचकर उसने सुख की साँस ली। अंततः वह गुप्त रूप से यहाँ तक पहुँच गया था। महत्त्वपूर्ण व्यक्ति होना भी कितने झंझट का काम है।...उसने दबे पाँव नृत्यशाला में प्रवेश किया। पता नहीं मालिनी अभी तक आई भी थी अथवा नहीं। उसे तो और भी गोपनीय ढंग से आना होगा। किंतु उसके द्वार पर परिचारिकाएँ और द्वारपाल तो नहीं हैं न! उसके साथ अंगरक्षक तो नहीं चलते।...कहाँ होगी वह? इस अंधकार में उसे खोज पाना कौन-सा सरल है। किसी कोने में दुबककर बैठी होगी।...और कीचक का मन है कि बल्लियों उछल रहा है। उसकी इच्छा हो रही थी कि वह चिल्लाकर कहे, 'मालिनी मैं आ गया। कहाँ हो प्रिये! आओ और मेरे कंठ से लग जाओ। कंठ से क्यों मेरे वक्ष से लग जाओ। मेरे वक्ष में समा जाओ।...'

किंतु मालिनी ने उसे बोलने से मना किया था। उसे नेत्रों से खोजना होगा, स्वर से नहीं।...हाँ! उसने एक भारी शैया की चर्चा की थी। कहाँ है वह?...वह दीवार का सहारा लेकर आगे बढ़ आया। अब लग रहा था कि मालिनी के लिए लाई गई भेंट, उसकी गतिविधि में बाधा बन रही थी। उसका एक हाथ तो उसमें ही उलझा था; किंतु बिना किसी भेंट के कोई अपनी प्रिया से मिलने जाता है? और वह भी मालिनी जैसी प्रिया से...आगे उतना अँधेरा नहीं था। शुक्ल पक्ष था। चंद्रिका छनकर आ रही थी। उससे कुछ स्पष्ट हो रहा था तो अनेक परछाइयाँ भी बन रही थीं। कितने भ्रम उत्पन्न हो रहे थे, जैसे स्थान-स्थान पर कुछ रखा हो। कहीं कोई खड़ा हो। कहीं कोई बैठा हो। पर कहीं कोई नहीं था। दूर से पूरा संसार दीखता था, निकट जाने पर कहीं भी कुछ नहीं था।...पर वह पर्यंक वहाँ रखा था और उस पर कोई सोया हुआ भी था।...तो मालिनी उससे पूर्व ही आ गई थी। अपनी सुविधा से चुपचाप आकर लेट गई होगी, ताकि किसी को पता ही न चले।...वह भी उसे कुछ पता नहीं लगने देगा। चुपचाप निकट जाकर उसे अपनी भुजाओं में भर कर उसे चकित कर देगा।...पर इस अंधकार में वह उसके दिए हुए वस्त्राभूषणों को कैसे देख पाएगी? वह उसके नयनों में जो प्रसन्नता और कृतज्ञता देखना चाहता है, उसे कैसे देख पाएगा।...

किंतु अब यह सब सोचने का समय नहीं था। उसके सम्मुख सैरंध्री...मालिनी जैसी सुंदरी उसकी प्रतीक्षा में सेज पर सोई थी। कीचक को तो यह विश्वास ही नहीं हो रहा कि मालिनी उसे प्राप्त हो जाएगी...और वह है कि यहाँ लेटी कैसे उसकी प्रतीक्षा कर रही है। ऐसे तो प्रथम रात्रि तक में नवोढ़ा भी अपने प्रियतम की प्रतीक्षा नहीं करती...

कीचक ने निकट जाकर, उसका उत्तरीय पकड़कर खींचा, "मैं आ गया सुश्रोणि! आओ मेरी भुजाओं में समा जाओ। आओ मेरे वक्ष से लग जाओ।..."

मालिनी का स्पर्श बहुत कठोर था; और दूर से आती ज्योत्स्ना में जिस आकृति को कीचक ने पर्यंक पर से उठते देखा, वह बल्लव से बहुत मिलती-जुलती थी।...

13

चतुरसेन ने देखा, बल्लव अपने कक्ष के द्वार के मध्य अपनी शैया पर निश्चिंत सो रहा था। सामान्यतः वह इतनी देर तक नहीं सोया करता था। रात को वर्षा हुई थी। संभव है, किसी कारण से रात को उसकी निद्रा पूरी न हुई हो।...

''बल्लव!'' चतुरसेन ने उसे हिलाकर जगाया, ''उठो।''

बल्लव ने एक अंगड़ाई ली और वह उठकर बैठ गया, ''क्या दिन बहुत चढ़ आया है?''

''नहीं! दिन तो बहुत नहीं चढ़ आया; किंतु लगता है कि सैरंध्री के पति के मित्र गंधर्व विराटनगर पर चढ़ आए हैं।''

बल्लव की तंद्रा भी जैसे एक झटके से उसे छोड़ गई, ''क्या किया उन गंधर्वों ने?''

''रात को किसी ने सेनापति कीचक का वध कर डाला है। लोगों का अनुमान है कि यह उन्हीं गंधर्वों का काम है।'' चतुरसेन बोला, ''वध क्या किया है, पीट-पीट कर उसके हाथ-पाँव भी उसके धड़ में ही घुसेड़ दिए हैं, जैसे पानी से बाहर निकलकर कछुआ अपने हाथ-पैर समेट लेता है।''

''क्या? कीचक मारा गया?'' बल्लव ने आश्चर्य से पूछा, ''तुम्हें कैसे मालूम हुआ काका?''

''अरे अब तक तो सारे नगर को ही ज्ञात हो चुका है, तुम मेरी बात पूछ रहे हो।'' चतुरसेन बोला, ''प्रातः जब मुँह अँधेरे ही एक परिचारिका झाड़-बुहार के लिए नृत्यशाला में पहुँची तो उसने वहाँ एक मुड़ा-तुड़ा शव देखा। वह चीत्कार करती बाहर भागी। उससे सूचना पाकर प्रहरी पहुँचे। उन्होंने पहचाना कि वह शव तो सेनापति कीचक का है। उन्होंने अपने अधिकारी को सूचना दी। इस प्रकार सारे नगर में सूचना प्रसारित हो गई।''

''तो नगर की क्या प्रतिक्रिया है?'' बल्लव ने कुछ रस लेते हुए पूछा।

''नगरवासी तो प्रसन्न हैं कि एक दुष्ट से अनायास ही मुक्ति मिल गई।'' चतुरसेन ने बताया, ''किंतु रानी सुदेष्णा बहुत दुखी हैं। कीचक उनका भाई था न। और सुना है कि राजा भी कुछ भयभीत हैं।''

''क्यों? उन्होंने क्या किया है?''

''कीचक जैसे व्यक्ति को मार देने वाला साधारण व्यक्ति तो नहीं होगा न!'' चतुरसेन बोला, ''संभव है कि वह नगर में भी कुछ उत्पात मचाए। वह नहीं मचाएगा तो कीचक के समर्थक मचाएँगे।''

''व्यर्थ ही भयभीत हैं विराटराज! कीचक को मारने वाले का राजा से क्या विरोध?'' बल्लव बोला, ''पर कीचक को किसने मारा होगा काका?''

"यह तो भगवान ही जाने बेटा! किंतु कीचक के भाइयों—उन उपकीचकों—को, और शायद रानी सुदेष्णा को भी संदेह है कि यह सब सैरंध्री के कारण हुआ है। कीचक आजकल सैरंध्री के पीछे पड़ा हुआ था। परसों उसने सैरंध्री को राजसभा में सबके सामने लात मारी थी। उसका प्रतिशोध लेने अथवा सैरंध्री को निर्भय करने के लिए ही संभवतः सैरंध्री के ही किसी अन्य प्रेमी ने कीचक का वध कर दिया है।"

"सैरंध्री के किसी प्रेमी ने? मैंने तो सुना है कि सैरंध्री के पति के पाँच अदृश्य गंधर्व मित्र सदा उसकी रक्षा करते हैं।" बल्लव बोला।

"पता नहीं कि सत्य क्या है, कोई कुछ कहता है और कोई कुछ।" चतुरसेन बोला, "पर बेचारी सैरंध्री का तो काल आ गया न!"

बल्लव पहली बार कुछ गंभीर हुआ; किंतु उसने स्वयं को सँभाले रखा, "क्यों? उसे क्या हुआ है?"

"कीचक तो मारा गया; किंतु उपकीचक तो जीवित हैं न! पूरे एक सौ पाँच हैं वे लोग। वे यह मानते हैं कि कीचक को किसी ने भी मारा हो, किंतु मारा है सैरंध्री के ही कारण।" चतुरसेन बोला, "इसलिए वे इसका दंड सैरंध्री को देना चाहते हैं।"

बल्लव का मन जैसे एक बार जोर से उछला, "सैरंध्री को दंडित करना चाहते हैं?"

"हाँ!" चतुरसेन बोला, "उन्होंने राजा से अनुमति माँगी है। वे लोग सैरंध्री को बाँध कर कीचक के शव के साथ जीवित जला देना चाहते हैं। सैरंध्री का यही दंड उनको उचित लगता है।"

"राक्षस हैं वे लोग।" बल्लव कुछ उत्तेजित स्वर में बोला, "कीचक के वध के लिए बिना किसी प्रमाण के सैरंध्री को दोषी ठहराने और दंडित करने का क्या अर्थ? और यह भी कोई दंड है? यह तो अधर्म है। अत्याचार है। राजा इस प्रकार की अनुमति कभी नहीं देंगे।"

"नहीं देंगे का क्या अर्थ।" चतुरसेन बोला, "राजा ने अनुमति दे दी है।"

"अनुमति दे दी?" बल्लव का मन जैसे भभक उठा, "विराटराज इतने अन्यायी हैं क्या?"

"तुम्हें इन राजाओं के विषय में ज्ञान नहीं है।" चतुरसेन का स्वर वीतराग था, "कितने आदेश ये अपनी इच्छा से देते हैं और कितने ये किसी भय से तथा कितने लोभ से देते हैं। ये राघवेन्द्र रामचंद्र तो हैं नहीं, न ही धर्मराज युधिष्ठिर हैं, जिन्हें राज्य के प्रति रत्ती भर भी लोभ न हो। ये लोग तो प्रतिक्षण जैसे अपने सिंहासन की रक्षा के लिए कितने ही अधर्म, कितना ही अन्याय करते रहते हैं। अब कीचक तो नहीं है; किंतु सेना की रीढ़ तो ये उपकीचक ही हैं। वे सब कीचक के प्रति निष्ठावान हैं। राजा उनकी बात नहीं मानेंगे, तो उन्हें रोक तो पाएँगे नहीं। उपकीचक अभी उनकी अनुमति माँग रहे हैं। अनुमति न मिलने पर वे उनकी इच्छा के विरुद्ध भी वही काम कर सकते हैं।"

"इस प्रकार की चर्चा सुनकर सैरंध्री विराटनगर से भाग तो नहीं गई?" बल्लव ने पूछा।

"नहीं! भागेगी कहाँ। उपकीचकों ने पहले उसे पकड़कर बाँध लिया था और तब राजा से अनुमति माँगी थी।" चतुरसेन बोला, "वे लोग अर्थी ले जाने की तैयारी कर रहे हैं।"

"तो सैरंध्री की मृत्यु अवश्यंभावी है? उसे कोई नहीं बचा सकता?" बल्लव के स्वर में चिंता थी।

"लगता तो यही है," चतुरसेन ने कहा, "वैसे इस समय कंक भी राजा के पास बैठे उन्हें समझा रहे हैं कि यह धर्म नहीं है। एक असहाय अबला को इस प्रकार राक्षसों की दया पर छोड़ देना न्याय नहीं है। जब राजसभा में उसे कीचक ने लात मारी थी, तब भी सैरंध्री ने राजा से कहा था कि वह उनकी प्रजा है, उनके आश्रय में है, उसकी रक्षा राजा का धर्म है।..."

"तो राजा क्या कहते हैं?"

"राजा क्या कहेंगे। वे स्वयं भी जानते हैं कि यह अधर्म है; किंतु वे उपकीचकों का विरोध करने का साहस नहीं कर पा रहे। उनके सामने प्रश्न है कि वे सैरंध्री की रक्षा करें अथवा अपने सिंहासन की? ऐसे में वे निश्चित रूप से सिंहासन की ही रक्षा करेंगे, सैरंध्री की नहीं।"

"राजा का सिंहासन सुरक्षित है। उनकी रक्षा करने के लिए उपकीचक उनके साथ हैं, तो फिर उन्हें किसका भय है?" बल्लव के स्वर में व्यंग्य था।

"राजा उपकीचकों की बात मानते हैं तो उन्हें भय है सैरंध्री के अज्ञात प्रेमियों का। जिसने कीचक की हत्या की है, वह उनकी हत्या भी तो कर सकता है। राजा कीचक से अधिक बलवान तो नहीं हैं।" चतुरसेन ने कहा, "और उपकीचकों की बात न मानें तो उपकीचक ही उनका सिंहासन पलट देंगे। दुर्बल और दूसरों के भरोसे शासन करने वाला राजा न तो न्याय कर सकता है, न धर्म पर चल सकता है, न निर्भय निद्रा का सुख ले सकता है।"

"तो वे कंक को यह बात समझा क्यों नहीं देते?"

"कौन किसको समझा सकता है भाई!" चतुरसेन बोला, "उधर राजकुमारी उत्तरा अपनी गुरु उस बृहन्नला के साथ रानी सुदेष्णा को समझा रही है कि वे सैरंध्री की रक्षा करें। उपकीचकों का यह निर्णय एक भयंकर भूल है।"

"ओह! बृहन्नला भी?" बल्लव के स्वर में कुछ स्फूर्ति आई, "क्या कह रही है वह रसीली बृहन्नला?"

"वह कह रही है कि उपकीचक सैरंध्री को इस प्रकार जला तो पाएँगे नहीं, तो राजा क्यों व्यर्थ ही अपने सिर यह पाप ले रहे हैं।"

"क्यों नहीं जला पाएँगे उपकीचक?"

"बृहन्नला कह रही है कि जिसने कीचक को मार डाला है, वह यदि उपकीचकों को क्षमा भी कर दे, तो भी सैरंध्री के अनेक अन्य प्रेमी हैं, जो सैरंध्री को मरने नहीं देंगे, उसके लिए उन्हें चाहे सारे उपकीचकों को मार डालना पड़े।" चतुरसेन ने बताया।

"बृहन्नला कैसे जानती है यह सब?" बल्लव ने पूछा।

"वह सैरंध्री की सखी है न! महाराज युधिष्ठिर के यहाँ काम करने के दिनों से ही दोनों में कुछ घनिष्ठता है।" चतुरसेन बोला, "इसलिए सैरंध्री उसे बहुत कुछ बताती रहती है।"

"रानी क्या कहती हैं?"

"वे अपने भाई की मृत्यु से दुखी हैं, इसलिए सैरंध्री से रुष्ट हैं।" चतुरसेन ने कहा, "उन्हें लगता है कि सैरंध्री एक ऐसा आकर्षक विषवृक्ष है, जिसका फल चखने को विराटनगर का प्रत्येक पुरुष आतुर है। यदि वह यहाँ रही तो पुरुष स्वयं को रोक नहीं पाएँगे और सैरंध्री के रक्षक उन्हें जीवित नहीं छोड़ेंगे। इसलिए सैरंध्री का जीवित रहना विराटनगर के पुरुषों के लिए, अर्थात् विराटनगर के लिए संकटपूर्ण है।"

"सैरंध्री के सौंदर्य को देखकर पुरुष उस समय पर मर मिटते हैं, इसलिए सैरंध्री को मरना होगा?" बल्लव बोला, "यह कैसा न्याय है काका?"

"यह राजपरिवारों का न्याय है बेटा। वे ऐसा ही करते हैं।" चतुरसेन बोला, "तुम अब विश्राम करोगे अथवा तुम्हारी निद्रा पूरी हो गई? मेरा विचार है कि तुम्हारा वह तंतिपाल दूध लेकर आता ही होगा।"

"मैं सो चुका। तुम चलो, इधर का मैं सँभाल लूँगा।" बल्लव उठ खड़ा हुआ।

चतुरसेन चला गया और बल्लव कूद कर भूमि पर खड़ा हो गया। वह अब और विलंब नहीं कर सकता था। बृहन्नला तथा कंक अपनी ओर से प्रयत्न कर रहे थे; किंतु यदि राजा अथवा रानी ने हस्तक्षेप नहीं किया, तो सैरंध्री बेचारी तो उन दुष्टों के हाथों मारी जाएगी।...तो क्या करे बल्लव? क्या वह उपकीचकों के निवास पर जाकर सैरंध्री को छुड़ा लाए?

बल्लव अभी सोच ही रहा था कि सामने से तंतिपाल आता दिखाई दिया। उसने निकट आकर दूध का भांड एक ओर रखा और बोला, "भाई! उपकीचक सैरंध्री को बाँध कर ले गए हैं। यह सूचना मिल गई?"

बल्लव के मन में आया कि वह पूर्णतः अज्ञानी बनकर तंतिपाल से सब कुछ पूछे; किंतु उसमें बहुत सारा समय नष्ट हो जाने की आशंका थी। बोला, "हाँ! सूचना तो मिल गई; किंतु करना क्या है?"

"कंक ने कहलवाया है कि राजा उपकीचकों का विरोध करने का साहस नहीं जुटा पा रहे हैं। इसलिए हमें स्वयं ही उपकीचकों से लड़ना होगा। वे इस पक्ष में नहीं हैं कि हम अपने शस्त्र शमी वृक्ष से उतार कर लाएँ। उनका विचार है कि उपकीचकों

के लिए दिव्य शस्त्रों की आवश्यकता नहीं है। उनके लिए तो साधारण शस्त्रास्त्र ही पर्याप्त हैं। वैसे भी अपने शस्त्र लाने में बहुत समय लग जाएगा और हमारा रहस्य भी खुल जाएगा।...''

''मेरा विचार है कि मैं पहले निःशस्त्र ही उनसे निबट लूँ। तुम लोग निकट ही रहना। तुम अपनी गौवों को चराने के बहाने से और ग्रंथिक अश्वों को चराने की आड़ में। कंक और बृहन्नला जिस बहाने से आ सकें, आ जाएँ। यदि मैं अपने प्रयत्न में सफल हो जाता हूँ, तो किसी को कुछ करने की आवश्यकता ही नहीं है; किंतु यदि तुम लोगों को लगता है कि मेरे लिए सैरंध्री को उनसे छुड़ा पाना कठिन है और सैरंध्री के प्राणों पर किसी प्रकार की विपत्ति है, तो तुम लोग अपना प्रयत्न आरंभ कर देना।''

तंतिपाल ने आश्चर्य से बल्लव को देखा : वह तो कभी इस प्रकार बात नहीं करता कि यदि मैं न कर पाऊँ, यदि असफल हो जाऊँ, तो ऐसा करना वह तो सदा यही कहता है कि मैं ऐसा कर दूँगा।...

तभी बल्लव ने पुनः कहा, ''वैसे इसकी संभावना है नहीं। मैं स्वयं अकेला ही उन उपकीचकों को निबटा दूँगा।''

''ठीक है।'' तंतिपाल बोला, ''हम आपके लिए भी कुछ शस्त्रों की व्यवस्था रखेंगे।''

''ले आना।'' बल्लव हँसा, ''किंतु मेरा विचार है कि यदि हमने शस्त्रों का प्रयोग किया तो विराटनगर के लोगों की यह धारणा भंग हो जाएगी कि सैरंध्री की रक्षा अलौकिक शक्ति से संपन्न कुछ अदृश्य गंधर्व कर रहे हैं। शस्त्र तो अपने आप में ही प्रमाण हैं कि उनका प्रयोग करने वाले भी साधारण मानवीय शक्तियों तक सीमित कुशल सैनिक ही हैं। मेरी इच्छा है कि मैं कुछ ऐसा करूँ कि लोगों की अदृश्य गंधर्वों वाली धारणा ही कुछ और दृढ़ हो।''

''बहुत अच्छा! किंतु हम शस्त्रों के साथ प्रस्तुत रहेंगे।''

तंतिपाल चला गया।

बल्लव ने पाकशाला के लिए आवश्यक सामान पर दृष्टि डाली। वह यदि कुछ समय के लिए लुप्त भी हो जाए तो भोजन समय से तैयार हो जाएगा। पाकशाला के कर्मचारी अपने समय पर आएँगे और सामग्री प्रस्तुत पा कर अपना काम आरंभ कर देंगे। तब तक वह भी आ ही जाएगा।...

उसने एक दुकूल लेकर अपने सिर पर एक मुरेठा सा बाँध लिया था। वह कुछ इस प्रकार फैलाकर बाँधा गया था कि उससे उसके चेहरे का अधिकांश भी ढक गया था। उसके कारण किसी को यह संदेह नहीं हो सकता था कि उसने अपना चेहरा छिपाने अथवा अपना वेश परिवर्तित करने का प्रयत्न किया है। वैसे उस मुरेठे के साथ उसे पहचानना कठिन ही था।

उसने अपने कक्ष के कपाटों पर भीतर से साँकल चढ़ा दिया। वातायन से कूद कर बाहर निकला, और बाहर से वातायन भिड़ा कर भली प्रकार बंद कर दिए।

वह पाकशाला से बाहर निकल आया; किंतु वह मुख्य द्वार की ओर न जाकर दीवार फाँद कर बाहर निकला। अब उसे नगर प्राचीर के निकट पहुँचने की शीघ्रता थी। नगर से बाहर निकलने से पहले वह किसी की दृष्टि में नहीं पड़ना चाहता था।...प्रातः का समय था। साधारण जन अपने-अपने कार्य पर जाने की तैयारी में थे। अधिकांश लोग देवालयों की ओर जा रहे थे। नगर प्राचीर की दिशा में जाने वाले लोगों की संख्या बहुत अधिक नहीं थी। संयोग ही था कि मार्ग में उसे पहचाननेवाला कोई नहीं मिला। बल्लव नगरद्वार की ओर भी नहीं गया। एक एकांत सा स्थान देखकर वह उभरे पत्थरों तथा प्राचीर में बन आए गढ़ों के सहारे प्राचीर पर चढ़ गया; और जब तक कि कोई उसे प्राचीर पर चढ़ते देख, आपत्ति अथवा जिज्ञासा करता, वह बाहर की ओर कूद गया था।

मिट्टी पर पग टिकते ही उसने अपनी दृष्टि चारों ओर दौड़ाई—किसी ने उसे देखा तो नहीं? अथवा उसे कोई देख तो नहीं रहा? नहीं! आस-पास कोई नहीं था। बल्लव ने अपनी धोती को ऊँचा कर, कस कर बाँधा। अब वह घुटनों से ऊपर वाली कसी हुई धोती में था। ऊपर से अनावृत बलिष्ठ शरीर किसी को भी भयभीत करने के लिए पर्याप्त था। उसने पगड़ी खोलकर उससे अपना सारा चेहरा इस प्रकार ढक लिया था कि केवल आँखें खुली रहें और नासिका साँस ले सके।

वह नगरद्वार से श्मशान की ओर जाने वाली पगडंडी के साथ लगते एक विशाल और भयावह वृक्ष पर चढ़कर बैठ गया। सामान्यतः लोग मानेंगे कि यह वृक्ष प्रेतों का स्थान हो सकता है। यदि वह इस पर से कूद कर उन पर झपटेगा तो अधिकांश लोग यही मानेंगे कि उस वृक्ष पर निवास करती किसी प्रेतात्मा ने कुपित होकर उन पर आक्रमण किया है।...और लोग प्रेतों से युद्ध नहीं करते, उनसे भागने में ही अपनी सुरक्षा मानते हैं।

बल्लव को वहाँ बैठे अधिक समय नहीं हुआ था कि उसने देखा कि असंख्य गौवों का एक झुंड किसी दिशा से आकर उस पगडंडी के आस-पास ही फैल गया। उनके साथ एक नहीं चार गोप थे। वे गौवों को चरने के लिए छोड़कर पृथक्-पृथक् स्थानों पर अपनी गठरियाँ लेकर बैठ गए थे। बल्लव समझ गया कि उन गठरियों में छोटे खड्ग और बाण हो सकते हैं।...किंतु इन सबका प्रबंध कहाँ से किया होगा तंतिपाल ने? इतना तो स्पष्ट था ही कि वह साधारण शस्त्रों का प्रबंध करने में सफल हो ही गया था।

तभी नगरद्वार की ओर से एक अरथी आती दिखाई दी। उसके साथ सैकड़ों लोग चल रहे थे। कोलाहल भी पर्याप्त था। रुदन भी था, आक्रोश भी था, और उत्तेजना भी थी। और उन सबके मध्य सैरंध्री का चीत्कार भी था। वह उन दुष्टों को

भगवान की और धर्म की दुहाई दे रही थी कि वे ऐसा अत्याचार न करें, अन्यथा उसके रक्षक गंधर्व उनके परिवार के परिवार नष्ट कर डालेंगे। उनके वंश में उनका दीया-बाती करने वाला भी कोई नहीं बचेगा। बीच-बीच में वह अपने रक्षक गंधर्वों को भी पुकार लेती थी। जाने वे अब तक क्यों नहीं आए थे।

कहाँ थी वह? बल्लव ने अपनी दृष्टि घुमाई।...उसकी आत्मा काँप उठी। उन दुष्टों ने कीचक की टिकठी पर ही जीवित सैरंध्री को भी बाँध रखा था।

बल्लव ने अपने क्रोध को संयत करने के लिए, वृक्ष की एक मोटी शाखा पर पाँव रख, बलपूर्वक उसे दबाया। उस प्रेतव्याप्त परिवेश में उस शाखा के टूटने का स्वर कुछ ऐसा ही था, जैसे आकाश पर से कोई उल्का टूट कर गिरी हो।

टिकठी उठाकर आगे-आगे चलने वाले लोग जैसे बिदकने को तैयार हो गए। उनकी गति बढ़ गई। उनकी ग्रीवाएँ घूम-घूम कर देखने लगीं कि यह ध्वनि किसकी है और किस ओर से आई है। उसी घबराई हुई अवस्था में वे लोग उस वृक्ष के नीचे पहुँचे, जिस पर बल्लव बैठा हुआ था।...और तभी जैसे सारा वृक्ष ही टूट कर उन लोगों पर गिर पड़ा। उस टूटी हुई शाखा को लिए दिए बल्लव नीचे कूद पड़ा था।...धरती पर पग धरते ही उसके हाथ, पैर और वह शाखा जैसे स्वचालित रूप से प्रहार करने लगे थे।...टिकठी उठाकर चल रहे लोगों के भयभीत मन, उसका यह आकस्मिक प्रहार सह नहीं पाए और वे टिकठी पटककर भागे।

इससे पहले कि कोई कुछ समझ सकता, बल्लव ने टिकठी पर बँधी सैरंध्री की रस्सियाँ तोड़ दीं।

"भागो सैरंध्री।" उसने धीरे से कहा, "डरो नहीं यह मैं हूँ, तुम्हारा बल्लव। शेष चारों भी यहीं हैं, उन वृक्षों और गायों की आड़ में।"

सैरंध्री का आत्मबल जागा, "नहीं प्रियतम! ये लोग मुझे श्मशान में लाए हैं, तो मैं आज श्मशान की देवी के समान इन सबकी मृत्यु का दृश्य देखूँगी।" वह बोली, "मुझे आज तुम्हारा पराक्रम देखना है।"

बल्लव के पास अधिक समय नहीं था। धीरे से बोला, "तो किसी सुरक्षित से कोने में खड़ी हो जाओ और देखो।"

"यदि वे लोग भाग गए और तुमसे युद्ध करने ही न आए तो?" सैरंध्री बोली, "ऐसे में वे लोग नगर में पहुँचकर मुझे फिर से बाँध लेंगे।"

"तुम्हारा यहीं रुकना उचित है। वे लोग मुझसे भयभीत होकर युद्ध करने न भी आएँ तो तुम्हें पुनः पकड़ने के लोभ में ही आएँ।" बल्लव बोला, "यहाँ तो युद्ध के बहाने मैं उनका वध कर सकता हूँ, नगर में पहुँचकर वे फिर से सुरक्षित हो जाएँगे। वहाँ मैं राजा का रसोइया हो जाऊँगा और वे राजा के सेनानायक और संबंधी। यहाँ तुम्हारे अपमान का प्रतिशोध लिया जा सकता है, नगर में जाकर राजा से न न्याय मिल सकता है, न तुम्हारा प्रतिशोध।"

बल्लव ने देखा कि उपकीचकों के साथ साधारण नागरिकों की जो भीड़ उनके प्रति अपनी निष्ठा जताने अथवा मनोरंजक दृश्य देखकर सुख प्राप्त करने आई थी, वह तो भाग चुकी थी।...किंतु लगता था कि पहले पलायन के पश्चात् उपकीचकों ने फिर से व्यूहबद्ध होना आरंभ कर दिया था। उनके पास शस्त्र नहीं थे, किंतु उनमें से अनेक ने उसी के समान अपनी-अपनी क्षमता के अनुसार वृक्षों की शाखाएँ इत्यादि तोड़ ली थीं।

वे लोग अब वृक्षों के पीछे से निकलकर बाहर आ गए थे। परस्पर विचार कर युद्ध की कोई योजना तो उन्होंने बनाई ही थी, जिसके अंतर्गत वे आगे बढ़ रहे थे।...उनके आगे बढ़ने की दिशा से यह संकेत भी मिल रहा था कि उनकी अधिक रुचि बल्लव से युद्ध करने की न होकर सैरंध्री को घेरने की थी। इसका अर्थ तो यह हुआ कि यदि वे सैरंध्री को पकड़ पाए तो उसे लेकर वे पलायन कर जाएँगे और बल्लव को पुनः सैरंध्री को मुक्त कराने का अभियान चलाना पड़ेगा।

उसके मन में एक बिंब उभर रहा था।...एक वृक्ष से एक मेमना बँधा हुआ था और उसके चारों ओर भेड़ियों का एक झुंड उसे कच्चा चबा जाने के लिए अकुला रहा था। आखेटक, उन भेड़ियों का आखेट करना चाहता था, इसलिए वह मेमने को वहाँ से किसी सुरक्षित स्थान पर पहुँचाना भी नहीं चाहता था...और उसे वहाँ बाँध कर उसके प्राणों के लिए चिंतित भी था।...

उपकीचकों ने परस्पर कोई एक संकेत किया और वे अकस्मात् ही अनेक वर्गों में बँट गए। उनमें से कुछ वृक्षों के पीछे गए, कुछ ने वहाँ चरती गायों को अपना कवच बनाया और कुछ ने सीधे बल्लव पर धावा बोला।

बल्लव उनकी मूर्खता पर मुस्कराया। यदि वे सारे के सारे एक साथ उस पर आक्रमण करते तो कुछ अधिक सफल हो सकते थे। इस प्रकार बँट कर तो वे वैसे ही मारे जाएँगे। उपकीचकों के अपने निकट पहुँचने से पूर्व उसने देखा कि गायों के आड़ लेने वाले उपकीचकों को कुछ लोग घसीटकर वन में ले गए थे। और अपने पीछे किसी को भी न आते देख उस पर झपटने वाले उपकीचक भी द्विविधा में फँस गए थे।

अपने भाइयों की सफलता देख बल्लव के मन में कुछ ऐसा उल्लास उमड़ा कि उसने उपकीचकों के अपने निकट पहुँचने की प्रतीक्षा नहीं की। उसने भयंकर गर्जन किया और उनकी आगे बढ़ने वाली भयभीत भीड़ पर टूट पड़ा। उसकी भुजाएँ, टाँगें तथा वृक्ष की शाखा सब मिलकर एक ऐसे यंत्र के समान घूम रही थीं कि जिसके निकट पहुँचना संभव नहीं था; और जो कोई भी उस यंत्र को छू जाता था, वह अपने पैरों पर खड़ा नहीं रह पाता था।

पहली टोली को धराशायी होते देख, उनकी दूसरी टोली आई तो, किंतु उसमें तनिक भी उत्साह नहीं था। वे देख और समझ चुके थे कि जिससे वे लोग लड़ने जा रहे हैं, उसकी क्षमता उन सबको मिलाकर भी कदाचित् अधिक ही थी। निश्चित रूप

से वह कोई मानव नहीं था। वह अदृश्य तो नहीं था, किंतु अपनी क्षमता में अलौकिक अवश्य था।...उपकीचक पीछे भी नहीं भाग सकते थे।...उनके जो साथी पीछे की ओर गए थे, वे लौटे नहीं थे। निश्चित रूप से वे लोग युद्ध छोड़कर भागे नहीं थे। उन्हें उस ओर खड़े अदृश्य गंधर्व घसीट कर ले गए थे।...यह तो उन्हें पहले ही सोचना चाहिए था कि जिन क्रोधी और अदृश्य गंधर्वों ने महाबली कीचक को मार-मार कर मांस का लौंदा बना दिया था, उनके विरुद्ध वे क्या कर पाएँगे। तब सोचा नहीं और क्रोध में उनकी रक्षिता को भी उठा लाए, कीचक के शव के साथ जीवित जलाने को।...अब अपने प्राण बचाना भी कठिन हो रहा था।...

सहसा उनका सारा संघर्ष युद्ध के लिए न रहकर पलायन के लिए हो गया। बल्लव को चिंता हुई : कहीं उनमें से कुछ भी लोग भाग कर नगर लौट गए तो सैरंध्री के कष्टों का अंत नहीं होगा।...किंतु प्रसन्नता की बात यह थी कि उससे दूर होते ही उपकीचक वृक्षों तथा गायों की आड़ में उसके भाइयों द्वारा धरे जा रहे थे। वे लोग भी अपने हाथ में आए उपकीचक का वध कर उसे खुले में फेंक देते थे।...शेष बचे तथा अपने प्राणों की रक्षा के लिए भागने वाले उपकीचकों को समझ में आ जाता था कि वन में घुस जाना भी उनके लिए सुरक्षित नहीं था।...

युद्ध अधिक देर नहीं चला। अकस्मात् ही वह समाप्त हो गया। बल्लव ने देखा कि न कोई उपकीचक उसके सामने था और न ही कोई वन में से निकलकर उस पर आक्रमण करने के लिए आ रहा था। उसके चारों ओर उपकीचकों के शव बिखरे हुए थे। उसके भाइयों ने जिस प्रकार अदृश्य रहकर उपकीचकों को मारा था, उससे या तो यह निष्कर्ष निकाला जा सकता था कि सैरंध्री की रक्षा कुछ अदृश्य गंधर्व कर रहे थे; अथवा यह निष्कर्ष निकाला जा सकता था कि अकेले बल्लव ने ही एक सौ पाँच उपकीचकों को मार डाला था।...

सैरंध्री ने कृतज्ञता, मुग्धता और प्रेमविह्वलता से आपूर्त एक मुस्कान बल्लव पर डाली ही थी कि वह धीरे से बोला, "मैं जा रहा हूँ देवि! हम सबका अदृश्य और अज्ञात रहना ही उचित है। तुम अपनी सुविधा से नगर में लौटो।"

सैरंध्री स्तब्ध-सी खड़ी की खड़ी रह गई। बल्लव वहाँ से हवा हो गया था। वन में से वृक्षों तथा उन गायों के पीछे से कोई प्रकट नहीं हुआ।...कोई उपकीचक भी उस पर आघात करने के लिए आगे नहीं बढ़ रहा था। सारे उपकीचक भूमि पर इस प्रकार लेटे हुए थे कि जैसे किसी कृषक ने उपकीचकों की फसल काटी हो। वे सब फूलों के समान धरती पर लेटे हुए थे।...

सैरंध्री के मन में अपने पतियों के प्रति गर्व का भाव जागा। सुदेष्णा और विराट ने परस्पर वार्तालाप में किसी भी कारण से यह कहा हो कि अदृश्य गंधर्व उसकी रक्षा करते हैं, किंतु वह कथन सत्य प्रमाणित हो गया। पाँच अदृश्य गंधर्व उसकी रक्षा कर रहे थे। प्रतिक्षण...हर समय...वे पाँचों अदृश्य गंधर्व इस समय यहाँ से चले गए थे।

वे अदृश्य और अज्ञात ही रहना चाहते थे। इसलिए सबका अपने-अपने काम पर पहुँचना बहुत आवश्यक था। यदि कहीं यह बात खुल जाए कि सैरंध्री की रक्षा करने वाले बल्लव, बृहन्नला, कंक, ग्रंथिक और तंतिपाल हैं, तो फिर यह कैसे गुप्त रह सकता है कि वे कौन हैं।...किंतु सैरंध्री को वापस पहुँचने की कोई जल्दी नहीं थी। सारा नगर जानता है कि राजा के प्रिय उपकीचक उसे बलात् उठाकर ले गए हैं...और सैरंध्री का मन कैसा-कैसा तो हो आया...कितने ही समय तक वह एक मृतक के साथ बँधी रही थी।...एक शव के साथ। कीचक के शव के साथ।...उसे लगा, उसके शरीर और वस्त्रों में जैसे मृत्यु की दुर्गंध बस गई है। इस दुर्गंध को वह अपने साथ तो नहीं ढो सकती। उसे स्वयं को इससे मुक्त करना होगा।...उसे सुदेष्णा की केशसज्जा के लिए पहुँचने की कोई जल्दी नहीं थी। वह थोड़ी देर इस मुक्त प्रकृति में स्वच्छंद भाव से जीना चाहती थी।...

पर क्या वह इतनी सुरक्षित थी कि मुक्त और स्वच्छंद भाव से इस निर्जन में प्रकृति के निकट रह सके?

"यही तो परीक्षा है।" उसके अपने मन ने उत्तर दिया, "उन्मुक्त आकाश पर स्वच्छंद उड़ने का सुख है तो श्येन के झपट पड़ने का संकट भी है। प्रत्येक सुख के साथ संकट जुड़ा है। देखना है कि एक सौ पाँच उपकीचकों और स्वयं कीचक की हत्या के पश्चात् भी सैरंध्री पर अपनी इच्छा आरोपित करने का साहस कोई करता है क्या? यदि अब भी कोई सैरंध्री के रूप पर मुग्ध होकर, अथवा कीचक के वध के प्रतिशोध के भाव से आता है, तो समझना चाहिए कि यह युद्ध अभी समाप्त नहीं हुआ है।"

सैरंध्री सावधानी से चारों ओर देखती हुई, धीरे-धीरे चल कर सरितातट पर पहुँची। आस-पास कोई नहीं था। उसके रक्षक गंधर्वों को गए काफी समय हो गया था। अभी तक कोई उसके निकट नहीं आया था। क्या अर्थ था इसका? उसका कोई शत्रु नहीं था? यहाँ, नगर के बाहर, इस वन्य क्षेत्र में कोई व्यक्ति ही नहीं था, अथवा उसके गंधर्वों का इतना भय व्याप्त हो गया था कि कोई उसके निकट आने का साहस नहीं कर रहा था?

सैरंध्री बहुत दिनों के पश्चात् इस प्रकार मुक्त भाव से सरिता के जल में उतरी थी। उसने अच्छी तरह मल-मल कर अपने शरीर को स्वच्छ किया, जैसे अपने शरीर से कीचक के शव के स्पर्श का मल धो रही हो, टिकठी पर बँधी होने के भाव को धो रही हो; अथवा अपने शरीर पर कीचक तथा उपकीचकों की पड़ी दूषित दृष्टि के प्रभाव को धो डालना चाहती हो। वह स्वयं नहाई, उसने अपने वस्त्र धोए; और मुक्त मन से जलक्रीड़ा में लगी रही।...उसके मन में बैठा हुआ असुरक्षा का भाव जैसे क्रमशः क्षीण होता हुआ, अंततः विलीन हो गया था।... उसके पतियों ने आज गुप्त रूप से विराटनगर के उन शक्तिशाली सेनापति और सेनानायकों को मार डाला था, जिनके

सम्मुख राजा भी सिर नहीं उठा सकता था। कोई नहीं जानता था कि सैरंध्री, और कोई नहीं, स्वयं द्रौपदी कृष्णा है। कोई नहीं जानता था कि पाँचों पांडव इसी नगर में छुपे हुए हैं और उन्होंने ही उसकी रक्षा की है...किंतु यह तो सभी जानते थे कि सैरंध्री का अपमान करने का दंड था—मृत्यु। निश्चित रूप से उसके रक्षकों का वही आतंक दुष्टों को उससे दूर रखे हुए था, नहीं तो इस नगर में तो, साधारण सैनिक से लेकर सेनापति तक, किसी युवती स्त्री को देखते ही भेड़ियों के समान झपट पड़ते थे...

सैरंध्री उस समय तक जल क्रीड़ा करती रही, जब तक उसे यह नहीं लगा कि अब उसे ठंड लगने लगी है, इसलिए उसे जल से निकल आना चाहिए। उसने अपने धुले किंतु गीले वस्त्र धारण किए और नगर की ओर चल पड़ी। नगरद्वार तक की पगडंडी पर उसे कोई नहीं मिला।...किंतु नगरद्वार पर सैनिक भी थे और नागरिक भी। सैरंध्री ने कौतूहलवश उनकी ओर देखा—कैसा व्यवहार करेंगे वे उसके साथ? वे सब जानते होंगे कि यह वही सैरंध्री है, जिसके कारण कीचक मारा गया। यह वही सैरंध्री है जिसे एक सौ पाँच उपकीचक, कीचक के शव के साथ टिकठी पर बाँध कर लाए थे, और उसके प्रतिशोध स्वरूप उन सबके शव अब भी श्मशान से बाहर पड़े थे। उनका दाह संस्कार भी नहीं हुआ था। राजा ने शीघ्र ही उनके संस्कार की व्यवस्था नहीं की, तो वन के हिंस्र जीव तथा गृध्र इत्यादि पक्षी उन्हें नोच डालेंगे।...अब सैरंध्री किसी से भी छुपी हुई नहीं थी। वह अवगुंठनवती नहीं थी। वह सुदेष्णा के प्रासाद के अवरोध में नहीं थी। उसका कोई रक्षक उसके साथ नहीं चल रहा था। कोई भी सैनिक अथवा नागरिक उस सद्यःस्नाता के रूप को देख सकता था। कोई भी उससे प्रश्न पूछने के लिए उसके निकट आ सकता था। कोई भी अपनी अच्छी अथवा बुरी प्रतिक्रिया अभिव्यक्त कर सकता था।...

पर नहीं, वहाँ वैसा कुछ नहीं हुआ। लोग उसे देखते थे, पहचानते थे और उसके लिए मार्ग छोड़कर एक ओर हट जाते थे। उनके चेहरों पर छाया भय वह स्पष्ट देख रही थी।

पाकशाला के निकट से निकलते हुए उसने देखा बल्लव द्वार पर ही खड़ा था। उसके अधरों पर एक हल्की-सी छिपी मुस्कान थी।

सैरंध्री ने अपने हाथ जोड़कर आकाश की ओर उठाए, "जिन गंधर्वराज ने मेरी रक्षा की, उनको मेरा नमस्कार है।"

"असहाय स्त्री-पुरुषों के साथ अत्याचार करने वाले राक्षस इसी प्रकार मारे जाएँगे और साधु नर-नारी निर्भय होकर विराटनगर में स्वच्छंद विचरण करेंगे।" बल्लव बोला, "तुम्हारी आज्ञा के अधीन जो लोग नगर में गुप्त निवास कर रहे हैं, वे तुम्हारी प्रसन्नता देखकर स्वयं को उऋण मान मुदित भाव से वास करेंगे।"

दोनों ने मुस्कराकर एक-दूसरे को देखा और सैरंध्री आगे बढ़ गई।

14

राजसभा से लगे अपने एकांत कक्ष में विराट अकेले बैठे थे। उनकी चिंता का कोई अंत ही नहीं दीख रहा था।...कीचक जब अपने सैनिक अभियान पर त्रिगर्त की ओर गया हुआ था, तो वे कैसे निश्चिंत थे। जैसे चाहते थे, अपना राज्य चला रहे थे। उनकी इच्छा हुई और उन्होंने कंक को नियुक्त कर लिया। प्रजा का सुख-दुख सुनते रहे और अपनी क्षमता भर उनके दुखों का निवारण भी करते रहे।...और तब कीचक लौट आया। उसने उनके द्वारा किए गए प्रत्येक कार्य की आलोचना की। उनका विरोध किया।...बस एक सैरंध्री की नियुक्ति का ही विरोध नहीं किया। सैरंध्री के आकर्षण में वह अन्य सब कुछ भूल गया।...अपनी किन-किन दुर्बलताओं के कारण, उन्होंने कीचक को सहन किया।...पहले तो वे यह मानते रहे कि वे सुदेष्णा को प्रसन्न रखने के लिए कीचक के अतिचार को सहन कर रहे हैं। फिर उन्हें यह लगा कि कीचक उनका और विराटनगर का रक्षक है। वह नहीं होगा तो अपने शत्रुओं के सैनिक आक्रमणों का सामना वे कैसे करेंगे।...यह तो उनकी समझ में बहुत बाद में आया कि कीचक विराटनगर में उनकी इच्छा से नहीं, अपनी इच्छा से वर्तमान है। वे उसे निष्कासित करना भी चाहेंगे तो नहीं कर पाएँगे। ऐसा कोई प्रयत्न करने पर संभवतः वह ही उनको निष्कासित कर देगा।...वे उससे भयभीत भी थे और उन्हें उसकी आवश्यकता भी थी।...जब उसने राजसभा में सबके सम्मुख सैरंध्री को लात मारी थी, तो सैरंध्री ने उनसे रक्षा की प्रार्थना की थी; किंतु वे उसकी प्रार्थना कैसे सुन सकते थे। उनका तो सारा शासन ही कीचक और उसके समर्थक उपकीचकों के बल पर था। उनके अपने भाई शतानीक और मदिराक्ष भी कीचक के अनुगत हो गए थे। क्यों? वे आज तक नहीं समझ सके। भय के कारण, अथवा लोभ से? किसी भी कारण से हुए हों; किंतु विराट यह जानते थे कि वे कीचक की आज्ञाओं का पालन करते थे। तो फिर विराट को भी तो कीचक का ही सहारा लेना था। पापियों की सहायता से चलाया जा रहा शासन धर्म की बात कैसे सुन सकता था। और सैरंध्री धर्म को पुकार रही थी।...उस समय न वे कीचक की बात मान सकते थे और न सैरंध्री की। कीचक की बात मानने से धर्म उन्हें रोकता था और सैरंध्री की मानने से, भय। न वे धर्म का विरोध कर सकते थे, न अपने भय को जीत पाए थे। न कीचक को बंदी कर सकते थे और न सैरंध्री उसे सौंप सकते थे।...इसलिए दोनों ही उनसे रुष्ट थे।...

वे नहीं जानते कि कीचक का वध किसने किया। उपकीचकों को संदेह था कि यह वध सैरंध्री के रक्षकों ने सैरंध्री के कहने पर किया था। वे हत्यारे को तो नहीं पकड़ सकते थे; किंतु सैरंध्री को पकड़कर बाँध लेना तो बहुत सरल था। उन्होंने वही किया। यह न्याय नहीं था, यह तो विराट भी समझते थे; किंतु प्रतिशोध तो कभी भी धर्म तथा

न्याय पर आधृत नहीं होता। उपकीचक किसी भी स्थिति में सैरंध्री को मार देते, राजा उसकी अनुमति देते अथवा न देते। सैरंध्री का वध उनके लिए बहुत सरल था। उसका कोई रक्षक नहीं था। असहाय और निर्बल को मारने का लोभ कीचक को भी था और उपकीचकों को भी। उनके मन में राजा के अधिकार के लिए कभी सम्मान नहीं रहा, क्योंकि वे जानते थे कि राजा दुर्बल है।...और अब सैरंध्री के अज्ञात रक्षक अथवा रक्षकों ने एक सौ पाँच उपकीचकों को भी मार दिया था। कीचक तो रात के अंधकार में एकांत स्थल पर मारा गया था। कोई नहीं जानता कि उसको किसने मारा और कैसे मारा; किंतु उपकीचकों को तो उस अकेले गंधर्व ने सम्मुख युद्ध में मारा था। कुछ लोगों का विचार है कि उसके कुछ अन्य अदृश्य सहायक भी थे; किंतु दिखाई तो अकेला वही पड़ रहा था। जिन्होंने उसे देखा था, उनमें से कुछ लोग उसे एक बलिष्ठ पुरुष के समान बताते हैं और कुछ दैत्याकार। उसने स्वयं को प्रच्छन्न ही रखा था। वह प्रकट होना नहीं चाहता था। उसके सहयोगी भी अदृश्य थे।...यह सब क्या है? कीचक का हत्यारा प्रकट क्यों नहीं होता? उपकीचकों का वध करने वाले वीर पुरुष सम्मुख क्यों नहीं आते? क्या उन्हें अपने पहचाने जाने का भय है? पर किससे भयभीत हैं वे लोग? अब तो कीचक और उपकीचक, सब ही मारे जा चुके हैं..। विराट ने देखा है, कि इतनी-सी देर में शतानीक और मदिराक्ष का व्यवहार भी बदल गया है। तो फिर अपने किस शत्रु से भयभीत हैं सैरंध्री के रक्षक? क्या वे राजा से भयभीत हैं? संभव है ऐसा ही हो।...राजा ने सैरंध्री के अपमान के संदर्भ में कीचक का पक्ष लिया था। राजा ने उपकीचकों को अनुमति दी थी कि वे सैरंध्री को जीवित जला दें।...तो वे राजा को अपना शत्रु क्यों न मानें?

विराट काँप उठे। यह क्या किया उन्होंने? यदि गंधर्व राजा से भयभीत हैं, तो वे राजा से भी प्रतिशोध लेने का प्रयत्न अवश्य करेंगे।...अब राजा उनको कैसे बताएँ कि राजा को न सैरंध्री से कोई विरोध है और न उसके पक्षधरों से।...सत्य कुछ भी हो किंतु यथार्थ यही है कि सैरंध्री राजा की सभा में उनकी आँखों के सम्मुख अपमानित हुई। उसने उनसे न्याय माँगा। रक्षा की याचना की; और राजा ने न उसकी रक्षा की, न न्याय ही किया। तो फिर सैरंध्री के ये अदृश्य अज्ञात गंधर्व रक्षक...

राजा का चिंतन जैसे थम गया।...स्वयं उनके अपने मन में जब सैरंध्री के प्रति आसक्ति जन्मी थी तो रानी के साथ झगड़े में यह तो स्वयं उन्होंने ही कहा था कि वह अपने भाई के द्वारा उनका वध करवा दे और घोषणा कर दे कि सैरंध्री के अदृश्य गंधर्व रक्षकों ने उनका वध कर दिया है। तभी यह बात भी उठी थी कि यदि कोई पुरुष सैरंध्री की ओर पग बढ़ाएगा तो सैरंध्री का कोई अन्य प्रेम ईर्ष्यावश उसकी हत्या कर देगा। तो क्या यह सारा कार्य सैरंध्री के किसी अज्ञात प्रेमी का है अथवा सचमुच कोई अज्ञात गंधर्व, जिसके पास कुछ अलौकिक शक्तियाँ हैं, सैरंध्री की रक्षा कर रहा है?...पर यदि वह सैरंध्री का प्रेमी है, तो कभी न कभी उसने भी सैरंध्री के निकट जाने

का प्रयत्न किया होता।...किंतु सैरंध्री को कभी किसी पुरुष के साथ नहीं देखा गया। अधिकांशतः तो वह सुदेष्णा के प्रासाद में ही रहती है। हाँ! बृहन्नला के साथ उसकी मैत्री की बात अवश्य सुनी गई है। पर क्या बृहन्नला यह सब कर सकती है? वह कीचक का वध कर सकती है?...और उपकीचकों को तो सम्मुख युद्ध में मारा गया है। उस योद्धा का शरीर किसी बलिष्ठ पुरुष का शरीर बताया गया है। उस समय उसका शरीर अनावृत था। बृहन्नला का शरीर वैसा नहीं हो सकता...तो कौन है वह? वह प्रकट क्यों नहीं होता?...प्रकट कैसे हो?—राजा ने स्वयं ही सोचा। कीचक की बहन, जहाँ महारानी हो, वहाँ कीचक का शत्रु प्रकट क्यों होगा? इस सैरंध्री के कारण रानी अपने पति के वध की बात कर रही थी। तब उसने यह नहीं सोचा था कि उसके अपने भाई की भी हत्या हो सकती है।...तो क्या अब सुदेष्णा, सैरंध्री को क्षमा कर देगी?...उत्तर में राजा के मन में कोई हँस पड़ा, 'यह पूछो कि क्या सैरंध्री सुदेष्णा को क्षमा कर देगी?'

"महाराज इस कंक का प्रणाम स्वीकार करें।"

राजा ने सिर उठाया, "आ गए कंक! इस समय मुझे तुम्हारी ही आवश्यकता है।"

"आदेश करें महाराज!"

"बैठो कंक!" राजा बोले, "क्या सैरंध्री का यह रक्षक मुझे भी अपना शत्रु मान सकता है?"

"आप उसके शत्रु कैसे हो गए महाराज?"

"मैंने सैरंध्री की रक्षा नहीं की। मैंने उपकीचकों को सैरंध्री को बाँध कर ले जाने से नहीं रोका।" राजा जान बूझ कर सैरंध्री को जीवित जलाने की अनुमति की बात टाल गए।

कंक हँस पड़े, "मैं भी वहीं था महाराज! मैंने भी सैरंध्री की रक्षा नहीं की।"

"पर तुम राजा तो नहीं हो न!"

"धर्म की रक्षा, केवल राजा का ही कर्तव्य तो नहीं है महाराज!" कंक बोले, "वह तो प्रत्येक मनुष्य का कर्तव्य है; और स्त्री की रक्षा करना तो प्रत्येक पुरुष का धर्म है।"

"वह तो ठीक है।" राजा बोले, "किंतु तुम्हारे पास राजा के अधिकार नहीं हैं; और उसने तो मुझसे रक्षा की प्रार्थना भी की थी।"

"महाराज का कथन सत्य है; किंतु कर्तव्य का पालन न तो अधिकारों की अपेक्षा करता है और न पुकार की प्रतीक्षा।" कंक ने कहा, "सैरंध्री का रक्षक इतनी बात तो समझता ही होगा कि उस समय जो भी लोग वहाँ उपस्थित थे, उनमें कीचक का समर्थक कोई भी नहीं था। फिर भी कोई कीचक को दंडित करने के लिए नहीं उठा। सब अपने-अपने बंधनों से बँधे हुए थे। कोई धर्म के बंधन से, कोई भय के

बंधन से। आप उपकीचकों के भी समर्थक नहीं थे; किंतु आप उनको रोकने में सक्षम नहीं थे।''

''मैं उस गंधर्व को रोकने में भी तो सक्षम नहीं हूँ।''

''उसे यह समझाया जा सकता है।'' कंक ने कहा, ''और अभी तो यही पता नहीं है कि वह है कौन।''

''मैं तो एक बात और भी सोच रहा हूँ कंक!'' राजा बोले, ''यदि पिछला सब कुछ हम भुला भी दें, तो भी मेरे भय का निवारण तो नहीं हो जाता।''

''क्यों महाराज?''

''मुझे सूचना मिली है कि उपकीचकों के शव वहाँ फैले पड़े हैं। उनकी अंत्येष्टि न की गई, तो वे शव वहीं पड़े रहेंगे। ऐसे में रानी अपने संबंधियों के इस अपमान से क्रुद्ध होंगी।'' राजा बोले, ''और यदि उनकी अंत्येष्टि की गई तो वह अज्ञात गंधर्व रुष्ट होगा।''

''अंत्येष्टि तो प्रत्येक शव की होनी चाहिए महाराज।'' कंक बोले, ''मृत्यु के पश्चात् किसी से कैसी शत्रुता। मृत्यु के पश्चात् शत्रुता निभाना धर्म नहीं है महाराज! और यह गंधर्व अथवा जो कोई भी वह है, अधर्मी प्रतीत नहीं होता। उसने अभी तक तो केवल अधर्मी दुष्टों को ही दंडित किया है, जिनसे विराटनगर के राजा भी पीड़ित थे और प्रजा भी। आप उनकी अंत्येष्टि का आदेश दें; किंतु उनका मृतक-कर्म इस प्रकार हो, जैसे कोई धर्मकार्य होता है। उसमें यह भाव न हो कि आप उनके समर्थक हैं, इसलिए उन्हें अपना आत्मीय मान कर उनको श्रद्धा अर्पित कर रहे हैं।''

''बात तो तुम्हारी ठीक है कंक! तो मैं उनकी एक ही विराट चिता बनाकर उनका सामूहिक दाह कर देने का आदेश दे देता हूँ।'' राजा ने कहा, ''पर मेरे मन में एक बात और भी है।''

''क्या महाराज!''

''मुझे बताया गया है कि सैरंध्री, नदी में स्नान कर नगर की ओर आ रही है।'' राजा ने कहा, ''मैं सोचता हूँ कि सैरंध्री संसार की अप्रतिम सुंदरी है। युवती है। वह जहाँ रहेगी, वहाँ पुरुषों का उसकी ओर आकृष्ट होना स्वाभाविक ही है।...और उसका रक्षक असाधारण क्रोधी है। ऐसे में सैरंध्री के यहाँ रहने से नगर पर यह संकट बना ही रहेगा। यहाँ इस प्रकार की घटनाओं की पुनरावृत्ति होती ही रहेगी। तो...''

''आपकी इस चर्चा से मेरे मन में एक प्रश्न उठता है कि क्या धर्म स्थापना की पुनरावृत्ति वांछनीय नहीं है? क्या पापियों के मारे जाने से आप दुखी हैं?''

''नहीं उससे तो मैं तनिक भी दुखी नहीं हूँ; किंतु...''

''किंतु क्या महाराज!''

''किंतु यह कि इन परिस्थितियों में तो कोई भी पुरुष सुरक्षित नहीं है। सैरंध्री की ओर कोई भी आकृष्ट हो सकता है; और सैरंध्री का रक्षक वह गंधर्व किसी का

भी वध कर सकता है। तो क्या यह उचित नहीं कि सैरंध्री को विराटनगर से निष्कासित कर दिया जाए?''

कंक हँस पड़े, ''पाप हो विराटनगर के पुरुषों के मन में और उसका दंड दिया जाए सैरंध्री को?''

''मैं यह नहीं कहता कि सैरंध्री का सौंदर्य दोषी है,'' राजा बोले, ''किंतु पुरुष मन में वासना भड़काने का कारण तो वही है।''

''नहीं!'' कंक के स्वर में पहली बार दीनता का स्थान प्रखरता ने लिया, ''कारण, सैरंध्री के शरीर का सौंदर्य नहीं, पुरुष के मन की वासना है। उत्पात का कारण सैरंध्री के सौंदर्य में नहीं, पुरुष की वासना में है। इसलिए नियंत्रण उस मन और उसकी वासना का होना चाहिए, जो पर-स्त्री के रूप को देखकर अपना संयम खोता है।''

''वह उसके वश में कहाँ है?'' राजा बोले।

कंक ने एक गहरी दृष्टि राजा पर डाली, ''एक संपत्ति सैरंध्री के पास है और एक आपके पास। उसके पास सौंदर्य है, और आपके पास धन। किसी के मन में उसका रूप देखकर उसे पाने की इच्छा उत्पन्न हो सकती है; और किसी के मन में आपके धन को देखकर उसे पाने की इच्छा हो सकती है। सैरंध्री को तो आप अपने राज्य से निष्कासित कर देंगे, अपने धन का क्या करेंगे?''

राजा की दृष्टि में भय भी था, आश्चर्य भी और विरोध भी, ''क्या कह रहे हो?''

''हाँ महाराज! पाप पदार्थ में नहीं, व्यक्ति के मन में होता है।'' कंक ने कहा, ''हमने जो समाज बनाया है, राज्य बनाया है, धर्म और धर्मशास्त्र बनाया है, वह इसीलिए है कि हम सबके अधिकारों को मान्यता देते हुए, समाज में सम्मानपूर्वक सुरक्षित रहें। उसके लिए आवश्यक है कि हम अपने लोभ पर नियंत्रण रखें। अपने स्वामित्व के अधिकार के समान दूसरों के स्वामित्व के अधिकार का भी सम्मान करें। अपने मनोविकारों का नियंत्रण करें। परायी स्त्री और पराये धन का लोभ न करें। जो इस प्रकार के लोभ को त्याग नहीं सकता, वह दंडनीय है, पदार्थ अथवा गुण का वास्तविक स्वामी नहीं।...''

''पर वासना तो नारी शरीर में है।''

''नहीं! वासना तो एक मनोविकार है। इसलिए वह मन में है। नारी के मन में हो अथवा पुरुष के मन में।'' कंक ने कहा, ''राम के सौंदर्य को देखकर यदि शूर्पणखा के मन में वासना जागी थी, तो दोष राम का था अथवा शूर्पणखा का?''

''निश्चित रूप से शूर्पणखा का।''

''सीता के रूप को देखकर रावण के मन में वासना जागी तो दोष किसका था—सीता के सौंदर्य का अथवा रावण की वासना का?''

''रावण की वासना का।''

"यदि सैरंध्री के सौंदर्य को देखकर कीचक के मन में वासना जागे, तो दोष किसका है—सैरंध्री का, अथवा कीचक का?"

राजा मौन बैठे रह गए।

"यहाँ भी दोष कीचक का ही है महाराज!" कंक हँसे, "विराटनगर में सत्य का रूप बदल तो नहीं सकता न।"

"सत्य कहते हो कंक!" राजा बोले, "किंतु मैं विराटनगर में सैरंध्री की उपस्थिति से भयभीत हूँ। न तो मैं उसे यहाँ रख पाने का साहस कर पा रहा हूँ, न उसे निष्कासित करने का। मैं क्या करूँ कंक? मेरी रक्षा कौन करेगा?"

"आपके भय का मैं तो कोई कारण नहीं देखता महाराज!" कंक ने मधुर ढंग से कहा, "आपको तो न किसी को रखना है, न निष्कासित करना है। आपको तो मात्र धर्म का पालन करना है। आप धर्म की रक्षा करें, धर्म आपकी रक्षा करेगा।"

राजा कंक को देखते रह गए। उन्होंने कुछ कहा नहीं।

सैरंध्री, रानी सुदेष्णा के प्रासाद में उसके मंडप की ओर जा रही थी कि उसने देखा, नृत्यशाला के द्वार पर बृहन्नला अपनी शिष्याओं के साथ खड़ी थी।

"कैसी हो सखि!" उसने पूछा।

"कैसी हो सकती हूँ।" सैरंध्री का स्वर कुछ रूखा था, "वे राक्षस उपकीचक मुझे कीचक के शव के साथ टिकठी पर ही बाँध कर ले गए थे।..."

"हाँ! सुना मैंने।" बृहन्नला बोली, "मेरे लिए तो प्रसन्नता का विषय है कि तुम सुरक्षित लौट आईं।"

सैरंध्री के श्रवणों में बृहन्नला का शब्द 'प्रसन्नता' खटक गया। बोली, "हाँ! यहाँ दिन भर राजकुमारियों के साथ ता-धा-धिन-ना करती रहोगी, तो तुम्हें प्रसन्नता ही होगी। यह कैसे जानोगी कि किसी की पीड़ा क्या है।"

बृहन्नला ने निकट आकर उसका हाथ पकड़कर स्नेह से सहलाया, "बहुत कष्ट सहना पड़ा सखि!"

"कष्ट जैसा कष्ट!" सैरंध्री की आँखों से नरक की ज्वाला झाँक रही थी, "एक दुष्ट राक्षस की मृत देह के साथ टिकठी पर बँधे रहने की अनुभूति, उसकी वेदना, अपमान की पीड़ा और मृत्यु, चिता में जीवित जलाए जाने जैसी मृत्यु का भय—इन सबका सम्मिलित कष्ट तुम्हें कैसे समझ में आ सकता है। तुम अपनी नृत्यशाला में सुख से रहो और नाचती रहो।"

बृहन्नला के नेत्र वेदना से सजीव हो उठे, "संवेदना तो हो सकती है सखि! वेदना तो हम सबकी अपनी-अपनी ही है। मैं पशु योनि से भी निम्नतर इस नपुंसक योनि का नरक ढो रही हूँ। उसके कष्ट को तो तुम नहीं जान सकतीं, संवेदना से उसका अनुमान ही कर सकती हो। पर प्रश्न यह नहीं है कि किसकी पीड़ा अधिक

अथवा कम है। वह सिद्ध कर हमें स्वयं को महान् अथवा तुच्छ सिद्ध नहीं करना है। मूल बात तो यह है कि हमें किसी भी स्थिति में ईश्वर के प्रति कृतघ्न नहीं होना चाहिए। अपने दुखों को नगण्य मान कर ईश्वर के प्रति कृतज्ञता से मस्तक झुकाना चाहिए, क्यों कि वह यदि हमें पीड़ा देता है, तो उस पीड़ा से मुक्त भी करता है। उसने यदि तुम्हें बाँध ले जाने वाले भेजे, तो तुम्हारे उन बंधनों को तोड़कर तुम्हें मुक्त करने वाला भी भेजा।''

''मत चर्चा करो अपने उस ईश्वर की।'' सैरंध्री चिढ़कर बोली, ''क्या आवश्यकता थी उसे ऐसा संसार बनाने की? क्या मिल जाता है, उसे मनुष्य को पीड़ित करके। वह ऐसा संसार नहीं बना सकता था, जिसमें पीड़ा और यातना न हो, जिसमें पाप और अपराध न हों।''

''ऐसा क्या है, जिसका निर्माण उसके वश में नहीं है। किंतु ऐसे संसार में स्वच्छ रहने का कोई महत्त्व नहीं है, जिसमें धूल मिट्टी और धुआँ न हो। इस पृथ्वी पर, इस वायुमंडल में, जहाँ मलिन होने के सारे उपकरण हैं, उन सबके होते हुए भी स्वच्छ रहने का महत्त्व है।'' बृहन्नला का स्वर और भी कोमल हो आया था, ''सुख और दुख उसने नहीं बनाए हैं सखि! ये तो हमारे ही बनाए हुए हैं। यह हमारा अहंकार है, जो हमें दूसरों से पृथक् कर, इस शरीर तक सीमित करता है, और फिर स्वयं को बड़ा-छोटा, सुखी-दुखी मानता है। स्वयं को इस शरीर से पृथक् कर, तटस्थ भाव से संसार को देखो, तो तुम्हें पता चलेगा कि न सुख है, न दुख है—ये सब तो हमारे बनाए हुए भ्रम मात्र हैं। कष्ट हमें हमारा मन ही देता है। मन में घृणा न हो, तो संसार में कहीं घृणा नहीं है। मन में हिंसा न हो तो संसार में हिंसा नहीं है...''

''बंद करो अपने ये उपदेश।'' सैरंध्री तड़पकर बोली, ''जो कुछ मैंने सहा है, वह सब सहना पड़े तो भूल जाओगी, यह सारा अध्यात्म! तुम्हारी बात का तो अर्थ है कि मुझे कीचक ने लात नहीं मारी, मेरे अपने मन ने मारी है। उपकीचकों ने मुझे टिकठी पर नहीं बाँधा, मेरे मन ने बाँधा है। क्या सार्थकता है, ऐसी व्यर्थ की बातों की।''

''नहीं! राजसभा में लात तो तुम्हें कीचक ने ही मारी। उससे तुम्हारा शरीर आहत भी हुआ।...किंतु तुम्हें जिसने यातना दी, वह तुम्हारा अहंकार ही था। तुम यदि उस मूर्ख को क्षमा कर सकतीं, तो तुम्हें यह यातना नहीं भुगतनी पड़ती। उपकीचक तुम्हें टिकठी पर बाँध कर ले गए। तुम्हें उतना दुख देने के लिए एक सौ पाँच उपकीचकों को अपने प्राण देने पड़े। तो भी अभी तुम दुखी ही हो?''

''उन्होंने जो पाप किया था, उसके लिए उन्हें दंडित तो होना ही था।'' सैरंध्री तड़पकर बोली।

''यही तो मैं भी कह रही हूँ, जो पाप करेगा, उसका दंड पाएगा ही, तो तुम दुखी क्यों हो सखि!'' बृहन्नला ने कहा, ''वस्तुतः कोई किसी के मन को नहीं जानता। तुम मेरे मन को नहीं जानतीं। मैं अपनी वेदना वैसे प्रकट नहीं करती, जैसे तुम चाहती हो।

मैं अपनी इच्छाएँ, अनिच्छाएँ, प्रेम और घृणा अपने ही ढंग से व्यक्त करती हूँ। उनकी अपनी पद्धति और शैली है। इसलिए तुम मेरे मन को नहीं समझती हो। मेरे मन को नहीं समझ सकतीं, तो कोई बात नहीं; किंतु अपने मन को तो समझो।''

सैरंध्री ने कोई उत्तर नहीं दिया; किन्तु बृहन्नला का वाक्य उसके कानों में गूँजता ही रहा, ''मेरे मन को नहीं समझ सकतीं, तो कोई बात नहीं; किंतु अपने मन को तो समझो।'' वह आगे बढ़ती चली गई और वह वाक्य उसके मन में गूँजता रहा। क्या कहना चाहती थी बृहन्नला?...क्यों रुष्ट है, वह बृहन्नला से? बल्लव से तो वह रुष्ट नहीं है। उसे तो नमस्कार करके आई है, और बृहन्नला से...वह बृहन्नला के मन को नहीं जानती, अथवा अपने मन को नहीं जानती।...कदाचित् वह दोनों के मन को नहीं जानती। वह चाहती है कि बल्लव के समान बृहन्नला उसके प्रति अपनी संवेदना, अपना कष्ट, अपना प्रेम प्रकट करे...किंतु यह बृहन्नला...ओह यह अर्जुन, जाने क्यों इतना आत्मलीन होता जा रहा है। वह भी धर्मराज के ही समान, शांत हो गया है। उसे भी क्रोध नहीं आता। वह तड़पकर शत्रु पर टूटता नहीं। भीम के समान, उसकी आज्ञा पूरी करने को आतुर नहीं रहता।..सच कहा है बृहन्नला ने। सैरंध्री का अहंकार ही है, जो उसे पीड़ित कर रहा है।...उसके पतियों ने उसकी रक्षा कर ली है। उन्होंने कीचक और उपकीचकों को मार डाला है। सैरंध्री को अब कुछ शांत हो जाना चाहिए।...कहीं ऐसा तो नहीं कि उसका अपना ही रजोगुण उसको यह सारा दुख दे रहा हो?

बृहन्नला तो वहीं रह गई, किंतु उत्तरा तथा अन्य बालिकाएँ, सैरंध्री के साथ-साथ सुदेष्णा के मंडप तक आईं।

रानी ने सैरंध्री को देखा। उसका मन एक बार काँप उठा। वह समझ नहीं पाई कि उसके मन में सैरंध्री के लिए क्या भाव था।...पर यह विचार का समय नहीं था। उसे जो कुछ कहना था, वह इसी समय कह सकती थी। अब न कहा, तो कभी नहीं कह सकेगी।

''सैरंध्री!'' रानी ने कहा, ''मैंने तुम्हें अपनी सेवा से मुक्त किया। अब तुम जहाँ चाहो, जा सकती हो। मेरी ओर से तुम पूर्णतः स्वतंत्र हो।''

सैरंध्री ने देखा। रानी उसे आदेश दे रही थी, अथवा मात्र सूचना? उसके शब्दों में न तो आदेश का अधिकार था, न सूचना की तटस्थता। शब्द चाहे कुछ भी क्यों न हों, उसके स्वर में पर्याप्त दीनता थी।

''मुझे किस अपराध के लिए निष्कासित किया जा रहा है रानी?'' सैरंध्री के स्वर में तनिक भी आक्रामकता नहीं थी, ''कीचक आपका भाई था, यह सत्य है। उसकी मृत्यु का दुख भी आपको होगा ही। किंतु उसे मैंने नहीं मारा। वह तो अपने कर्मों के कारण मारा गया है। उपकीचक आपके संबंधी थे। उन्होंने जो कुछ किया, उसके लिए तो रानी के रूप में, आपको चाहिए था कि आप उनको मृत्यु दंड देतीं।

आपने नहीं दिया, उन्हें वह दंड मेरे रक्षकों ने दिया। आप मुझे किस अपराध के लिए दंडित कर रही हैं?"

"सैरंध्री! तुम्हारा सौंदर्य अद्वितीय है; और पुरुषों को विषय-भोग प्रिय होता है। मैं डरती हूँ कि कल को कहीं मेरे पति अथवा किसी अन्य पुरुष ने तुम्हारे रूप के प्रति दुर्बलता दिखाई, तो तुम्हारे रक्षक उन्हें भी क्षमा नहीं करेंगे। तुम्हारे रक्षक अत्यंत क्रोधी हैं। तुम्हें अपने निकट रखने का जोखम, मैं और नहीं झेल सकती।" रानी ने उसकी ओर देखा, "तुम्हारे प्रति अपराध तो मैंने भी किया है, और मेरे पति ने भी। तुम्हारे मन में हमारे प्रति भी क्रोध होगा।..."

सैरंध्री मुस्कराई, "रानी! आपने मेरा उपकार भी किया है। मैं आपका भय समझती हूँ; किंतु आपके लिए कोई संकट नहीं देखती। आपकी इच्छा है, तो मैं चली जाऊँगी। वैसे भी मेरे जाने की घड़ी निकट आ रही है। क्या आप मुझे और कुछ दिनों के लिए आश्रय देंगी? मुझे विश्वास है कि इस अवधि में मेरे पति लौट आएँगे और मुझे यहाँ से ले जाएँगे।"

रानी अपना भय छिपा नहीं सकी। बोली, "मैं नहीं जानती कि तुम कौन हो और क्या हो। पर इतना तो समझने लगी हूँ कि तुम एक साधारण सैरंध्री नहीं हो। तुम जो भी हो, मैं अपने पति और पुत्रों के साथ तुम्हारी शरण में हूँ देवि! तुम जब तक चाहो, स्वामिनी बनकर यहाँ रहो; किंतु मुझे एक वचन दो कि मेरे परिवार का अब और कोई अनिष्ट नहीं होगा।"

सैरंध्री को बृहन्नला की बात स्मरण हो आई। कंक ने भी कहा था : क्षमा धर्म है। क्षमा सत्य है। क्षमा धन है।...उसका मन जैसे निर्मल हो आया। बोली, "मुझसे भय न करें महारानी! और मुझे अपनी सैरंध्री के ही रूप में कुछ दिन और अपने आश्रय में रहने दें। मेरा भरण पोषण करती रहें। मैं आपको वचन देती हूँ कि मेरे कारण आपका कोई अनिष्ट नहीं होगा। मुझे अपनी सहायिका ही मानें। मेरे रक्षक, आपकी तथा आपके परिवार की भी वैसी ही रक्षा करेंगे, जैसी वे आज तक मेरी करते आए हैं।"

सैरंध्री के एक वाक्य से सुदेष्णा के वक्ष और सिर से जैसे हिमालय का सा बोझ हट गया। उसका मन जैसे किसी गहरे अंधकार में से बाहर निकल आया। उसके अधरों पर एक हल्की-सी सात्विक मुस्कान उभर आई।

□□□